TRES NOVELITAS BURGUESAS

D1579495

NUEVA NARRATIVA HISPÁNICA

SEIX BARRAL

BARCELONA • CARACAS • MÉXICO

JOSÉ DONOSO

Tres novelitas burguesas

Primera edición: abril de 1973
Segunda edición: enero de 1980
Tercera edición: agosto de 1981

© 1973 y 1981: José Donoso

Derechos exclusivos de edición
reservados para todos los países de habla española:
© 1973 y 1981: Editorial Seix y Barral, S. A.
Tambor del Bruc, 10 - Sant Joan Despí (Barcelona)

ISBN: 84 322 1347 0
Depósito Legal: B. 26745 - 1981

Printed in Spain

Para GENE y FRANCESCA RASKIN

1

«CHATANOOGA CHOOCHOO»

EL CHORRITO DE ACEITE que Sylvia vertía sobre la escarola era de oro puro a la luz de los sarmientos que ardían en la chimenea, destinados a reducirse a brasas en las que Ramón, que aguardaba fumando su pipa, pronto prepararía las chuletas. La solana estaba abierta a la oscuridad de los cerros, aglomerada aquí y allá en puñados de viejos castaños—restos del bosque ejemplarmente utilizado en la urbanización—que ocultaban por completo todas las demás casas que se alzaron en torno de esta masía central modernizada. Una mariposa nocturna, gorda, blanda, torpe, chocó contra el trozo de espalda que la blusa *folk* de Sylvia dejaba desnudo, pero a juzgar por el hilo de oro que continuó cayendo imperturbable sobre la ensalada ella no sintió este embate, como si su perfecta superficie dorsal estuviera constituida por algún pulido material inerte. Sin embargo, ese leve choque debió poner en movimiento ciertos mecanismos escondidos bajo la corteza de la espalda, porque Sylvia pronunció estas palabras casi como una respuesta inmediata a la presión de la mariposa:

—Lástima que Magdalena no haya podido venir... es tan simpática. Os pudierais haber decidido por una de las casas hoy mismo y ya está...

Sentí que el tono idílico del día transcurrido eligiendo casa en la urbanización repentinamente cambiaba de signo con las palabras de Sylvia, como cuando de pronto, sin que nada lo justifique, la leche se

11

corta o se pone agria. Al principio creí que era porque me pareció sentir que reaparecía la nota irónica respecto a Magdalena en lo que Sylvia decía, y que el repentino agriamiento se debía sólo a mi natural rechazo hacia las mujeres que, enteradas hace poco de la emancipación femenina en un ambiente para el que esta actitud resulta todavía arriesgada, aplican machaconamente su catecismo contra las «pobres», las víctimas de sus maridos y de su propia pusilanimidad, que se ven obligadas a permanecer atadas en la ciudad junto a sus niños durante los *week-ends*. Pero no, no fue eso lo que produjo la alteración en la marea, el brusco cambio del placer al sobresalto: sentí que más allá de teorías y de ironizaciones, Sylvia estaba implorando la presencia de Magdalena, la necesitaba como apoyo o ayuda o protección contra no sabía yo qué peligros. Pero ¿qué protección era necesaria en este agradable mundo que habitábamos, donde el mal no existía porque todo era inmediatamente digerido? Nadie ignoraba que Sylvia y Ramón eran perfectos: su prolongada relación de estructura impecable era universalmente admirada por estar situada más allá—o más acá—del amor, y aunque hoy por hoy resultaba *kitsch* darle importancia a un detalle de esa naturaleza, también era posible que lo incluyera: no, las palabras de Sylvia sobre Magdalena no revelaban inseguridad al comparar la relación de mi mujer con nuestros hijos y la suya respecto a su hijo, ahora en manos de un marido enquistado en el color local de la vida social madrileña. Cualquiera inseguridad resultaba fuera de lugar porque Ramón era Ramón del Solar: se quitó la pipa de la boca, se acercó al fuego que inflamó su rostro como el de un hechicero, soplando hasta agotar las llamas y dejar una brazada de ascuas. Dijo:

—Las chuletas...

Al pasárselas, Sylvia insistió:

—Y Magdalena tiene tan buen gusto...

¿La había saboreado? Quizá porque pasó la carne junto con decir esas palabras, pensé repentinamente que aludía a ese «sabor» de Magdalena que sólo yo conocía, y esto me hizo replegarme ante la antropófaga Sylvia. Pero se refería, naturalmente, a otra clase de «gusto»: al «gusto» que había presidido, como el valor más alto, nuestra visita a las casas durante la tarde, proporcionándonos un idioma común, un «gusto» relacionado con el discernimiento estético determinado por el medio social en que vivíamos. Fue esto lo que bruscamente, para mí, lo agrió todo: Sylvia no podía condolerse de la ausencia de Magdalena esta noche por la sencillísima razón de que nos conocía apenas; y esta insistencia sobre su buen gusto, sobre la falta que nos hacía, estas alabanzas repetidas que delataban una sensibilidad un poco corta, ya que, sin duda, el idioma de las sugerencias no le parecía suficiente, era una pesada exageración que desvirtuaba posibilidades futuras, puesto que los cuatro nos habíamos conocido sólo la noche anterior: es cierto, sin embargo, que tanto ellos como nosotros conocíamos de sobra nuestras leyendas mutuas, pero era ridículo, además de falso, pretender que había habido tiempo suficiente para que la promesa de amistad entrevista y de simpatía inmediata, esa posibilidad de compartir tanto el sentido del humor como el sentido de lo estético atisbada anoche en el *cocktail* en casa de Ricardo y Raimunda Roig, sobrepasara una embrionaria afinidad: por el momento, y aunque Sylvia quisiera pretender otra cosa, Sylvia y Ramón eran bidimensionales para nosotros, apenas con más relieve que el resto de los personajes hacinados como en un gran *poster* gesticulante del *cocktail* de anoche, tal como nosotros, sin duda, debíamos serlo para ellos.

Se podía discutir si Ricardo y Raimunda Roig eran o no el centro de cierto mundo barcelonés. Se podía discutir, incluso—y de hecho se discutía con una frecuencia que olía a pura propaganda pagada a sus detractores—, si eran bellos, talentosos, inteligentes, y hasta si eran honrados en sus posiciones estetizantes e izquierdizantes: pero esta ubicuidad de su existencia polémica los hacía universalmente codiciados, y a todas partes los seguía una corte y los que ellos mismos y esa corte se dignaban momentáneamente cazar, para los que abrían, noche a noche, las puertas de su pequeñísimo ático en la calle Balmes. Las piernas de Raimunda eran famosas: no largas y estilizadas como las de una modelo, sino torneadas, llenas, tiernas—decían los *cognoscenti*—al tacto bajo las medias oscuras del invierno o sobre el desnudo tostado del verano; demasiado tiernas y torneadas quizá, casi conmovedoras, como vibrando en el momento exactamente anterior a la catástrofe de un kilo y de un año de más. Pero los que la conocían desde hacía tiempo decían que siempre había sido así, la más escotada, la de los amores y los bikinis más breves, con los negros ojos antropófagos inundados por la risa negra más insultante o más insinuante según lo que se proponía obtener de su interlocutor, y con su voz quemada por la ginebra. Aunque trataba de no parecerlo, Raimunda era la «cabeza» de la familia, quien tenía el verdadero olfato para descubrir lo insólito: la nuca o los bigotes fuera de serie, el vestido estilo Carole Lombard en los Encants, la modelo precisa para las fotos de su marido, seleccionada de modo que aunque se acostara con él unas cuantas veces no tuviera la capacidad para arrebatárselo. Poseía, sobre todo, una enorme destreza para echar a correr rumores sobre ella, su marido y sus amantes, rumores tan sabrosos que luego eran cosechados en encargos de firmas millonarias fascinadas por la técnica inigualable de las fotografías y de los amores de los Roig. A pesar de estos encargos, decían las malas lenguas que las entradas verdaderamente importantes del Estudio Roig eran las producidas por el material vendido a las *Porno Shops* de los países escandinavos, de USA, de Inglaterra, de Amsterdam, de Tokio, ya que en España la materia bruta—por decirlo así—para estas cosas es tanto más barata, y los Roig siempre eran capaces de ver el ángulo novedoso y excitante. Cada viaje de la pareja al extranjero por motivos siempre específicos—Jerry Lewis, Bomarzo, HAIR—, los devolvía a Barcelona con cámaras, filtros y lentes más perfectos, con abrigos de piel más escandalosamente desmelenados adquiridos a precio de oro en Portobello Road, o compraban una masía *a retaper* en el Ampurdán: claro, no costaba nada sacar de España unas docenas de carretes con fotografías eróticas, y hasta se murmuraba, con películas de orgías tomadas entre los más íntimos en el ático de Balmes.

—La gente fea es siempre mala; hay que tener cuidado y no meterse con ella; basta que una mujer tenga las piernas cortas, o el cutis malo, o sea gorda, para que yo huya a perderme, no por asco, que también me da, sino por miedo, porque estoy seguro que me va a hacer una hija de putada.

Esto era lo más memorable que Ricardo Roig jamás había dicho. Sin embargo, vociferaba mucho, sobre todo el tiempo, sobre cualquier cosa y sobre todo, pero sus palabras se movían con una vitalidad convulsionada parecida a las volutas del humo de un incendio que consume, arrasa, y luego pasa a la construcción del lado. A pesar de tanta vehemencia corría un claro hilo coherente—sub o suprarracional, según el partido que frente a Ricardo tomaba el comentador—que de alguna manera unía todos sus entusiasmos y sus rechazos, una sabiduría efectiva a pesar de las equivocaciones y desmanes, y muchas veces certera. La presencia de su perfil de una fealdad antigua, como pintado por Antonello da Messina, de su melena breve, de sus jerseys sombríos, de sus uñas inmundas, bastaba para poner de moda a un restaurant, para introducir a un pintor, para lanzar a una modelo, para condenar cierto tipo de decoración. Lo que—naturalmente—se decía de ellos era que eran unos *snobs*: superficiales, no los tolero, dicen siempre lo mismo, esas discusiones hueras que no son ni divertidas entre él y Ramón son insufribles, lo que necesitan es una corte de admiradores, intelectuales que posan de frívolos, frívolos que posan de intelectuales. Pero los que más lo decían eran los que más de prisa corrían para ir a su casa cuando por algún antojo los invitaban, y entonces, olvidando sus prevenciones tanto morales como inte-

16

lectuales, se «anti-vestían» con lo menos convencional que aguardaba una ocasión como ésta para emerger del fondo del baúl, y así, si no llamar la atención, por lo menos estar a tono y poder, después, en conversaciones con amigos que carecían de acceso al mundo de los Roig, modificar opiniones que sobre ellos pronunciaba gente que no los conocía bien.

A nosotros, que no pertenecíamos a su mundo, solían invitarnos de vez en cuando a su ático—la belleza de Magdalena los atrajo como a dos moscas durante el vino que siguió a una conferencia sobre un libro aburrido—, y rozábamos la intimidad de varios de sus amigos y de sus enemigos. Como siempre he sentido gran admiración por la gente que sabe crearse un aura, transformando las cosas y anexándoselas como por arte de birlibirloque aunque la calidad de esa magia sea discutible, Magdalena y yo asistíamos con enorme placer a casa de Ricardo y Raimunda. Cuando entramos esa noche todos estaban sentados en cojines, en la moqueta, reclinados unos contra otros o contra las patas de los sillones, y el lamento del saxo-soprano del tocadiscos se escurría por los intersticios de las carcajadas y las conversaciones que yo veía dibujarse, no oía, en los rostros de conocidos que me disparaban algún saludo. Raimunda se apoderó de mí para darme una copa—no, no, agua, Raimunda; espera, no, he estado tomando Valium y, si tomo vodka tan temprano me va a producir un cortocircuito—, y me guió entre la multitud que, como de costumbre, era seis veces mayor a la que razonablemente cabía en el ático. ¡Flash! Cerré los ojos y los volví a abrir.

—¡Amor...!

—¡Kaethe...!

—¡Siglos...!

—Sí, siglos...

Mientras me inclinaba para besar a la minúscula fotógrafa perversa, con rizos a lo Shirley Temple, atuendo a lo Little Lord Fauntleroy y sesos atiborrados de MacLuhan, busqué con la vista a Magdalena. En la distancia triplicada por el gentío la divisé de pie, comparando sus *hot-pants* de lentejuelas con los de otra mujer que los llevaba idénticos. La interlocutora de Magdalena era altísima, delgadísima, parada como si su cuerpo hubiera sido montado no con un criterio antropomórfico y mimético, sino expresivo y fantástico, semejando una abstracción exagerada de la elegancia, apenas un símbolo, los codos doblados a la inversa, una cabeza diminuta, casi nada de torso, todo esto equilibrado sobre piernas finísimas cruzadas con el desprecio total por la verosimilitud anatómica con que podría cruzarlas una garza muy consciente del efecto que busca. Sin embargo, no era su cuerpo lo más extraordinario: era su rostro perfectamente artificial, que presentaba una superficie lisa y plana como un huevo sobre el cual hubieran dispuesto unos grandes ojos oscuros sin expresión ni cejas, dos parches de colorete en las mejillas, y la boca oscura cerca del extremo inferior del huevo. Kaethe dijo que *tenía* que ir a darle un beso a Magdalena, estaba divina con sus *hot-pants* como los de una bataclana. Agregó:

—Sólo le falta el *top-hat*. También de lentejuelas, por supuesto.

Yo le dije que esperara un poco, porque las dos

mujeres ataviadas en forma idéntica estaban a punto de emprender algo en medio de la habitación y yo no sabía quién era la otra.

—¿No la conoces? Es Sylvia Corday, la de Ramón del Solar... ya sabes toda esa historia. Sí, parece que la hubieran armado con módulos de plástico como a un maniquí de escaparate. Dicen que no tiene cara. Facciones, desde luego, no tiene. ¿Dónde está la nariz, por ejemplo? Nadie jamás se la ha visto. Dicen que ni Ramón. Todas las mañanas se sienta delante del espejo y se inventa la cara, se la pinta como quien pinta una naturaleza muerta, por ejemplo, o un retrato... después, claro, que Ramón la ha armado pieza por pieza para que ella pueda, bueno, no sé, bañarse, y esas cosas. A veces uno ve a Ramón durante semanas enteras sin Sylvia. Uno le pregunta por ella y él contesta que está en Cappadocia posando para *Vogue*: está muy de moda Cappadocia ahora. Ya iremos todos. Con Raimunda y Ricardo estamos pensando organizar un charter. Pero es mentira que está en Cappadocia, Sylvia jamás ha estado más allá de Tarrasa. Es porque se ha aburrido con ella y no la arma y no la pinta. Deja guardadas todas las piezas en una caja especial: durante esas semanas Ramón descansa y ella también; por eso es que ella está tan increíblemente joven, porque durante esas semanas que pasa guardada y sin armar el tiempo no transcurre para ella. Después, cuando Ramón la comienza a echar de menos otra vez, la vuelve a armar y salen juntos a todas partes. Dime si Sylvia no es la mujer perfecta. Ramón es mono, un poco *boy-scout*, pero mono. Claro que ella es una mujer acojonante.

Esa temporada todo era «acojonante» en Barcelona—y decididamente lo era oír la palabra dicha por Kaethe con su espeso acento alemán y su aire de párvulo depravado—, como también esa temporada todo era estilo *forties*: el peinado *flou* que Sylvia lucía esa noche y los *hot-pants* de lentejuelas de las dos mujeres parecían pertenecer a coristas de VAMPIRESAS DE 1940. Como obedeciendo a mi evocación, Sylvia y Magdalena alzaron paralelamente la pierna derecha, se enlazaron por la cintura, miraron unánimes hacia la izquierda, y comenzaron a bailar con una coordinación tan perfecta que parecía mecánica. Luego se detuvieron en medio del ruedo que les habían hecho. Las alumbró un foco, se hizo silencio, y comenzaron a gesticular, emitiendo voces de muñeca que parecían salir de un gramófono de manivela oculto detrás de una cortina:

Pardon me boy
Is this the Chatanooga choochoo
Right on track twenty nine?
Please gimme a shine.
I can afford to go
To Chatanooga station,
I've got my fare
And just a trifle to spare.
You reach Pensylvania Station
At a quarter to four,
Read a magazine
Then you're in Baltimore,
Dinner at the diner,
Nothing could be finer

Than to have your ham'n eggs
In Carolineeeeeeer...

El acento era el más vulgar americano de hace treinta años, un estilo de una época que la postguerra pobrísima y aislada nos birló, y ahora, en plena madurez, estuviéramos viviendo una adolescencia cuyos mitos, entonces universales, conocimos apenas. Los gestos de las manos de las dos mujeres, los mohínes, las bocas fruncidas y oscuras, la estridencia, los pelos flotantes con el baile, el brillo de los dientes en las repentinas, amplias sonrisas, eran indudablemente de las Andrews Sisters: Magdalena y yo habíamos canturreado al son de Glenn Miller—y bailado en la época del *swing*—esta canción, que pertenecía a otra era geológica ya enterrada y olvidada. Jamás habíamos vuelto a hablar de las Andrews Sisters, Magdalena y yo. Nunca hubiera creído a Magdalena, sobria y más bien tímida por naturaleza, capaz de tomar parte en esta farándula. Y menos de recordar con una precisión tan monstruosa las palabras de «Chatanooga Choochoo», canción que yo no sólo no había oído, sino que ni siquiera había pensado en ella desde hacía unos buenos treinta años. ¿Qué convolución cerebral oscura había almacenado esas palabras absurdas dentro de la memoria de Magdalena y qué circunstancias desconocidas para mí las había fijado allí, en los sótanos grises de su memoria, durante treinta años, para resucitarlas completas, exactas, aquí, ahora, tan inesperadamente?

Sylvia y Magdalena volvían a bailar como dos muñecas, alzando las rodillas, estirando las piernas

21

y los brazos idénticos, mostrando de pronto dos perfiles, dos cuellos, dos sonrisas magistralmente coordinadas. Acojonante, acojonante, murmuraba Kaethe con su acento alemán infranqueable ahora que la admiración le había hecho olvidar su necesidad de adoptar todas las entonaciones del momento. Pero yo estaba tratando de resistir mi impulso de abalanzarme sobre Magdalena para desarmarla como una maquinaria y descubrir por qué y dónde había guardado aquella canción estúpida, así de intacta, relacionada quizá con cosas secretas y desconocidas para mí y disimuladas durante tantos años de matrimonio. Debo haber estado diciendo algo porque Kaethe murmuró reverente junto a mí: ¡Shshshshshshsh! como si estuviera a punto de cantar la mismísima Caballé. Era que las dos mujeres, nimbadas por la luz teatral, todas destellos, mohínes, sonrisas, separándose y mirándose, se habían detenido para continuar la canción:

When you hear the whistle
Blowing eight to the bar
Then you know Tennessee
Is not very far,
Travel all along, go,
Got to keep'em rollin,
Chatanooga choochoo
There we go.
There's gonna be,
A certain party at the station,
In satin and lace,
I used to call Funny Face.
She's gonna cry

Until I promise nevermore...
So Chatanooga choochoo
Please choochoo me home...

Se apagó el foco sobre las dos muñecas. En la batahola que se organizó durante los aplausos y las felicitaciones, yo me encontré excluido, sin capacidad para comprender la repentina autonomía de mi mujer, ni tolerar su capacidad, hasta este momento desconocida para mí que creía conocerla entera, de transformarse una vacía y vulgar muñeca estilo *forties,* que representaba para los que no la habían vivido la actualidad de esa época ingenua y cruelmente yanqui: una leyenda encarnada en un estilo, en una forma, en una moda, en una canción efímera que volvería a vivir por arte de un gusto que ahora duraría unos meses. Vagué un rato entre la apretazón de gente que no me reconocía, haciendo tintinear los cubos de hielo en mi vaso para simular que bebía vodka, hasta que oí a mi espalda la voz airada de Kaethe. Me di vuelta bruscamente, de modo que mi codo chocó con ella. En el calor de la discusión en que estaba trenzada, sin siquiera fijarse en quién era yo, me arrebató el vaso que tenía en la mano y, mientras terminaba de escupir sus imprecaciones a Paolo, sostuvo el vaso en la mano sin que yo adivinara si iba a beberlo o lanzárselo al rostro al pobre Paolo, contrito, sin duda, por una de sus habituales indiscreciones. Kaethe se lo bebió de un sorbo. La repugnancia de su rostro fue acusadora cuando al final del largo trago, reconociéndome, me gritó:

—¡Tú...! ¡Qué asco! Era agua...

Paolo se escabulló. La novedad de la sensación del agua en su garganta pareció calmar a Kaethe y refrescarla inmediatamente. Me presentó a Ramón, que apeló a mi contemporaneidad con él mismo y con Chatanooga Choochoo para amenazar a Kaethe que el próximo año los *fifties,* y el año siguiente los *sixties,* se pondrían de moda como *camp,* y con esa aceleración de la nostalgia, ella, que comenzó a florecer apenas a fines de la última década, encarnaría lo absurdo, lo cómico, lo muerto, y sería obsoleta antes de haber sido siquiera contemporánea. En medio de la discusión Kaethe fue arrebatada por un boxeador de nariz estropeada picassianamente, autor de poemas místico-eróticos que pronto publicaría Estudio Roig con fotografías de su torso, y me quedé en un rincón, paladeando por fin un verdadero vodka y hablando con Ramón: me explicó que, como Sylvia era modelo y este año todo «venía» muy *forties,* él se había visto obligado a enseñarle Chatanooga Choochoo con toda su mitología para que adquiriera el estilo de esa época, que en su profesión necesitaba. Fue casi como amaestrar un perro de circo, dijo. Al comienzo le pareció que Sylvia no iba a captar jamás el espíritu de ese estilo porque lo pasado recién pasado es lo más pasado, y los jóvenes de ahora, distintos a nosotros que dejábamos transcurrir un tiempo antes de revivir épocas pretéritas para dotarlas de un barniz de idealización o ironía, se lanzaban hambrientos sobre el cadáver de un pasado cada vez más aterradoramente reciente, hasta que pronto no les quedaría otra alternativa que transformar su propio presente en carroña para poder alimentarse.

La corriente de la reunión en casa de los Roig pronto tomó otro rumbo: agotado el interés por las Andrews Sisters se concentró sobre el boxeador, que mientras defendía el desprecio de Fidel Castro por los «intelectuales melenudos» frente a la cuidadosa dialéctica de un editor de ojos y barbas azules, permitía que Raimunda y Kaethe lo despojaran de su camiseta ornamentada con el rostro del Che Guevara, para que todos pudiéramos comparar sus espléndidos pectorales con las mamas exiguas de Kaethe. Se apagó la televisión que azulaba el rostro del editor, y poco a poco la música, la partida de algunos y la llegada de otros, el rápido agotamiento y luego el desplazamiento de los centros de interés de un grupo al de más allá, de un tema a otro, hicieron gravitar a Sylvia y a Magdalena hasta nuestro rincón. Los ojos de la modelo, redondos como dos bolas negras y con pestañas dibujadas con la minuciosidad de las de Betty Boop, eran admirablemente vacuos buscando la aprobación de Ramón. Sólo mediante una mirada suya como señal podía romper la atmósfera de los *forties* que, envolviéndola, la mantenía prisionera en ese pasado ficticio resucitado por una moda. La mujer ideal, había dicho de ella Kaethe, a quien se le *enseña* CHATANOOGA CHOOCHOO. No era una mujer como Magdalena, que almacena esa canción con quién sabe qué otros secretos y resortes autóctonos en el fondo de su memoria que yo no podía abrir. Ramón hablaba con Magdalena, que no permaneció definida por su canción ni por su indumentaria, sino que sin solicitar mi venia las había abandonado al definirlas a ellas, en cambio, con su propia personalidad: desde afuera de los *forties*, desde un apasionado presente, discutía con Ramón los manejos de Pacelli con los nazis, si las Andrews Sisters eran tres o cuatro, blancas o negras, recordaban a Mr. Chad, las fotografías de guerra de Capa y de Margaret Bourke-White, y las de moda de Penn y de Heunigen-Heune. Para captar la atención de Ramón, Sylvia intervino:

—Como Ramón pertenece a otra generación, quiere incorporarse a la generación joven por su conocimiento de las cosas *camp*...

—¿Qué coño tiene que ver? Si el interés por lo *camp* está completamente pasado de...

Ramón no terminó su frase porque se dio cuenta que eso arrastraría como necesidad una constelación de explicaciones a Sylvia que no estaba dispuesto a dar. Ella, presa aún de Ramón, se quedó hablando y riendo con Magdalena, que al percibir que Ramón marginaba a Sylvia—ni sus palabras ni su presencia hacían mella en la conversación—con el fin de incorporarla a la charla le comentó la *afro-wig* que esa noche lucía Raimunda. Pero nuestra evocación de los *forties* en un ambiente y que sólo podía comprenderlo por medio de la risa la nostalgia, nos arrastró de tal manera que Ramón propuso—ya que Ricardo se enfurecía si uno formaba grupo aparte sin lanzarse de lleno en la marea alborotada de sus reuniones—que lo mejor sería *filer à l'anglaise* para ir a cenar y tomar copas en cualquier sitio y seguir charlando. Fuimos al BISTROT y después a tomar café al aire libre, en las Ramblas, y más tarde vagamos de un bar a otro. Luego ambulamos hasta un barrio algo más lejano para criticar, en la luz cárdena de la noche, un edificio de hierro y cristal recién terminado por el ex socio de Ramón. Hablamos de las famosas urbanizaciones polémicas recién creadas por Ramón alrededor de su masía modernizada y decidimos partir inmediatamente al campo a pasar el *week-end* en esta urbanización donde Ramón nos proponía que compráramos una casa... Sí, partir inmediatamente, porque estábamos permitiendo que el alba se asomara detrás de EL CORTE INGLÉS, lo cual era evidentemente insoportable.

—Los niños...

No, aunque Ramón, aunque Sylvia insistieran afectuosamente para prolongar el encuentro de los cuatro, Magdalena no podía abandonar a los niños ese fin de semana: les había prometido llevarlos a los polichinelas, y aunque, claro, le daba una pereza terrible tener que ir..., Sylvia, entonces, le dijo:

—Te llamo por teléfono en cuanto volvamos del campo.

—Sin falta. Tenemos mucho que hacer juntas...

—Sí, y hablar de estos tiranos.

Esta conversación se sostuvo en el momento en que las dos mujeres se inclinaban para darse un beso de despedida, casi al oído, aunque en voz alta y riéndose, con un cómico tono de confabulación. Luego Magdalena, al despedirse de mí, dijo: anda tú con Sylvia y Ramón, yo iré otro día, quizás el fin de semana próximo, cuando me haya organizado para dejar con la señora Presen a los niños. Que esta vez hiciera una preselección de casas posibles, ya que en el fondo yo entendía más de esas cosas y mi gusto prevalecería. Al oírla decir esto, Sylvia, que se había acomodado en el asiento delantero junto a Ramón con la cabeza adormilada en su hombro, y mientras yo le daba un beso de despedida a Magdalena, oí que por lo bajo le decía a Ramón:

—La mujercita sumisa... seguro que es de las que devoran.

Lo dijo con una entonación especial, que en la modorra del amanecer me pareció no sólo destinado a crear un clima de secta, como había sucedido con Magdalena y ahora sucedía con más justificación con Ramón, sino terriblemente equivocado: Magdalena no era sumisa. Simplemente teníamos delimitados nuestros deberes, repartido el trabajo. Magdalena no devoraba: era un ser humano determinado por circunstancias exteriores, bien diferentes de las mías, con conciencia de ello y que era necesario cumplir. Hubiera querido explicarle esto a Sylvia para que comprendiera que en la actitud de Magdalena no había censura a la suya, que por lo demás desconocía en todo lo que no fuera su leyenda, difundidísima, es cierto, ya que era la maniquí más prestigiosa del momento. Por eso me pareció algo más que malintencionada su insistencia durante la noche siguiente—mientras Ramón preparaba las chuletas sobre las brasas y después de la tranquila tarde entre los árboles y las colinas y las casas apetecibles—, que era tan lamentable la ausencia de Magdalena, con la que había sentido tan gran afinidad. Es verdad que dijo la palabra «afinidad» sólo dos o tres veces durante todo el día; pero sentí que en su boca la palabra se cargaba más de significación que lo que sería habitual, como si la ausencia de Magdalena impidiera la realización de un proyecto en común que esa «afinidad» solventaba.

Pero a la luz del sol, entre los reflejos de las hojas de los castaños, me pareció sólo un disparate un poco irritante el hecho de que esa muñeca inconsecuente y decorativa se hermanara con una mujer tan material como Magdalena. Fue sólo al anochecer cuando, al disponer la mesa en la solana tarareaba apenas CHATANOOGA CHOOCHOO, que el embate de la mariposa en su espalda desnuda pareció presionar un botón que puso en movimiento una cantidad de mecanismos misteriosos, y aunque no se conmovió el hilo dorado del aceite al caer sobre la escarola, insistió compulsivamente me pareció sobre el hecho de que era *tan* lamentable que Magdalena se hubiera tenido que quedar con los niños; que los niños eran una lata, el suyo estaba en los jesuitas porque el padre lo exigió, y quizá si no era a pesar de todo una buena cosa; que Magdalena era una de las mujeres más acojonantes que había conocido, tan contemporánea, con tanto estilo, tan... e insistió sobre la palabra «afinidad», que ahora, a la luz de las brasas y con la noche clara y cálida de afuera, me pareció peligrosa.

Ramón y yo permanecimos callados. Sólo el ligero quejido de la carne sobre el fuego me impedía escuchar el silencio de la noche tan grande. Mientras removía las chuletas me pareció ver que Ramón buscaba amenazante la mirada de Sylvia, que ahora era ella quien se la negaba, quizá defendiéndose de la censura de Ramón por sus insistentes repeticiones y concentrándose voluntariamente, en cambio, en adornar la ensalada con perejil y aceitunas. Encendió las velas y terminando de tararear subió la voz y dijo:

—...*please choochoo me home!* Ya está. Seguro que

Magdalena arreglaría estas flores silvestres en el centro de mesa con muchísima más gracia que yo...

Ella sabía que aludir a Magdalena una vez más le perdería a Ramón, que estaba harto con esto, o le acarrearía una cruel represalia: Ramón, me di cuenta, era intolerante de una verdadera autonomía en Sylvia. Y a pesar de la alardeada «libertad» de la pareja, él siempre continuaba siendo un señorito de la vieja escuela en busca de la tópica «mujer objeto», de la cual, también tópicamente, Sylvia encarnaba la «liberación» en las páginas de las revistas femeninas. Sin embargo, Sylvia se arriesgó a perderlo; tuvo que arriesgarse por alguna razón desconocida a pronunciar otra vez más el nombre de Magdalena. Pero al hacerlo se dio cuenta de que se había sobrepasado; y que la insistencia tiene un límite de tolerabilidad. En el momento mismo de pronunciar el nombre de Magdalena, al mirar a Ramón al otro lado de la mesa—Magdalena no hubiera tenido ni el tiempo ni la paciencia para arreglarla con el arte de Sylvia—vi su pobre rostro ovoide y bello completamente anulado: a la luz incierta de las velas titubeantes no era más que una superficie en la que se proyectaban distintas realizaciones de la belleza. Dijo:

—Ramón...

Él no contestó.

—No me siento nada bien, no sé qué me pasa, estoy cansada...

Él siguió sin responder y ella sin mirarlo de frente. Dirigiéndose a mí, Sylvia me preguntó:

—¿Les importaría mucho que los dejara solos para que comieran? Estoy agotada. Me muero de ganas de irme a acostar y no puedo más con la trasnochada de anoche. ¿No es poca comida, carne y ensalada? La fruta está estupenda.

Respondí yo porque me di cuenta que Ramón no lo haría:

—No... claro que no. Además, estoy seguro de que tus ensaladas deben ser algo totalmente fuera de serie.

Sylvia, ya junto a la puerta y con la mano en el picaporte, la abrió. Pero antes de desaparecer respondió, inconteniblemente:

—Estoy segura que las de Magdalena deben ser mucho más originales.

Yo hubiera querido preguntarle a Ramón, que era sobre todo un hombre civilizado, por qué la obsesión de Sylvia con Magdalena, en qué consistía esa «afinidad» tan alardeada, más allá de la sincronización perfecta para cantar y bailar CHATANOOGA CHOOCHOO. Pero no tuve tiempo para hacerlo porque Ramón saltó de su asiento y siguió a Sylvia, cerrando la puerta de la solana detrás de sí, dejándome solo junto a la extraña vida de los trozos de carne chirriando sobre las brasas como única compañía. Una mariposa nocturna, quizá la misma que poco antes agredió la espalda de Sylvia y la puso en movimiento, revoloteó alrededor de las velas y luego me pareció sentirla rozar mi cuello: le di un palmotazo cuando ya era demasiado tarde para pensar en las desagradables consecuencias que hubiera tenido reventar un bicho tan blando y tan gordo. Me incliné sobre la balaustrada de la solana. La noche era oscura, perfecta, conjurada especialmente para tentar a posibles compradores de casas en esa urbanización de las colinas, y el cielo era como un vidrio verde sobre el que se iba proyectando el ciclorama de los astros, constelaciones, planetas y estrellas. Sí, pensé, acodándome en la balaustrada, había sido un encuentro muy agradable este encuentro entre Ramón y yo, Sylvia y Magdalena: a nuestra edad las amistades repentinas y la energía para proseguirlas con algo de entusiasmo no son frecuentes. Por otra parte, mi deseo de comprar una casa de campo coincidía, precisamente, con la oferta de Ramón, así como nuestro gusto con el suyo. El encuentro en casa de Ricardo y Raimunda había augurado una relación muy madura y muy joven—o por lo menos muy juvenil—, sí, hasta que la maldita mariposa nocturna, al chocar contra la espalda de Sylvia, puso en movimiento toda su maquinaria obsesiva, acelerándola, haciendo la repetición de lo mismo intolerablemente frecuente, hasta dotar a la palabra «afinidad» de un aura desapacible, que lo estropeaba todo... por lo menos por el momento. En fin. Ya volvería Ramón. Ya podríamos reanudar nuestro civilizado diálogo de hombres maduros pero todavía entusiastas.

Pero Ramón no volvía. Las chuletas comenzaron a ennegrecer sobre las brasas, y para salvarlas de ese infierno y porque en realidad tenía hambre, me senté solo a la mesa y comencé a comer. Las ensaladas de Magdalena, presentadas quizá con menos aparato, eran, en efecto, mejores que esta preparada por Sylvia, que comencé a picar. Ahora que la carne había dejado de sufrir su condena sobre las brasas y permitía que el silencio lo rellenara todo, me tendí en una hamaca junto a la balaustrada de la solana, mordiendo una pera y pensando que me gustaba mucho la idea de comprarme una casa en estas lomas tan lujosamente arboladas; que me gustaban los castaños y los troncos blancos de los nogales; que me gustaba muchísimo ser vecino de Ramón y Sylvia y que sin duda a Magdalena también le gustaría, y a los niños... ¿era verdad o leyenda que tenía un hijo Sylvia...?, parecía imposible haber engendrado nada con ese cuerpo reducido a un mínimo por la elegancia de la cabeza, del cuello, la longitud de las extremidades... y me encontré pensando con curiosidad, ya que no con lujuria—era una palabra totalmente inaplicable a su persona—, en sus miembros, en su vientre que debía ser vano, en la asepsia general de su aspecto, en su superficie tan pulida, tan bien terminada, tan distinta a la materia jugosa, fragante, prehensible del cuerpo moreno de Magdalena. En fin... curioso personaje esta Sylvia. Quizá resultara más compleja de lo que en un principio me había parecido. Quizá, como Magdalena, yo también encontraría una «afinidad» con ella... ya vería cómo se desarrollaban las cosas. En todo caso nada, absolutamente nada podía agriar esta noche de temperatura tan fresca que uno casi podía tocarla con la punta de los dedos... el lujo de esa gran oscuridad habitada por árboles frondosos ocupando los volúmenes de la noche.

No sé cuánto rato estuve allí, pensando que en el fondo no me perturbaba absolutamente nada la actitud de Sylvia con respecto a Magdalena, aunque esto implicara de parte de ella un poquito de agresividad hacia mí, que pronto podría disolverse en una buena relación amistosa: pensé, también, que esta posible agresividad de Sylvia me importaba tan poco porque era como si todo lo que Sylvia sintiera no poseyera una cualidad sustantiva, sino sólo adjetiva, de decoración, parte del ambiente estético que la rodeaba a ella y a Ramón, y si me pareció desagradable fue sólo al principio, ahora no, ya que su artificialidad misma, por último, tenía encanto. Una vez que llegué a esta conclusión y que decidí que era un problema tan insignificante que tenía pronto arreglo, me debo haber adormecido en la hamaca pensando que sin duda así eran las noches en la casa vecina que me proponía comprar, y así descansaría cuando los fines de semana, después del atosigamiento de trabajo en la ciudad, me permitiera una escapada para pintar. Sentí que el motor de un coche se ponía en marcha. Me incorporé de un salto y, asomándome, grité:

—¿Quién es?

El coche reculó hasta quedar justo debajo de mí. De él se asomó la cabeza de Ramón. Dijo:

—Me tengo que ir.

—Pero ¿por qué? ¿Le pasa algo a Sylvia?

—No... está durmiendo. Me llaman por teléfono con mucha urgencia desde Barcelona. Me tengo que ir, sí, inmediatamente, mañana telefoneo para...

No oí las últimas palabras porque las dijo mientras el coche avanzaba horadando la noche con sus focos, hasta tomar la velocidad necesaria para remontar la colina que lo llevaría a la carretera nacional.

¿Teléfono? Pero ¿no era, justamente, la imposibilidad de conseguir teléfonos para esta urbanización lo que me había refrenado para cerrar trato inmediatamente sobre la casa con el estudio grande? No era lo que había hecho refrenarme en sugerir a Marta y Roberto como otros posibles compradores? Una leve sensación de desasosiego me invadió al tener la conciencia de haber quedado solo en una casa desconocida, con nada menos que la fantástica Sylvia Corday. Era evidente que el gran *atout* de Sylvia era su belleza, para muchos sexualmente atractiva, pero para mí demasiado abstracta o simbólica. En ningún momento percibí insinuación de una aventura amorosa entre ella y yo. Más bien, me di cuenta al pensarlo, si Sylvia indicó en algún momento una preferencia, fue decididamente por Magdalena, no por mí. Por eso, quizás, el granito de agresividad contra mí y la insistencia machacona sobre lo necesario de su presencia. No, quizá dejar a Magdalena sola en esta casa de campo con Sylvia no hubiera sido sabio. ¿Y su cita para el regreso...? Reí pensando en la imposible posibilidad de lo que me planteaba. En todo caso, y quién sabe desde hacía cuánto rato, Sylvia estaba durmiendo.

Yo sabía cuál era mi dormitorio porque me lo indicaron al entrar, señalándome pijamas y batas en los armarios. Ya que Ramón había partido y Sylvia dormía, yo debía hacer lo mismo. Bebí el resto de mi coñac, me incorporé y bajé de la solana al piso de los dormitorios. Entré en mi habitación, encendí la luz del velador agradablemente tamizada para la lectura, y luego al cuarto de aseo. Ramón insistía en que todas sus casas, fuera cual fuera el presupuesto, el cuarto de aseo *tenía* que ser perfecto, que la eficacia de los cuartos de aseo era, en última instancia, la prueba definitiva del arquitecto de calidad. El que esa noche me tocó, como los de todas las casas visitadas en la urbanización, respondía a esas exigencias en forma total. Un poco, sin embargo—me dije—, como esos cuartos de aseo deshumanizados de los hoteles de lujo, sin las revistas atrasadas sobre la cesta de la ropa sucia, sin los frascos de medicina a medio consumir en el botiquín, sin el pequeño anafe para la emergencia ni el poster chistoso que se sacará dentro de un mes para reemplazarlo por otro o por nada. Pero sí estaba poblado por una abundancia apabullante de grifos cromados para insospechadas funciones modernísimas, de montones de muelles toallas, de azulejos evidentemente resistentes a todo, al calor y al agua y a los niños y a la gimnasia y a los arañazos. Inmediatamente pensé en Sylvia. Sí, Sylvia tenía cierta calidad de cuarto de aseo de hotel de lujo diseñado por el mejor arquitecto y a todo costo. Sólo le faltaba una de esas fajas de papel que lo sellan todo, asegurando que lo que uno está a punto de utilizar está totalmente esterilizado: no, Sylvia seguramente no tenía hijos, era hijo de su marido en un matrimonio anterior. El vaso de lavarse los dientes, la colonia, tijeritas para las uñas, talco, todo listo sobre la repisa de porcelana junto al lavabo. Y colgando de ella—¡qué refinamiento!—uno de esos libritos de papel rojo que las mujeres utilizan para limpiarse los labios sin estropear las hondas toallas vírgenes.

Repentinamente pensé que no debía haber venido. A estas horas estaría durmiendo sumergido en el abrazo oloroso que unía mi sueño al de Magdalena. Abrí el librito de papel rojo como si lo fuera a leer: la primera hoja no había sido utilizada para limpiarse los labios. Una tijera había recortado de ella la forma perfecta de una boca femenina... tomé la tijerita de la repisa, la examiné cuidadosamente y vi que quedaban aún unos filamentos rojos prendidos en su ángulo. *Elementary, Watson!* Sería divertido mostrárselo a Magdalena y nadie los iba a echar de menos, de modo que con esa facilidad con que la gente se roba toallas en los hoteles, me eché el librito rojo en el bolsillo para que Magdalena viera las posibilidades de refinamiento que presentaba un cuarto de aseo contemporáneo. Después de lavarme los dientes con un cepillo nuevo me fui a acostar. Dejé mi chaqueta y mis pantalones tirados de cualquier manera sobre las sillas, y al meterme en la cama me quedé dormido pesadamente, inmediatamente, sin tener tiempo de ansiar la presencia carnal y definitiva de Magdalena en la cama para guarecerme en ella.

Sólo al darme cuenta de que me había incorporado y tenía el dedo puesto sobre el botón de la luz, supe que me había ido despertando poco a poco. La sensación de una presencia extraña en mi cuarto se había ido introduciendo en mi sueño y finalmente me había sacado de él. No es que oyera ruido. Era, más bien, como si un ser torpe como aquella mariposa nocturna se estuviera golpeando ciega y sin defensa contra los muebles, y que las mesas y las sillas que su cuerpo no tenía la fuerza para volcar, estropearían la superficie vulnerable de esa presencia. Era la mariposa. Con el dedo en el botón de la luz seguí escuchando, sintiendo más bien, consciente ahora, ese revolotear desesperado. Apreté el botón. El haz de luz de la lámpara de velador estaba dirigido justo sobre mi pecho, donde debía estar el libro para leer en la noche, de modo que el resto del cuarto permanecía en una penumbra dispuesta en las distintas concentraciones de los muebles oscuros y las cortinas claras que se movían apenas porque había dejado la ventana entreabierta.

Pero ¿era la cortina lo que se movía, flotaba...? Una figura fantasmal se desprendió de los pliegues inflados por un poco de aire que apenas los agitaba.

—¡Sylvia!

No me oyó. ¡Claro! ¿Cómo iba a oírme si no tenía orejas? Fue lo primero que, sorprendido y horrorizado, me di cuenta que le faltaba... y sin embargo debo decir que no demasiado sorprendido: en ningún momento pensé que se las hubieran arrancado o cortado, sino, simplemente, que no las llevaba puestas y que por lo tanto, claro, no podía oírme... aunque sí se había dado cuenta que prendí la luz de la mesilla de noche. Pero todavía inmóvil por el sueño y tratando de penetrar la penumbra con mi mirada, me di cuenta que era muy posible que no me viera porque Sylvia tenía los ojos casi borrados de la cara... *Vanishing cream*: lo que me pareció evidente era que Sylvia apenas veía, quizá sólo borrones tan indefinidos como las facciones que el maquillaje había disuelto a medias sobre su cara ovoide. Lucía un camisón largo, suntuoso, claro. Sus amplios pliegues no me permitieron darme cuenta de mucho porque los pliegues eran sólo borrones contra la cortina borrosa... no, no me di cuenta de mucho, pero sí me di cuenta de que Sylvia tampoco llevaba puestos sus brazos: y claro, buscar algo en un cuarto oscuro sin ojos y sin brazos es tarea difícil. Volví a murmurar:

—Sylvia...

La vi inclinarse sobre mi ropa como intentando ver, escarbar, quizá removerla y registrarla. Pero no podía hacerlo. Sus movimientos no eran más que gestos desesperados de un cuerpo incompleto, embrionario, sin cara, con ojos sugeridos, la boca, las orejas ausentes, y el largo cuerpo, la elegante silueta sobre lo cual todo lo demás podía ser colocado como adjetivo, era lo único vivo, unitario, inalterable. ¿Cómo buscar sin tener brazos ni manos ni ojos? Y, sin embargo, esa línea de elegancia infinita, despojada de todo lo que no fuera su propia elegancia, expresaba eso: búsqueda desesperada, como quien busca la vida que está fuera de su alcance, para apoderarse de ella y ponérsela como quien se pone lo que a su cuerpo le falta. Una enorme compasión surgió en mí al ver ese esquema de una idea buscando algo para completarse y tener acceso a la vida: ¿Sus orejas, sus brazos...? Era todo tan incierto. Por eso no quise encender las luces. Dejé la que estaba en el velador y, poniéndome mis zapatillas, me acerqué a ella cautelosamente para no asustarla: de cerca su rostro era el de un feto, las facciones apenas insinuadas esperando la invocación mágica del maquillaje para precisarse. Yo debía ayudarla a hacerlo. La pintura borroneada sobre los patéticos proyectos de ojos era lo único más definido de ese rostro sin boca, sin nariz, sin orejas, sin mentón. Ya muy cerca de ella, vocalizando lo más nítidamente posible, le pregunté, con la esperanza de que esos ojos embrionarios pudieran discernir en mí a un amigo:

—Sylvia. ¿Qué buscas?

Pero no me oyó. Volví a preguntarle:

—¿Quieres que te ayude?

Tampoco me oyó. Entonces, acercándoseme más, la toqué. Se incorporó como con una descarga eléctrica, quedando de pie ante mí, mirándome, frunciendo lo que debía ser la frente en su esfuerzo por verme como si yo estuviera muy lejos, como si ella fuera una india y hubiera colocado una de sus manos inexistentes—o perdidas, o guardadas, o robadas—a modo de visera sobre sus ojos para alcanzar a divisarme en el fondo de un desfiladero o en la punta de una montaña. Pero me reconoció: me di cuenta inmediatamente que supo que era yo, su amigo, y que estaba dispuesto a ayudarla. Me di cuenta también que al reconocerme comenzó a tratar de hablar, aun sin tener boca. Sus mejillas y su mentón inexistentes efectuaban movimientos muy semejantes a los que efectúa un niño cuando masca una bola grande de chicle... Sí, los movimientos eran ésos, sólo que sin la boca porque boca no tenía. Sin embargo vi que Sylvia trataba de decirme algo con los movimientos de sus mejillas lisas como las de un huevo, vacías, blandas y expresivas ahora. Me rogaba que la ayudara. Se lo dije:

—Quiero ayudarte.

Ella se alzó de hombros, significando que no oía. Yo hice un gesto con las manos y luego con todo el cuerpo, pidiéndole que me indicara de alguna forma qué necesitaba, cómo podía ayudarla. Ella me entendió inmediatamente, porque indicó con la punta de su pie mi *blazer*. Y de pronto, la sensación de orgullo al haber podido comunicar mi afecto a un ser que carecía de los órganos necesarios para captar agudizó mi curiosidad. Curiosidad y, claro, compasión: sí, hubiera querido tocarla. Quizá fue entonces, al darme cuenta de su infinita y dolorosa falta de recursos, el primer momento en que sentí el impulso de acariciarla. Estábamos unidos, intentando inventar un idioma propio a esta situación irreproducible que sólo podía existir entre ella y yo, y si ella hubiera tenido boca quizás hubiera pensado en besarla, tan desnuda la sentí bajo su camisón, tan despojada de todo. Pero con el pie Sylvia me señalaba urgentemente mi *blazer* y lo tomé. Ella movió la cabeza, gesticulando con todo lo que podía gesticular, para indicarme, cuando yo traté de ponerme el blazer y luego de ponérselo a ella, que no era eso lo que quería, que quería que fuera sacando las cosas que contenían sus bolsillos. Fui sacando mi cartera, mis cigarrillos, mi pañuelo y otras cosas, que ella fue indicándome con movimientos de la cabeza que no eran lo que buscaba. Luego me indicó los pantalones. Metí la mano en el bolsillo y saqué el librito de papeles rojos. Fue entonces que ella indicó que sí, sí, sí con la cabeza, con todo el cuerpo desesperado, que eso era lo que quería, eso era lo que buscaba. Yo quise entregárselo. Pero, claro, no tenía ni manos ni brazos, así es que ella no podía cogerlos. Sin embargo, gesticulando frenéticamente con sus mejillas que ahora parecían mascar algo más voluminoso que un chicle, me indicó que la siguiera hasta el cuarto de aseo.

La luz de todos los cuartos de aseo del mundo es cruel y cruda. Bajo esta luz miré el huevo blando con facciones fluidas y ojos borrosos de maquillaje a medio quitar que para tratar de explicarme algo mascaba chicle... explicarme, sí, sí, escudriñando cada movimiento de sus mejillas, entendí que era algo que se refería al librito de papeles rojos, que lo abriera,

41

que tomara la tijerita y que recortara una boca, cualquier boca con tal que fuera boca, en la segunda hoja de papel colorado. Así lo hice, cuidadosamente, tratando de reproducir los contornos de la boca que Sylvia tenía anoche. Ella hablaba sin cesar y sin hablar, moviendo las mejillas mientras yo terminaba de recortar la boca y la mojaba un poco en el grifo como si desde siempre supiera exactamente qué hacer, cuál, exactamente, era mi misión en este momento porque ella, Sylvia, me lo había dicho todo sin necesidad de tener boca. Y mientras ella hablaba frenéticamente sin hablar, yo le pegué la boca recortada y humedecida donde debía ser la boca. Inmediatamente la oí decir:

...dinner at the diner
nothing could be finer
than to have your ham'n eggs in
Caroooooolineeeeeeeeerrrrrr...

Prolongó la última sílaba como un do de pecho para probar si su boca nueva le servía. Entonces se calló bruscamente, se acercó a mí y, poniendo su boca recién recortada sobre la mía, me besó. Sin poder resistir el impulso, la tomé en mis brazos, y ese beso —que ella, sin duda, me daba para probar la eficacia completa de su boca en todas sus funciones—me hizo conocer la satisfacción de besar y quizás hasta de amar a una mujer que no es completa: el poder del hombre, que no corta lengua ni pone cinturones de castidad por ser procedimientos primitivos, sino que sabe quitarle o ponerle la boca para someterla, desarmarla quitándole los brazos, el pelo en forma de peluca, los ojos en forma de pestañas postizas, cejas, sombras azules, quitarle mediante algún interesante mecanismo el sexo mismo para que lo use sólo en el momento en que uno lo necesita, que todo, todo en ella depende de la voluntad del hombre—que cante o no cante CHATANOOGA CHOOCHOO, que nombre o no nombre demasiadas veces a Magdalena—, era una emoción verdaderamente nueva, como si mi fantasía la hubiera venido buscando desde el fondo del tiempo para encontrarla aquí esta noche. Claro que Sylvia ahora podía hablar y quizá me explicaría cosas que por el momento por lo menos yo no quería saber. Lo que yo quería era llevarme a ese maniquí sin brazos, con su boca voraz porque yo la quería voraz, carente de autonomía, a la cama y hacer el amor con ese juguete. El no dotarla del resto de sus facultades dependía totalmente de mí. Esa muñeca no podía buscar nada en el amor, sólo ser instrumento. Pero Sylvia se estaba prendiendo a mí con su boca, envolviéndome con la lascivia de su cuerpo incompleto: era como si su intención fuera comprometerme para después obligarme a algo, o más bien pedirme hacer lo que ella quisiera... porque Sylvia, aun en su embrionario estado actual, sabía que su cuerpo, aun sin brazos, que su rostro, aun sin facciones más que en la forma más rudimentaria, era lo suficientemente deseable como para que me excitara. Nos tendimos en la cama. Y después del amor la miré inerte, sonriendo sobre la sábana. Sólo la boca sonreía. ¿Tenía o no cerrados los ojos por el placer? Era difícil verlo en la penumbra. En todo caso la posibilidad de que no tuviera ojos, sólo promontorios de materia, no dejaba de sobresaltarme. Lo que sí debo decir era que la ausencia de los brazos era positivamente un adelanto, un perfeccionamiento en la mujer, ya que tantas veces en el lecho con Magdalena me habían parecido de más; o por lo menos que uno, con frecuencia, sobraba.

—Sylvia.

—Cuando despierto en la mañana tengo la sensación de que si no me pinto los ojos no voy a poder ver... Lo primero que hago al despertar, incluso antes de tomar desayuno o bañarme, es pintarme los ojos.

Me indicó dónde, en su dormitorio, guardaba su material de maquillaje y fui a buscárselo. Al regresar la encontré sentada frente a la mesa de tocador de mi cuarto. Sólo entonces me di cuenta de que yo iba a tener que maquillarla, porque ella no tenía brazos.

Sobresaltado, le pregunté:

—¿Y tus brazos?

—No sé dónde me los escondió Ramón. En fin, no te preocupes, no tengo ganas de ponerme los brazos hoy. Maquíllame tú...

—Pero si yo nunca...

—No importa...

—Yo pinto abstracto.

—Mejor...

Alegó que mi falta de experiencia en el maquillaje no importaba nada: mi experiencia en pintura, en cambio, aunque fuera *amateur,* bastaba. Hizo un largo gesto con los hombros—si hubiera tenido brazos hubiera sido un gesto de estirar los brazos para desperezarse y si hubiera tenido ojos los hubiera cerrado

44

con satisfacción—y cuando yo le acaricié la peluca y
dejé las cosas de maquillar en la mesa, Sylvia se reclinó amorosamente hacia atrás contra mi cuerpo. No
cesaba de hablar, con el fin de probar que su boca servía para esa función:

—... contenta, como renovada... no sé, alegre: sí,
por lo tanto, mira, quiero unas cejas muy arqueadas,
sí, con ese pincel, sí, abre ese estuche, ahí están los
colores. Con esta peluca clara tiene que ser cejas apenas esbozadas, un color casi pajizo, diría yo. ¿No te
parece?

—Te digo que no entiendo de estas cosas.

Tuvo un gesto de impaciencia. Dijo:

—Bueno, con razón eres un pintor *amateur* solamente, si no te atreves a experimentar. Anda a mi
dormitorio. Junto a mi cama está el último *Vogue*. En
la portada de ese *Vogue* está el rostro que quiero llevar hoy, y adentro están las explicaciones de cómo hay
que hacerlo.

Cuando regresé con el *Vogue*, a la luz de los focos
que circundaban el espejo del tocador no miré el
rostro de Sylvia, sino que examiné el rostro femenino
mirándome con ojos vacíos desde la portada de la
revista con una atención que nunca antes había mirado ningún rostro, cada detalle de color y superficie,
y suplantando esa delicada realidad de papel por la de
Sylvia: un milagro de delicadeza, los matices fundi-
dos o separados como los del ala de una mariposa, polvos y tintes y brillos y tonalidades fundiéndose sobre
la delicada materia de una mejilla—de cualquier mejilla con tal que fuera delicada y sirviera de tela para
la composición de colores, que era lo que importa-

ba—, sobre la frente, sobre los ojos, dibujando contornos y pestañas y realzando suavidades.

—Yo no puedo.

—Sí podrás, Anselmo. Yo te diré cómo.

—¿Cómo?

—Comienza por abrir el estuche...

Desplegué sobre la mesa de tocador la infinidad de pomos y potingues insospechadamente variados en comparación con el arsenal modesto del maquillaje de Magdalena. Destapé, preparé algodones y cisnes y pinceles y lápices, obsesionado por la infinita variedad de recursos que es lícito que una mujer use para adquirir no sólo un rostro, sino el rostro que quiere adquirir.

—Primero los ojos; el pincel delgadito, largo... un tono más bien marrón... Pero, espera. ¿Tengo muy sucia la cara, muy borroneados los ojos?

—Sí.

—Ah, entonces límpiame...

No había sentido ninguna vejación al verme ante la tarea de maquillarla. Pero ante el deber de limpiarla, sí sentí un poco de humillación que no quise que ella percibiera, y pregunté:

—¿Cómo?

—Con *Vanishing Cream*.

Y siguiendo paso a paso sus indicaciones le limpié la cara hasta dejarla convertida en un huevo perfecto con una boca roja. Luego, retocando y retocando según ella me guió después que la doté de ojos, mi mano logró reproducir sobre el rostro ovoide de Sylvia el bello rostro de la portada del *Vogue,* que sin embargo era el rostro de Sylvia: una máscara suave, sutil, divertida, sabia. Varias veces, al extender con mi mano

46

quizás un poco torpe algún merjurje coloreado y oloroso sobre sus mejillas, ella, me pareció que con demasiada dureza o impaciencia, corrigió mi trazado del contorno de la mejilla o mi colocación de las pestañas postizas en el párpado inferior del ojo derecho. Quedé maravillado al ver que de este feto que no era más que materia antes de la creación, fui haciendo emerger un verdadero rostro humano y hermoso, el de Sylvia pese a la superposición de la portada del *Vogue*. No pude dejar de sentir una atracción feroz hacia ella otra vez, y la besé en la nuca y en el cuello y la invité a la cama. Ella se escabulló, excusándose, diciendo que no quería cansarse, que quizá más tarde, que ahora el peinado, una peluca distinta por el tono general del maquillaje... Y yo, entonces, ante su resistencia, en un acceso de rabia, la amenacé con borrarle la cara. Ella, aterrada, se puso bruscamente de pie, encarándome, y yo encarándola a ella con un trapo en la mano para borrarle la cara con *Vanishing Cream* como quien borra un monigote de tiza que acaba de esbozar sobre un pizarrón. Ella se lanzó sobre mí y, con su boca caliente y sus labios gruesos y flexibles sobre los míos, y buscando con su lengua en mi boca, me hizo olvidar mi propósito. Dejé caer el paño al suelo para abrazarla. Ella se dejó, restregándose contra mi cuerpo, y con la mirada hundida en mi hombro, junto a mi cuello, comenzó a murmurar cosas que poco a poco fueron tomando la forma de palabras reconocibles:

—...después... amor... tenemos todo el día... hambre, tengo hambre... desayuno. ¿No tienes hambre? Sí, sí, vamos a la cocina a tomar desayuno.

Antes de soltarla ofrecí ir a buscarle sus brazos para

ponérselos antes de ir a tomar el desayuno, pero al
desprenderse de mí y con palabras todavía ahogadas en
mi cuello, murmuró que esperara, que no acababa de
despertar y no se acordaba dónde le había dejado los
brazos Ramón anoche. La solté. Al hacerlo me sorpren-
dí al comprobar que en ese momento comenzó a pri-
mar en mí el habitual hambre de la mañana más que
el deseo, que ahora bien se podía aplazar durante una
hora.

La cocina—también perfecta, como el baño; también, según Ramón, prueba del buen arquitecto—era
toda un espacio de baldosas azules pulidísimas y me-
tales cromados y muchos artefactos evidentemente
muy útiles pero carentes de significado para un hombre, destinados a funciones impenetrables, colgados
como instrumentos de tortura en la pared o alineados
sobre los anaqueles como en un laboratorio. Desde su
asiento Sylvia me indicó cómo preparar el café y dónde estaba cada uno de los utensilios, la tostadora de
pan—no, no, gracias, ella mermelada no, mantequilla
no, por la línea, pero si yo quería había de todo detrás
de esa puerta con celosías—, y después de servirle a
ella su gran tazón de café negro me preparé mis tostadas y un desayuno un poco menos frugal. Mientras
terminaba de desayunar, comentando la reunión de
la noche del sábado en casa de Ramón y Raimunda
Roig, parecía un poco inquieta, como si yo estuviera
tomando demasiado tiempo para desayunar y ella se
estuviera aburriendo. Apuré mi taza de café y, tomando su impaciencia como un halago a mi virilidad
diestra y generosa, me puse de pie. Entonces ella sonrió, se puso de pie también, y nos dispusimos a salir

de la cocina. Se detuvo ante la puerta cerrada, yo me di cuenta de su problema, y galantemente se la abrí. Ella sonrió y siguió camino. Ante cada puerta, como una reina, iba deteniéndose para que yo se la abriera, pero su primera sonrisa ante la primera puerta que le abrí se fue transformando a medida que le iba abriendo puertas sucesivas, en una expresión autoritaria. En su habitación me ordenó:

—Abre las cortinas.

Lo hice.

—No tanto.

No me dio las gracias. Se sentó ante el tocador de su dormitorio y al mirarse con atención en el espejo iluminado, dijo con desgano:

—No, no resultó. Todos los espejos son distintos y todas las luces son distintas. Ahora veo que lo que hiciste en tu habitación está mal, todo equivocado...

—Bueno, Sylvia, pero eso es un tecnicismo un poco innecesario en estas circunstancias, ¿no te parece? No te voy a maquillar otra vez...

—Abre el *closet*. Ahí, a la derecha, busca, sí, ahí está mi chilaba rosa. Por favor, pónmela... sí, pero quítame primero el camisón, sí, así...

Al desvestirla y ponerle su chilaba, de nuevo toqué ese cuerpo liso y fresco, perfecto, como dibujado de un sólo trazo, y medité que de veras los brazos no agregan absolutamente nada a la belleza ni a la sensualidad femenina, y son, en ciertos momentos, un estorbo: al fin y al cabo toda Venus que se respeta se encarga de perder sus brazos; por algo será, no va a ser un simple accidente histórico. Cuando le puse la chilaba rosa me di cuenta de la verdad de los defectos del maquillaje

49

ejecutado por mí: el color de los pómulos era áspero, el de los párpados estridentes, el tono de la boca no armonizaba con el resto del maquillaje. Sylvia me indicó—digo indicó porque ése era su tono ahora; no digo «pidió»—que fuera a la biblioteca para traer un montón de *Vogues* que había sobre la mesa de café. Volví agobiado por el peso de las revistas, y tendiéndonos en la cama con ellas, a la luz despejada de esa mañana de sol, me hizo elegir un *Vogue* para seleccionar otro maquillaje quizás, e ir pasándole las hojas para que ella viera y eligiera. Me estaba aburriendo. Me di cuenta de que si no tuviera tan cerca su torso diminuto, sus piernas larguísimas, no toleraría el aburrimiento de ver mujeres todas iguales bajo maquillajes y vestidos distintos en las páginas de *Vogues* italianos, ingleses, franceses, americanos. Le dije a Sylvia:

—¿No quieres que te ponga los brazos?

—No.

—¿Por qué?

—...creo que se los llevó Ramón.

Me pareció una impertinencia de parte de Ramón.

—Pero ¿por qué se los llevó?

—A los hombres les gusta dejar imposibilitadas a las mujeres... No quiere que salga de aquí.

—Pero, ¿y tú?

Me miró sonriendo su sonrisa más encantadora. Poniéndose de costado, sobre el sitio que hubiera ocupado uno de sus brazos se acercó a mi cuerpo, y sentí toda su línea respirando acompasadamente con la serena sencillez de las cosas mecánicas, entregada e indefensa puesto que carecía de brazos, envuelta de pronto en los míos. Entre los besos murmuró:

—¿Yo? Yo te tengo a ti...

No supe qué significaban sus palabras, pero me bastaron. La apreté entre mis brazos, dispuesto a hacer el amor otra vez, pero ella me lo impidió, diciéndome:

—¿No prefieres hacer el amor con una mujer que sea la misma pero tenga otra cara?

Yo reí. Sylvia tenía una manera de decir las cosas, una voz... Se había incorporado y se sentó en la banqueta del tocador, esperando, sabiendo lo que yo le iba a decir:

—Sí.

—Yo no soy como mujeres como... como Magdalena, digamos, que es siempre la misma... Toma este trapo. Sí, ponle *Vanishing Cream*, no, el otro pote... Puedo tener mil caras y darle a mi hombre, como le doy a Ramón y ahora a ti, la sensación de que son capaces de enamorar a muchas mujeres, a todas las mujeres, que es lo que los hombres quieren... Sí, bórrame primero las cejas... así, así... y luego el color de las mejillas... suave... suave... sí, así, mi amor, qué bien lo haces, qué bien, mucho mejor que Ramón, mucho mejor... quítame la peluca... no, no te extrañe que tenga tan poco pelo y tan corto y albino, sí, soy casi albina, por eso me hice modelo, por eso uso maquillaje y peluca y mi cutis es tan blanco... así... y mueve la luz un poco porque me hiere los ojos, que tengo un poco débiles, ya lo sabes... tendrás que pintármelos muy bien. Ramón me los pinta estupendamente, con mucha fuerza, y generalmente veo muy bien: tendrás que esmerarte si no quieres que pase el día entero con gafas... Magdalena me dijo que usa gafas como tú para leer, pero sólo para leer... Tú ma-

51

quillas muy bien, voy a decirle a Magdalena que te haga maquillarla. Quedamos de comer juntas en cuanto yo la llame por teléfono cuando regresemos a Barcelona... Sí, ustedes en el trabajo y las mujeres comiendo juntas y hablando de sus cosas... una mujer acojonante si sólo supiera sus posibilidades, todo lo que podría hacer con su belleza si se cuidara más, si se maquillara mejor, por ejemplo... ahora la boca... cuidado, no me la quites... sí, me quedaré callada mientras me la arreglas...

Quitársela para que cesara su charla estúpida, para... Pero si se la quitaba ya no tendría esa boca en que hundir mi boca... no podía borrársela para obligarla a dejar de hablar de Magdalena, pero seguía hablando ella, como anoche, diciendo que eran almas afines, hermanas, que rara vez había sentido tanta afinidad por una mujer... que le encantaba... que le iba a sugerir algunos cambios en el maquillaje, algunas sofisticaciones necesarias en el peinado y en el atuendo. Y mientras hablaba, yo, obediente ante esta Venus sin brazos, le iba cambiando el maquillaje, y el rostro que surgió de mis manos era el mismo pero otro, otra mujer pero la misma que me había amado y volvería a amarme. Le imploré que lo hiciera, pero dijo que no, que no estaba «lista», que no tenía ganas, que estaba cansada, que necesitaba que se produjera una situación, un clima, como anoche, que le dijera cosas, que... y ante mi insistencia se enfadó tanto que terminó por decirme que bastaba, que me fuera, que tomara el otro coche y regresara a Barcelona donde mi mujer que me estaría echando de menos, y ya que Magdalena me dominaba de tal manera que yo no podía pasar ni

una mañana no presupuestada fuera de la casa sin
que ella se inquietara y me buscara como a un niño...
Pero mis manos, mis besos, mis abrazos: Sylvia cedía, sí, cedía; su agresividad iba amainando, que sí,
que bueno, si quería tanto, que consentía en hacer el
amor una vez más conmigo aunque ella no tenía ganas
ya, estaba cansada, tenía poca resistencia debido a las
dietas a que debía someterse para guardar la línea...
claro, y se sacrificaba, aun en esto, ya que la línea y la
elegancia para ella lo eran todo, eran lo único que
realmente importaba, lo único tangible, real... y yo
recordaba de hacía unas horas la finura de sus piernas
entre las mías. Dijo:

—Corre las cortinas.

Lo hice y me metí en la cama con ella. Su boca era
a pesar de los cambios la misma boca honda y voraz de
siempre, y su cuerpo sutil entre mis brazos estaba do-
tado de sabios movimientos lúbricos destinados no
sólo a excitarme a mí, sino a excitarse a sí misma. En
un momento dado, ella me dijo:

—No puedo.

—Sí puedes, mi amor...

Dejó transcurrir un momento. Después murmuró
muy bajo:

—Trae un pote de crema del tocador.

En la oscuridad tomé uno cualquiera y se lo pasé.
Después de usarlo lo dejó sobre la mesilla y entró de
lleno en el amor, excitándose y excitándome sabiamen-
te, hasta que la penetré y ella—más, oh, mucho más
que la otra vez—gozó y gocé yo con ella de modo definitivo, como si hubiera dejado mi esencia en ese
orgasmo. Nos dormimos.

No sé qué hora sería cuando desperté con una curiosísima sensación de haberme sometido como un niño bueno y que me habían dado un premio por hacerlo. Era curiosa, medité, esta infinita posibilidad de transformaciones que producía el amor con Sylvia, tanto en ella como en mí, como si ambos no fuéramos más que envoltorios diferentes y cambiables armados en torno a esa fibra central que es la posibilidad de hacer el amor cada vez distinto. Sentí ganas de orinar. Me levanté, callado, pero al pararme desnudo frente a la taza y mirar el trozo de mi cuerpo que tenía que mirar, comprobé con horror que se había desvanecido aquello que me acababa de procurar tanto placer con Sylvia y que tanto placer le había procurado a ella. Simplemente no estaba. En silencio volví a la habitación. Encendí una pequeña luz. La vi dormir, desnuda, plena, pero liviana sobre la sábana, su bello rostro artificial inclinado sobre su hombro sin brazo. Luego miré la mesilla de noche. Allí estaba el pote blanco. Pensando en otra cosa lo tomé, y casi sin darme cuenta de lo que hacía, maquinalmente leí su etiqueta:

—Elizabeth Arden. *Vanishing Cream.*

Crema de desvanecer, de hacer desaparecer, de borrar, de limpiar, de dejar vacío, sin rostro, sin sexo, sin arma de ninguna clase con que herir o defenderse o procurarse placer. Ella me había quitado lo que hacía gravitar mi unidad como persona, lo que me permitía unirme a Magdalena, y siendo esta unión misma lo que le daba forma a mi trabajo, a mi relación con los demás, con mis hijos, Sylvia había descoyuntado mi vida... *Vanishing Cream...* claro: una treta montada por Sylvia, esta muñeca sin alma y sin rostro.

Mi furia contra ella, la sensación de que me había quitado mi más poderosa arma para someter, alzó mi furia, y mirando a mi alrededor buscando con qué atacarla—un látigo para marcar su piel blanca, por ejemplo—, sólo vi el bote de *Vanishing Cream* sobre la mesita de noche. Inmediatamente tomé un paño y lo unté en la crema y me lancé violentamente contra Sylvia, que despertó chillando, hasta que le borré la boca, y como carecía de brazos sólo podía patalear para defenderse: inútilmente, sin embargo, porque en dos minutos le había borrado la cara, todo, los ojos y la nariz y las cejas y la frente, dejándola convertida en un borrón rojizo, azul, rosa, negro, con las pestañas artificiales pegoteadas en cualquier sitio de ese huevo sin rostro y sin peluca que ahora remataba el cuerpo que había englutido mi sexo. Venganza. Sí. A ella no podía arrancarle el sexo como ella a mí porque sería necesaria una operación quirúrgica. Las mujeres son más complicadas desde ese punto de vista. Pero le había borrado la cara, lo que para ella quizá resultaría peor. ¿Por qué no encerrarla para siempre así, borroneada, incompleta, sin ver, ni oír, ni hablar; y quizá si lograba encontrar los ajustes que unían sus piernas a su torso, quitarle las largas, finas piernas, y quizá, después, quitarle el cuello y la cabeza, y limpiarlo, y plegarlo, y ordenarlo, guardar todo cuidadosamente en una caja?

La encerré con llave en la habitación. Yo tenía que huir ahora mismo, dejar atrás a esta bruja para regresar al mundo de los vivos, seres maravillosamente unitarios de carne y hueso que tienen un solo rostro y que no se desvanecen ni se arman... sí, sí, huir hacia

Magdalena. Que Ramón, si quería, rescatara a Sylvia y volviera a pintarla. Yo, mientras tanto, me vestía para partir. Pero al ponerme mi *blazer* me detuve: ¿y esa parte mía que Sylvia había hecho desaparecer? ¿Cómo me iba a ir sin ella? ¿Cómo vivir sin ella, cómo explicarle a Magdalena...? Me abotoné el *blazer* enérgicamente. No. Imposible. No era verdad. Estas cosas fantásticas no ocurrían más que en modernas novelas de autores tropicales. A mí, un buen médico catalán, con barba y con gafas y con cierta afición a la pintura, no podía sucederme una cosa así: un psiquiatra me curaría de mi fantasía en unas cuantas sesiones. No era más que mi sentimiento de culpa por haberle sido infiel a Magdalena. Absurdo en un hombre civilizado como yo, que sabía que las técnicas de Masters and Johnson curan estos traumas entre las dos partes de un matrimonio facilísimamente. Huir, sí, y dejar encerrada a esta mujer, o a este pedazo de mujer: yo tenía mujer propia, mía, mía, entera, y no estaba para pigmalionizamientos absurdos con una modelo bastante tonta que dentro de un par de años ya sería una carcacha inservible en el mundo de las maniquíes porque otras más jóvenes encarnarían con más precisión gustos brevemente contemporáneos. Sí, la conciencia de que yo quería a Magdalena, unitaria, presente, aliada, de carne y hueso, no de tela y maquillaje, me hizo salir a la carrera de la masía, sacar el coche y partir rumbo a la realidad de Barcelona.

Durante el viaje barajé el nombre de varios psiquiatras con quien consultaríamos, Magdalena y yo, para solucionar el problema. Pero al cabo de unos cuantos kilómetros pensé que no. Tal vez sería preferible, al comienzo, no decirle nada a Magdalena y hacer las cosas por mi cuenta. Sí, al comienzo, debía disimular con subterfugios y excusas—comenzar la redacción de ese trabajo de laboratorio, por ejemplo, que de pronto me urgiría, trabajando así hasta tarde en la noche y levantándome cansado y temprano, para no tener que tocarla—, hasta que gracias al tratamiento psiquiátrico mi sexo reapareciera en el lugar que la naturaleza le tenía destinado.

Al llegar a casa me sorprendió la total falta de sorpresa de Magdalena ante mi ausencia. Debo decir que, incluso, me ofendí un poco porque era como si mi ausencia le hubiera dado la oportunidad para hacer cosas que mi presencia coartaba. Yo había venido en el coche fabricando toda clase de explicaciones por mi ausencia de una mañana, pero no me pidió ninguna. Claro, el sentimiento de culpa que esperaba castigo, me dije; al fin y al cabo, nada más natural que me retrasara un poco habiendo pasado el *week-end* con Ramón y Sylvia. Ella ya le había avisado a la señora Sanz, mi enfermera, que deshiciera todos mis compromisos para esa mañana. Me ayudó a prepararme para ir a la consulta después del almuerzo. Dijo que habían llamado Marta y Roberto para recordarnos que esa noche teníamos entradas para un concierto de música dodecafónica... sí, le dije, sí, me dije, esto me daba un respiradero, ya que yo me las arreglaría para acostarnos muy tarde, y como había faltado este lunes en la mañana al hospital, bien podía pretextar eso para levantarme temprano al día siguiente y compensar así lo que había faltado. Un día y una noche de aplazamiento, de paz. Entretanto—no desde la oficina, sino desde algún bar para que la señora Sanz no se enterara—haría una cita con mi colega el doctor Monclús, quien, yo sabía, obraba verdaderos prodigios no con los métodos anticuados de Freud, sino con el más contemporáneo behaviourismo, sí, y con algo de yoga... una mezcla de Masters and Johnson con Jung que me parecía bastante interesante y probablemente efectiva. No es que yo no me fiara de Magdalena y por eso quería mantenerla ignorante de mi secreto que en ningún momento me pareció ignominioso: no, simplemente quería protegerla, no exponerla a innecesarias humillaciones, y cuando el tratamiento avanzara y Masters and Johnson, es decir, el doctor Monclús, lo estimara conveniente, incorporaría a mi mujer al tratamiento.

En mi consulta la señora Sanz, que me escudriñó, me dijo que Ramón del Solar me acababa de llamar por teléfono. Me dio su número, preguntándome si quería que ella lo llamara. Dije que no, que gracias, que yo lo llamaría más tarde, y noté que la cara de la señora Sanz era idéntica a la cara de Sylvia—con algunos años más y sin nada de apetecible—, idéntica, en realidad, a todas las caras de Sylvia porque todas las caras de Sylvia eran, en buenas cuentas, idénticas entre sí. Después de haber visitado a varios pacientes la señora Sanz entró a decirme que Ramón del Solar estaba en el teléfono. Yo mentí diciéndole que me mandara el mensaje porque estaba ocupado con alguien. Me mandó decir que por favor almorzara con él mañana, que tenía cosas muy urgentes que hablar conmigo. Le mandé decir:

—Imposible.

Sorprendida, la enfermera me preguntó:

—¿Por qué?

La miré enfurecido. ¿Qué pretendía? ¿Todas las mujeres, entonces, querían adueñarse de mí, cada una de su sección? ¿Y ella pretendía controlar el horario de mis compromisos? Sí, ahora más que nunca me pareció idéntica a Sylvia y peligrosa como ella, voraz, sí, eso era exactamente lo que era la señora Sanz. Le contesté altanero:

—Ya ha estado suficientes años conmigo, señora Sanz, para saber que los martes almorzamos en casa de los padres de Magdalena. Se está poniendo un poco olvidadiza.

Pensé, no sin una especie de mareo de ilusión, que seguramente de haberlo querido yo también podría borrarle las facciones a esta mujer y desarmarla como a Sylvia, y cuando me hartara, guardarla, clasificándola pieza por pieza en el Kardex verde que ocupaba todo el rincón de su oficina, sacando de allí las piezas de la señora Sanz que necesitaba utilizar. Quizá fuera esto a lo que ella aspiraba para así ser la secretaria perfecta, y la armaría completa solamente una vez al año, para sus vacaciones, que se tomaría con la hermana de su difunto marido en Ibiza, para ver a los *hippies*.

Esa noche cenamos temprano en casa. Descansé un rato junto a la chimenea leyendo a Jung con vistas a mi tratamiento con el doctor Monclús. Le dije a Magdalena que estaba fascinado con Jung, que las perspectivas que abría a la inteligencia eran increíbles... sí, si no fuera porque teníamos compromiso para ir con Marta y con Roberto a oír música dodecafónica me quedaría feliz junto a la chimenea leyendo. Magdalena dijo:

59

—Mañana en la noche no tenemos compromiso. Puedo acostar a los niños temprano, comer cualquier cosa, y nos podemos meter a la cama para leer hasta la hora que quieras.

Le contesté:

—Sí.

Dejé el libro para ir a vestirme.

A la mañana siguiente la señora Sanz me transmitió al hospital un mensaje de Ramón:

—Dijo que tuviera cuidado, doctor.

Ella quiso implantar un silencio después del mensaje, pero no se lo permití.

—¿Nada más, señora Sanz?

—No, nada más.

—Está bien.

—¿No deja algún mensaje para él?

—No, ninguno.

—¿Ni cuándo se pondrá en comunicación con él?

—Yo lo llamaré.

¿Cuidado de qué? ¿De quién? Llamarlo por teléfono para almorzar con él, por ejemplo, que hubiera sido lo natural, presentaba el peligro de tener que discutir y aclarar las cosas, de contarle lo que había sucedido, y francamente, conocía a Ramón del Solar demasiado poco y en un mundo demasiado frívolo, que se alimentaba de toda clase de chafardeo, hasta del más vil, para atreverme a contarle mi vergüenza que a partir de su boca correría de boca en boca por todo Barcelona.

En la tarde, entre visita y visita, iba al lavabo para ver si se insinuaba algún progreso, con la esperanza de que pese a que faltaban días todavía para mi primera consulta con Monclús, se insinuara siquiera un botoncito de carne presagiando un crecimiento espectacular y una restitución completa... quizás aun sin necesidad de Monclús. Pero nada. Y cada vez que pasaba para dirigirme al lavabo, junto al escritorio de la señora Sanz, ella bajaba sus gafas para mirar mis espaldas por encima de sus vidrios creyendo que yo no me daba cuenta, y cuando salía del lavabo y volvía a pasar junto a su escritorio ella tenía puestas las gafas otra vez y no levantaba la cabeza, concentradísima en los papeles.

Esa noche, sin embargo, cuando regresé a casa, Magdalena salió a recibirme al vestíbulo y me preguntó:

—¿Que no te sientes bien?

—¿Por qué?

—La señora Sanz me telefoneó para decirme...

Allí mismo estallé en un ataque de ira que jamás antes había tenido. ¿Qué se metía esta gente estúpida? Despacharía a la señora Sanz mañana mismo, a la mañana siguiente, esto no podía seguir así, no tenía ni derecho a ir al lavabo cuando se me antojara, bueno, francamente, si un hombre de mi edad no podía... Pero a medida que mi ira cundía me fui dando cuenta de que el pretexto de una enfermedad era, quizá, lo mejor de todo, que siendo médico podría prolongar una dolencia durante el tiempo que quisiera y además con gran despliegue de síntomas para pretextar no hacer el amor con mi mujer, y que todo quedara, cuando mucho, en afectuosos besos, quizá caricias, quizás un abrazo, obteniendo así la paz gracias a mi dolencia. Y antes de permitir que se apagara mi ira, presenciada por mis hijos en pijama que acudieron

61

fascinados con la violencia que sólo en la televisión presenciaban, ya le estaba agradeciendo a la señora Sanz haberme organizado la coartada perfecta de una dolencia que yo manejaría a mi discreción, que yo mismo podría prolongar cuanto quisiera, hasta que sucediera algo, quién sabe qué.

—No, no me siento bien.

—¿Qué te pasa?

—No sé, un estado asténico general, una debilidad, un desgano... algo al estómago.

—¡Qué raro! Tú siempre tan estreñido. Sería algo que te dio de comer Sylvia. Dicen que hace unos platos muy exóticos, que mezcla cosas picantes con mermeladas, lo que a mí me parece un asco; pero, en fin, platos orientales...

—Comí chuletas a la brasa y ensalada de escarola.

—¿Entonces...?

—No sé.

—¿Quieres quedarte en cama?

La verdad es que me apeteció, como si no salir de la casa durante unos días me fuera a poner a salvo de las maquinaciones de toda clase de brujas. Dije que sí. Que le avisara a la señora Sanz que cancelara mis compromisos por un par de días. En realidad no había nada urgente, y si surgiera algo ella sabía a quién avisar. Estaba sintiendo entre las sábanas una infinita gratitud por la modelo de secretarias que era la señora Sanz, considerando la posibilidad de aumentarle el sueldo para que pudiera ir a un buen hotel a otra parte, no a Ibiza, porque allí ya no había *hippies* que ver y me dolía que se defraudara.

En cama, con las manos placenteramente colocadas

sobre lo que mi abuela y García Lorca llamaban el sitio del pecado, pasé las horas muertas vigilando ese sitio con mis dedos por si sentía que se asomaba una pequeña protuberancia que anunciara mi mejoría. Leí a Jung—en un momento que Magdalena salió de la casa llamé a Monclús por teléfono para retrasar nuestra cita para la semana siguiente—, y Magdalena, respetuosa de mi estado, me daba un afectuoso beso de buenas noches sin exigirme nada más, atendiéndome en todo momento con extremada solicitud, y permitiendo que los niños entraran al dormitorio sólo un rato al atardecer.

Cuando llamó por teléfono Ramón del Solar le mandé a decir con Magdalena que no me sentía bien y que en cuanto me levantara lo llamaría para vernos. Preguntó si consideraríamos apetecible la posibilidad de pasar juntos el fin de semana en su urbanización, pero le mandé a decir que no, que me perdonara, que muchas gracias, que quizás otra vez, que prefería aprovechar el fin de semana para descansar en la casa y estar sano el lunes para ir al trabajo. Sin embargo, escuché que afuera, en el pasillo, la conversación telefónica continuaba. Cuando Magdalena volvió a entrar en mi habitación le pregunté:

—¿Qué hablabas tanto con Ramón?

—No hablaba con Ramón.

—¿Con quién, entonces?

—¿Con Sylvia...?

Me incorporé bruscamente en la cama:

—¿Con Sylvia...?

—Sí. ¿Qué tiene de particular?

—Nada.

Y me fui resbalando, exangüe otra vez, hasta quedar con la cabeza sobre la almohada y los ojos cerrados. Dijo Magdalena:

—Es simpática. Y, aunque no parece, nada de tonta. Dice unas cosas tan divertidas... y le pasan unas
cosas increíbles.

—¿Sí?

—Sí. Vamos a encontrarnos dentro de media hora
para tomar un café juntas y charlar un rato. Me
divierte.

Se estaba peinando y maquillando para salir. Mi
primer impulso fue prohibirle ir a juntarse con Sylvia: esa mujer ha abandonado a su hijo, tiene mala
fama, no puedes lucirte con ella porque van a creer
que eres como ella... pero no. Me callé. Decir esas cosas sería desvirtuar todo el coraje de nuestra inmoral
moral nueva, sería la traición a un mundo que nuestra
generación liberada estaba fabricando para nosotros y
nuestros hijos. Me quedé mudo, mirándola pintarse la
cara, que le quedó igual que antes. El mensaje de
Ramón, «que tuviera cuidado», me hacía barajar infinitas posibilidades siniestras: que Sylvia le revelara
a Magdalena que nos habíamos acostado juntos, que
le contara que ella había hecho desvanecerse mi sexo,
que le diera poderes sobrehumanos, que Sylvia des-
armara a Magdalena y me la trajera en un maletín, mil cosas ante el miedo de este encuentro. Y miedo de este encuentro antes de que este encuentro se
anunciara: esa primera noche, esa insistencia pesada
y machacona de Sylvia con respecto a Magdalena, su
tan pregonada «afinidad» que entonces me pareció
ridículamente imposible y que ahora me parecía tan-

to menos imposible... no. Magdalena no podía ni debía acudir a su cita con Sylvia. Al fin y al cabo uno de los sobreentendidos de nuestro matrimonio era la libertad antiburguesa en lo que se refiere a opiniones y a vida. Cada uno vivía como quería siempre que cumpliera con su parte del contrato y tenía derecho a sus gratificaciones, aunque no fuera más que ir a tomar café con una amiga. Decíamos, incluso, que en un caso extremo, lo comprenderíamos todo el uno con respecto al otro, hasta la infidelidad, siempre que no llegara a la promiscuidad barata ni pusiera en peligro nuestro matrimonio... pero una aventura, alguna vez, ¿por qué no? Y el sitio del pecado, ahora bajo mis manos, estaba vacío porque... Sylvia tenía la culpa de todo y lo sabía todo y se iba a reunir con Magdalena dentro de un rato y se lo iba a decir todo, todo. Que no fuera. Quizá desvanecerse, repentinamente sentirme peor... pero no: sería indigno. Y no sólo eso. A medida que me cubría más y más con las sábanas, con la mano histéricamente buscando en el sitio que debía ser del pecado pero que ya no iba a poder serlo nunca más, sentía que, a pesar del peligro, debía permitir a Magdalena que se fuera a juntar para tomar café con Sylvia: en el estado de arrinconamiento en que me encontraba, quizás este encuentro produciría efluvios, ondas magnéticas, poderes, qué sé yo qué, que me devolverían lo que había perdido, porque al fin y al cabo sólo Sylvia podía hacerlo.

Me quedé pensando y temiendo estas cosas mientras sentía llover afuera, en este helado comienzo de otoño que prometía malas cosechas, inundaciones, alza de precios y cielos deprimentes: era como si por última vez en el año, aquella noche en la urbanización cuando la mariposa nocturna palpó la espalda de Sylvia, se hubiera mostrado el cielo, y después el verano se hubiera clausurado para siempre. No podía leer a Jung. Con razón jamás me gustó: poco científico, pura literatura y romanticismo, qué pereza, y me causó una profunda angustia pensar que el doctor Monclús, en muchos sentidos, adhería a las teorías junguianas. ¿Cómo lo hacía calzar con Masters and Johnson? Absurdo. Monclús era inútil. No acudiría a mi cita con él y cerraría a Jung para siempre. En la habitación de adentro los niños, con la señora Presen, intentaban construir algo que se desmoronaba entre sus risas, y después los tres parecieron enmudecer definitivamente, dejando paso a las extrañas voces eléctricas y azules de la televisión que aplacaron su vitalidad. A mí también. Escuchando desde mi habitación sin oír el significado de las palabras, me daba cuenta cuándo cambiaban los programas, qué decía cada uno, cuándo pasaban dibujos animados, cuándo noticias, cuándo anuncios comerciales, cuándo... en fin. Hasta que la señora Presen llamó en mi puerta y yo contesté:

—Entre.

Venía con la mesa de bridge y un mantel.

—La señora me dijo que todos iban a cenar con usted aquí en la habitación, ahora que estaba mejor, señor; así es que armara la mesa de bridge y la pusiera para que ella y los niños lo acompañaran a la hora de cenar...

Furioso, le repliqué:

—No me siento mejor.

La televisión todavía tenía presos a los niños. La señora Presen dijo:

—¿No? A usted le hice algo muy liviano, señor.

—Gracias.

—¿A qué hora va a volver la señora?

—No sé.

Yo pensaba que seguramente ahora ya no volvería nunca más y que yo me iba a tener que pasar el resto de mi vida en la cama, cuidando a los niños revoltosos, despacharlos al colegio, preocuparme de que tuvieran qué comer y qué ponerse cuando hiciera frío, vigilar sus modales y pulir sus conductas. Pero me sentía absolutamente incapaz incluso de hablar con la asistenta que Marta le había «prestado» a Magdalena mientras la nuestra regresaba de su visita anual a sus padres en Jaén, de modo que al sentir que la señora Presen volvía hacia mi cuarto por el pasillo me hice el dormido. Me debo haber dormido de verdad porque cuando me desperté con la puerta del dormitorio que se abría, entró Magdalena con Pepe y Luis de la mano. Al verme incorporarme, me dijo, encendiendo la luz:

—Ya me había dicho la señora Presen que estabas durmiendo. ¿Quieres seguir durmiendo?

Mi curiosidad no podía aguantar:

—No. Me siento perfectamente bien.

Los niños acudieron a mi cama, sentándose en ella y trayendo libros de cuentos para que les leyera. Magdalena se puso de pie junto a nosotros mientras yo comenzaba a leer las aventuras de Sandokán por la que me parecía era la millonésima vez. Me preguntó:

—¿No notas nada?

—¿De qué?

—En mi cara.

—Tienes la luz detrás.

Cambió su cabeza de posición. Entonces dije:

—No, no noto nada.

—Yo no entiendo para qué nos arreglamos las mujeres si los hombres nunca notan nada. He pasado la tarde en el piso de Sylvia y ella me hizo este maquillaje acojonante, completamente distinto, y tú me dices que no notas nada... si hasta me despiló las cejas, mira. ¿Ves? Niños, a la mesa...

—No, mamá...

—Que el papá termine el cuento.

—Sí, sigue, papá.

—Entonces el Capitán Yáñez sacó su brillante sable, y avanzando por la cubierta...

Seguí leyendo, tratando de mantener la voz segura y aferrada a la rectitud de la línea para que no me temblara ante la realidad de la confabulación que por fin se había producido entre estas dos mujeres, no sabía para qué, ni cómo, ni con qué medios ni para qué fines. Magdalena trajo la comida y nos sirvió, hablando de cosas nimias, pero no se volvió sobre el tema de Sylvia y de Ramón, ni del maquillaje. Mientras comía sentí crecer la certeza de que con un trapo podría borrarle la cara a Magdalena, quizás incluso desarmarla pieza por pieza para que en los momentos cuando se ponía intolerablemente peligrosa yo pudiera guardarla, plegada, desarmada, en una caja, y así poder seguir viviendo sin molestias. Al terminar la cena Magdalena desenvolvió un paquete y colocó el contenido en una bandeja. Dijo:

—Eclairs...

Los niños gritaron, aplaudiendo:

—Eclairs... quiero uno...

—Yo quiero dos, hay seis...

Yo fruncí el ceño, extrañado:

—¿Para qué trajiste eclaires?

—Sylvia los hizo. ¿No sabías que es una pastelera estupenda? Me dijo: «Cuando sea muy, muy vieja y ya no pueda ser modelo, vale decir, en un año más, pondré una pastelería y me haré rica y no tendré que hacer régimen para adelgazar ni depender de Ramón ni someterme a ningún hombre, y engordaré». Es muy *Women's Lib*, Sylvia. Divertido. ¿No te parece?

—¿Para qué los trajiste? ¿Quién se los va a comer? Yo estoy enfermo del estómago, tú te cuidas la silueta y no pruebas dulces, y no sé si será un postre apropiado para los niños en la noche... tan indigestos...

—Hoy voy a comer uno. Mira, este más largo, el más grueso... y mañana comienzo un régimen para adelgazar que me aconsejó Sylvia, que sabe tantas cosas.

Vi el grueso miembro dulce, rebosando crema, sobre su plato. La vi tomarlo con los dedos—ella tenía la teoría de que las pastas hay que comérselas con la mano, a mascadas, que sólo así tienen el sabor de la infancia, y lo demás es pura cursilería—, llevárselo a la boca, hincarle el diente, una, otra y otra vez hasta engullirlo entero y definitivamente.

Me llevé las manos al sitio del pecado. El pequeño botoncito que, esperanzado, había creído sentir brotar el momento antes de quedarme dormido había desaparecido. Le dije a Magdalena que me estaba sintiendo muy mal, que quitara la mesa con los restos de la comida, yo iba a tomar un Mogadon para quedarme dormido inmediatamente, ya no podía más.

La sensación del poder mágico de Sylvia, la mujer adjetivo, la mujer decoración, la mujer desmontable y plegable que presenta todas las còmodidades de la vida moderna, privada de todo, hasta de individualidad y unidad y por eso poderosa, debe haber primado durante mis sueños que no alcanzaba a recordar más que en forma de destellos, y porque no alcanzaba a atraparlos y porque amanecí temiéndola, lo primero que se presentó ante mí al abrir los ojos fue una incontrolable urgencia por ver a Sylvia otra vez. ¿Qué cara tenía, ahora? ¿Qué vestido iba a tener puesto, ella que dependía tanto de su ropa, y una *echarpe* anudada de cierta manera podía hacerla cambiar entera, no sólo físicamente, sino por dentro, como persona? ¿No habría posibilidad otra vez de...? Examinando lo que por ella sentí llegué rápidamente a la conclusión de que la deseaba, que sin duda hubiera querido continuar mi «aventura» con Sylvia; pero más urgente que eso, o quizá lo que le daba fuerza y forma a esa urgencia, era la necesidad de borrarle la cara con *Vanishing Cream* y entregarme al gozo de pintársela y maquillársela de nuevo. ¡Ah, no! Que esta vez no se figurara que iba a seguir banales modelos presentados en las revistas de moda, no, eso no. Esta vez me iba a adueñar yo mismo del estuche de maquillaje y de su infinita colección de potingues, y le iba a inventar un rostro... en fin, no uno, sino muchos, varios, tiernos, audaces, enigmáticos y exóticos

—eran los adjetivos que usaban las revistas de mujeres y las propagandas de los productos de belleza—, según lo que me complaciera más en el momento, dando rienda suelta a toda mi creatividad plástica que, decididamente, en los últimos tiempos había estado dando bastantes malos resultados.

A la hora del desayuno le dije a Magdalena que me gustaría «hacer algo» ese sábado por la noche. Y agregué como quien insinúa algo sin importancia:

—No sé, con alguien divertido... Ramón y Sylvia, por ejemplo...

—Se fueron a pasar el fin de semana a la urbanización, con unos americanos que iban a comprar media docena de casas según me dijo Sylvia...

—Eso se va a poner insoportable, entonces.

—A mí también me gustaría salir esta noche con Sylvia, pero se fueron...

—Lástima.

Y agregó pensativamente, sin haberme oído:

—...pero quizá pueda comunicarme con ella...

No me gustó la manera de decir la palabra «comunicarme», que presagiaba no teléfonos ni telegramas, sino siniestros medios extrasensoriales. Dije:

—No. No los molestes. Acuérdate de los americanos y de la media docena de casas.

No me contestó y dejamos el asunto. Sin embargo, al regresar del despacho ese sábado en la tarde, decidimos de mutuo acuerdo salir de todas maneras a cenar, y luego a recorrer algunos sitios nocturnos. Barajamos los nombres de algunas parejas amigas—Marta y Roberto, que hubieran sido nuestros acompañantes más naturales, habían desaparecido misteriosamente

71

sin que nadie contestara el teléfono en su piso nuevo desde hacía un par de días—, pero tanto a Carmen como a mí todas nos parecieron insulsas y nos vestimos con desgano. Claro: ambos queríamos que fuera Sylvia y sólo Sylvia nuestra acompañante. En este estado de cosas sólo ella era capaz de darle excitación a esta noche de sábado burguesa, casi seguramente aburrida, con los sitios llenos de parejas legalmente constituidas que se han puesto de acuerdo para salir juntos con otras parejas igualmente constituidas en forma legal y que se visten para ello... no, sólo gente de los alrededores de la ciudad, gente anónima, nadie excitante y distinto y en los sitios atestados, en suma, no habría «nadie» porque la gente que *no* era «nadie» estaba seguramente de *week-end* en la costa, en el campo, en la montaña, en los pueblos, pero ciertamente no se habría vestido para salir un sábado en la noche a los sitios de siempre, que hoy, sin duda, carecerían de la luz que sólo cierta «gente conocida»—aunque uno no la conozca personalmente—puede darle.

A pesar de todo decidimos hacer un esfuerzo y salir. Vi a Magdalena sentada frente al espejo de su *coiffeuse,* examinándose la cara y con un bote de *Vanishing Cream* en la mano para borrarla, quizá completamente: de pronto tuve terror de que al limpiar el maquillaje con ese algodón untado en crema quedara sólo una estructura blanca, fetal, ovoide, igual que la cara de Sylvia. Y tendido en la cama hojeando a Jung mientras Magdalena se preparaba—la idea de tener que leer a Hesse otra vez, a estas alturas, que era lo que todo el mundo estaba haciendo, simplemente me postraba—, miré a Magdalena con el rabillo del ojo y el corazón latiendo de miedo y esperanza, vigilando para ver qué iba a salir de debajo de esa máscara de crema que se estaba quitando con un nuevo algodón... incluso se había puesto una toalla blanca a modo de servilleta alrededor del cuello como para recoger las migajas de aquello que se iba a desintegrar. Pero no: sufrí una desilusión que me hizo despreciarla al ver que al limpiar toda la crema quedaron sus cotidianas facciones, con su estructura ósea real, no fingida por las distintas capas de crema y combinaciones de tonos de maquillaje, con su bella y gran nariz, con las pequeñas imperfecciones familiares de su cutis—la venita demasiado roja junto a la nariz, la marca demasiado grande de la varicela entre las cejas, ciertas arrugas que sólo le daban carácter a su rostro, sin avejentarlo aún—que enternecedoramente yo conocía de memoria, con su boca caliente, tridimensional que se resolvía en algo irremediablemente irónico en las comisuras... incambiables. Sí. ¿Por qué no confesarlo? Irremediables. Y, sin embargo, en la atmósfera caliente del dormitorio, sumido en la intimidad de la hora de espera entre acontecimientos de importancia que marcarían el día y lo harían digno de recordar, ese irremediablemente se trocó casi al instante en afortunadamente, porque Magdalena no podía ser, como Sylvia, cualquier persona, no podía tener cualquier rostro; el suyo era fijo, eterno, no una máscara cambiable, no una muñeca que si se rompía se podía suplantar por otra, que si aburría se podía desarmar y guardarse en un cajón. El acceso de agradecimiento de que Magdalena fuera así me hizo olvidar mi triste carencia, y dejé el libro, y me acerqué a ella por detrás del taburete de la *coiffeuse* y la abracé. Ella dejó caer su cabeza apoyándola en mi bragueta, con todo su pesado pelo reunido en un abultado moño en la nuca para no ensuciarlo mientras se maquillaba, y me restregó. Pensé: por suerte la blancura del gran moño, por suerte, porque no hubiera sentido nada, ahora no hay nada que sentir... y retirándome un poco me incliné para besarle la frente diciéndole, sin pensarlo:

—Después...

Ella alzó su mano para acariciar mi barba.

—Habías estado un poco... no sé, estos días...

—Sí, chafado, tú ves, sin ganas de nada...

Y entonces, para defenderme, agregué:

—Todavía.

—Entonces, mejor no salir esta noche...

Aterrado, insistí:

—No, sí, sí...

La decisión de quedarnos significaría, después de esta escena, su prolongación, y aunque la prolongación no llegara a su final—siempre podía pretextar, por ejemplo, diarreas, para lo que podía ir preparándole el ánimo mediante ciertas insinuaciones, y esta dolencia que podía presentarse de manera repentina acababa siempre por matar cualquier intento de amor—, me exponía a que Magdalena me descubriera, mi «pecado», mi carencia, mi aventura con Sylvia, mi imposibilidad... no, era necesario salir al instante. Dije:

—Sigues depilándote las cejas...

—Sí. Se usa.

—No me gustan tan pálidas.

—Toma este lápiz, entonces...

—¿Para qué?

—Oscurécemelas.

—¿Cómo? No sé...

—Como tú quieras, eres pintor.

Y arrodillándome junto a Magdalena, que cerró los ojos, tracé con mano segura dos arcos perfectos sobre ellos. Le dije que no mirara ni abriera los párpados, y como con una especie de entusiasmo febril, de compulsión que iba guiándome la mano e inspirándome, tomé el resto del maquillaje y azulé sus párpados, combiné tonalidades de cremas, polvos y tintes sobre sus mejillas, su nariz, su frente, sus pómulos, su mandíbula, realcé con sombras como de humo las cuencas de sus ojos, tracé finas líneas al borde de sus párpados, delineé con un cuidado meticulosísimo y después de habérselas encrespado con una maquinita especial que no había visto jamás entre sus posesiones, le fui oscureciendo una a una las pestañas, como las pestañas de la Betty Boop de nuestra infancia. Magdalena se dejaba, sin abrir los ojos, sin mover los labios, y yo, arrastrado por la inspiración, seguía combinando colores, un poco más oscuro el labio de arriba que el de abajo, un matiz más oscuro de polvos en los costados de la cara para disimular un poco y atemperar su anchura quizás excesiva, iba inventando espontáneamente, iba improvisando con la seguridad de quien no ha sido otra cosa en su vida que maquillador, en este *ersatz* del amor. Por fin, dije:

—Vale.

Y Magdalena abrió los ojos. Exclamó:

—¿Cómo pudiste...?

Estaba encantada.

—¿Cómo pude qué?

—¡Eres una maravilla! Estoy igual a Sylvia.

—No... no...

No... o sí. Pero no había sido mi intención, porque Sylvia con sus mil rostros debía seguir siendo Sylvia, y Magdalena era Magdalena, única, inconmovible. Los dos miramos en silencio, escudriñando fijamente en el espejo el nuevo rostro de Magdalena: sí, era como si hubiera conservado intactas todas sus facciones, y sobre ellas hubieran colocado la máscara de Sylvia, que se fundía con las suyas. Era un juego, mascarada, máscara... y recordé cuando nos disfrazábamos en los altillos de las casas de campo de mi niñez: metíamos toda la cabeza dentro de una media de seda transparente que conservaba nuestras facciones individuales disimulándolas, pintábamos otras caras, la cara feroz del malo, la cara blanca y pudibunda de la princesa, la narizota feroz de la bruja, las arrugas de la anciana, los bigotes y las barbas del patriarca, guardando, sin embargo, nuestras características facciones bajo los rostros pintados en la falsa carne transparente de la media de seda. Así con Magdalena ahora, que no era Magdalena, sino una mutación del rostro de Sylvia, y Sylvia, a su vez, era todas las variaciones posibles del rostro ovoide de Sylvia; que a su vez eran todas las variaciones posibles de los mitológicos rostros que aparecían en las revistas de moda y en los anuncios de los periódicos, que a su vez eran las infinitas variaciones del rostro propuesto por algún creador de maquillajes en combinación con un fabricante, que lo crearía quizá recordando algún rostro de su niñez, o entrevisto en un viaje o un sueño, o estudiado meticulosamente en el lienzo de un cuadro cuyo pintor lo había creado recordando... etc... etc... etcétera... En todo caso, sentí al ver a Magdalena adquirir la máscara de Sylvia bajo mis manos, que su rostro, ahora, era ese eco mágico de tantos y tantos rostros y cuadros y máscaras, que quizá por eso tenía Sylvia el poder que tenía y al adquirir Magdalena su rostro compartiría esos poderes, sí, sí... al ser «creada» por mí, ahora, en la intimidad de nuestro dormitorio de matrimonio bien avenido durante tantos años, quizá Magdalena había adquirido los poderes mágicos para devolverme lo que Sylvia me había quitado.

En el BISTROT, Paolo agitó sus manos para saludarnos desde el otro extremo—para saludar a Magdalena, en realidad: yo no existía, no era más que el maquillador de Magdalena—y se acercó a nuestra mesa y se sentó:

—¡Mujer DI-VI-NA! ¿Qué te has hecho? Pareces una ilustración de *Blanco y Negro* en el tiempo de don Alfonso XIII, no sé, como Gaby Deslys o Cleo de Merode, algo terriblemente anticuado, sí, *fané* incluso, como si uno pudiera comprarte en los Encants... vamos, en el Marché Aux Puces, porque te voy a decir que los Encants ya no son lo que eran y hace SIGLOS que no voy y que nadie va: sale más barato tomar el avión a París, ida y vuelta en un día, y las cosas te salen igual de precio. ¿Los Roig? Ay, no me hables de los Roig. No quiero saber nunca más nada de ellos...

—Pero ¿por qué?

—¿Sabes lo que hicieron anoche en mi piso nuevo? ¿No sabías que redecoré todo mi piso? Ah, sí, guapa, me harté con la cosa Bauhaus, tan sencillo, tanto cojín. Hice un acto de constricción y un examen de conciencia como me enseñaron los Escolapios de Tortosa, donde me eduqué, y me dije: A ver, Pablo Rojo, más conocido por su *nom de guerre*, Paolo Rosso: ¿es verdad que te gusta *tanto* la sencillez? Y qué quieres que te diga, tuve que confesarme que NO, NO, NO, que mi corazoncito estaba con los Luises de Francia y que siempre lo había estado, de modo que en un mes lo cambié todo y ahora hasta el lavabo tiene patas *cabriolé*, sí, sí, lo cambié todo en un mes. Tengo mucha valentía moral y no tolero vivir la mentira una vez que la descubro. Puritano. Eso es lo que en el fondo soy... Anoche fue la *cremaillere*. ¡UN ESPANTO! Estaba todo el mundo, creo que había como cinco personas a quienes yo conocía. Amor, no te invité porque creí que estabas en el campo, en fin, no sé, me olvidé y con la confusión se me perdió tu teléfono... a cualquiera le pasa... En fin, después te explico, para qué vamos a discutir eso cuando te quiero contar algo para que veas *qué clase de gente son los famosos* ROIG. Figúrate que de pronto, en medio del gentío, veo que Raimunda y Ricardo están peleando, lo que, claro, pasa todos los días de Dios y en todas partes, y creo que la fama de la Tortillería se ha hecho a base de las peleas escandalosas de esos dos, y para una fiesta yo diría que resultan tónicas las peleas de Ricardo y Raimunda. Pero esta vez vi que Ricardo estaba a punto de quebrar sobre la cabeza de Raimunda una sillita LOUIS QUINZE de época, sí, guapa, figúrate, DE É-PO-CA...

—¡Qué horror! ¿Y qué hiciste?

—Corrí a salvarla.

—¡Pobre Raimunda!

—No, no a Raimunda. *J'ai arraché la chaise Louis Quinze d'epoque à son mari, et je lui ai mis dans ses mains une autre chaise, Louis Quinze aussi, mais pas d'epoque...*

Reímos mientras continuaba:

—...no me vengan a decir que los Roig tienen personalidad. Nadie tiene personalidad ahora, supongo que no se usa... salvo tú, guapa, que pareces una ilustración de Beardsley, uno de esos san Juan Bautistas con tantísimo pelo, ¿sabes?, que uno nunca sabe si son hombres o mujeres... y la maravilla es que te resulta, a pesar de que ahora no se usa nada de pelo. Hay que ser calva. Sí, monda y lironda. Lo que te quiero decir es que estoy *harto* con todos ellos, me he hecho amigo de unos rumanos monárquicos fabulosos que son muchísimo más entretenidos que los Roig y *verdaderamente* inmorales bajo el recuerdo de tanto uniforme y entorchado que jamás conocieron... no, los Roig son imposibles, la consigna ahora es que las casas parezcan consultorios de dentista, o fondas de campo, con muebles de obra y posters en la muralla, y yo no voy a dejar que Ricardo y Raimunda me deshagan la casa cada vez que los convido...

Paolo había bebido mucho, y poco a poco su brillo inicial se fue opacando hasta quedar convertido en una incoherente protesta contra la maldad del mundo, de los Roig, de todos en general, y se le trababa la lengua al expresar su convicción de que el único sitio para vivir era París, sí, justamente por lo pasado de moda, ésa era la maravilla, y decidió que la semana siguiente se iría para siempre. De pronto, desde el fondo de su borrachera, se quedó mirando fijamente a Magdalena, y emergió con la pregunta:

—¿Sabes a quién estás idéntica esta noche?

—¿A quién?

—A la Sylvia.

—¡No...!

—Te juro.

—Pero si ella es flaca... y no tiene pelo...

—Igual.

Pagué y salimos. Pero al abrir la puerta nos encontramos con un tumulto de gente que venía entrando, los Roig—nos gritaron que no faltáramos a su casa la noche siguiente—, el editor de las barbas y los ojos azules, Kaethe con su cámara y su *basset* y el boxeador-poeta cuyo libro, por fin, no publicarían los Roig ni nadie, seguidos por Ramón y Sylvia. Este encuentro tuvo lugar en la doble puerta de entrada del BISTROT, con las capas enredadas, las bufandas volando, ellos con urgencia por entrar porque estaba corriendo un viento de nieve, yo con prisa por salir no sabía por qué, quizá porque me dio rabia que Sylvia y Ramón hubieran dicho que se iban fuera por el fin de semana y me los encontré aquí... sí, sí, salir sin enredarnos. Pero Sylvia llamó a Magdalena, que entró con ella y se quedaron hablando un rato y yo me quedé helándome afuera esperando que terminaran de murmurar, y por los vidrios empañados vi cómo Paolo abrazaba y besaba a Raimunda y Ricardo, y éste le daba una palmada en las nalgas, y todo el mundo se besaba y lo besaba y lo llevaban con ellos hacia una mesa larguísima que no tardó en organizarse mientras Paolo le hacía mimos al *basset* y al boxeador de

Kaethe. Después de un rato salió Magdalena y le pregunté:

—¿Qué te decía Sylvia?

—Nada.

—¿Cómo nada?

—Que mañana nos encontraríamos en la casa de los Roig.

—¿Y no te explicó por qué dijeron que se iban fuera este fin de semana, y nos encontramos con ellos aquí y no dan ni siquiera una explicación...?

—No dijo nada... quizá mañana.

—No sé si tengo ganas de ir mañana donde los Roig.

—Amor... estás de mal humor.

—No soporto a esta infame turba.

—Son divertidos.

—Tú siempre de parte de ellos.

—¡Qué frío hace! Este viento...

—No te importa nada lo que te digo.

—Busca un taxi, amor, estoy petrificada.

Yo vi por dónde debía avanzar mi estrategia: pelearnos, sí, de modo que llegáramos a la casa y al lecho furiosos y divididos, lo que me daría una noche más de aplazamiento. No valía la pena emborracharme como me propuse hacerlo. En cambio una pelea siempre era práctica en este sentido, quizás aplazaría mi encuentro con Magdalena por un par de días si lograba azuzar durante ese tiempo mi rencor, un par de días hasta que... ¿hasta qué? No sabía nada, nada, sólo que estaba nervioso, culpable como un marido adúltero, y que era más humillante porque justamente un marido adúltero era lo que yo era y estaba odiando a Magdalena—no a Sylvia—porque podía descubrirlo y quizás hasta perdonarlo. Odiándola, sobre todo, porque quizá Sylvia ya se lo había dicho y lo sabía. Por eso era necesario que yo me peleara con ella, no ella conmigo.

—Tú siempre estás de parte de ellos porque eres una *snob*. Y ahora estás íntima de Sylvia... ¿Por qué no te casaste con Monsante, que tanto te rondaba y es músico, y eso, quizá, te hubiera dado una carta de ciudadanía en este grupo de gente que encuentras tan divertida? ¿Tú crees que es un espectáculo muy bonito ver a una mujer de tu edad haciendo el ridículo como esa vez que vimos a Montserrat Ventura, te acuerdas, bailando con un marinero negro en el Jazz Colón? Te apuesto que ahora estás muriéndote de ganas de ir a bailar al Jazz Colón. ¿Y te acuerdas cuando Paolo llevaba y traía mensajes de amor entre tú y Ricardo Roig cuando recién lo conocimos?

—Qué absurdo que te acuerdes de eso ahora...

—No me vengas con cuentos. Eso es lo que te gusta. Debías haber sido amante de Ricardo. Yo lo hubiera comprendido, como me veo obligado a comprender tantas cosas en ti... Taxi... taxi... corre. ¿No te apetece ir a bailar al Jazz Colón y hacer un poco de turismo por el Barrio Chino, como provincianos en busca de emociones violentas para contar cuando vuelven a la provincia?

—Sabes que detesto esas cosas.

—Hoy es sábado en la noche, ideal para esas excursiones: Barcelona *by Night*...

—No.

—¿Dónde quieres ir, entonces?

82

—Contigo, a ninguna parte, porque estás muy pesado.

—¿Quieres que le diga al taxista que vuelva al BISTROT a ver si consigues plan? ¿El boxeador de Kaethe, por ejemplo?

—No seas estúpido. Vamos a casa.

Le di nuestra dirección al taxista y no hablamos en todo el trayecto. Magdalena bajó primero y entró corriendo y subió en el ascensor sola. Sin duda a propósito dejó abierta la puerta del ascensor en nuestro piso, para que de ese modo el ascensor no bajara a mi llamada, y odiando a Magdalena y maldiciéndola, subí acezando y lentamente los siete pisos. Cuando llegué a nuestro dormitorio con la intención de llevar mi pijama a otra habitación y dormir solo y con una terrible sensación de que jamás iba a recobrar aquello que Sylvia me había quitado—*adultery doesn't pay,* como decían en las películas del tiempo de Kay Francis, a quien, en última instancia, Magdalena se parecía—, encontré que Magdalena estaba en cama, con el antifaz puesto, durmiendo y con la luz apagada a su lado de la cama. Respiraba honda y regularmente. Sobre la mesita de noche, abierta, la cajita de Mogadon: calculé que había tomado dos. También vi una botella de coñac y un vaso: era evidente que había tomado más de un buen trago. Dormía como drogada, como bajo cloroformo, algo que a veces solía hacer cuando estaba cansada o cuando tenía la idea de que por alguna razón yo ya no la quería y que nuestra vida era una mentira o un fracaso y no quería enfrentarse con eso ni con nada esa noche:

—*I'll think about it tomorrow, in Tara.*

83

Hacía suyo el lema de Scarlett O'Hara, y a mí me daba no sólo rabia, sino miedo y asco y me repugnaba y solía pasar días sin hablarle cuando esto sucedía. Ahora, sin embargo, Scarlett O'Hara me había salvado: me acosté en paz.

A la mañana siguiente, al traerme el desayuno, la señora Presen me explicó la ausencia de Magdalena diciendo que se había ido a pasar la mañana en el zoológico con los niños y que a mediodía iría con ellos a comer a casa de su madre. Ella, la señora Presen, me prepararía cualquier cosa para comer. ¿Una tortilla? ¿Unos calamares? Que le dijera lo que quería... ¿O prefería salir a comer a la calle, a un buen restorán? Claro que los restoranes, los domingos...

—Una tortilla.

—¿De tres huevos?

—De tres huevos.

Quería decir, entonces, que tenía todo el día para mí, tranquilo, lo que no estaba seguro si sería o no bueno, ya que en mi situación no podía hacer otra cosa que cavilar sin tomar determinaciones de ninguna clase. Me levanté en pantuflas y bata y miré por la ventana: vengativamente pensé que el sol de hoy no calentaba nada, aunque ella se hubiera llevado los niños al zoológico, y quizás hasta atraparan un catarro, lo que le serviría de lección. ¿Lección de qué? En fin, no importaba...

Lo que importaba era Sylvia. En ella residía la clave de todo. ¿Por qué había hablado tanto de su «afinidad» con Magdalena esa noche en la urbanización, y por qué Ramón, repentinamente tan raro y agresivo a raíz de esta actitud suya, nos había abandonado solos a los dos? ¿O Sylvia lo había despachado para quedar sola conmigo y seducirme? No. La atención de Sylvia, en ningún momento de esa noche, ni en ninguna ocasión en que nos encontramos, se enfocó jamás sobre mí, sino sobre Magdalena. Siempre sospeché ciertas tendencias lesbianas en Sylvia... pero Magdalena, claro, Sylvia se tiene que haber dado cuenta de que las cosas en ese sentido eran imposibles con ella... aunque a todo el mundo, confiéselo o no, le halaga hasta cierto punto la admiración homosexual siempre que no pase de admiración y que la persona no sea, bueno, cualquier persona: sí, el caso era muchísimo más corriente entre las mujeres que en los hombres —estás divina, ese vestido te queda de maravilla, los besitos, las llamadas de teléfono, las misteriosas citas a la hora de almorzar, los abrazos, las caricias, todo era tan natural, pero tan sospechoso si uno lo miraba bien—, y en el caso de Magdalena y Sylvia bien se podía tratar de eso, de un entusiasmo mutuo, digamos, en que se mezclara cierto ingrediente lésbico. Pero no. De alguna manera el objeto de esa... ¿cómo llamarla?, ¿confabulación?, ¿amistad?, ¿intriga?... era, sin duda, yo: la salida a tomar el café juntas, el chuchoteo en el Bistrot a raíz de nuestro encuentro sorpresivo—¿y no era posible que Ramón hubiera realmente dispuesto irse con Sylvia ese fin de semana, como nos dijeron, y que por sus artes y para «encontrarse» con Magdalena lo obligó a quedarse en la ciudad por fin... y «encontrarnos» en el restorán que, ahora recordé, Magdalena sugirió? Sí... una confabulación...

Pero ¿por qué temerla? ¿Y si yo me confabulara con Ramón? Estaba seguro de que Ramón aceptaría...

incluso, quizá, con ese fin me había estado llamando tanto por teléfono. Unirme contra ellas con Ramón. Una idea brillante que inmediatamente me puso de buen humor: si ellas se habían dado cita esta noche en casa de los Roig, Ramón y yo aprovecharíamos sus manejos para hacer un frente común para... ¿para qué? ¿Doblegarlas? ¿Desarmarlas?. Sí, sí, desarmarlas no en el sentido de quitarles sus armas, sino de desmontarlas como a Sylvia. A Magdalena también. La idea era brillante.

Mientras me bañaba, en la ducha entoné CHATA-NOOGA CHOOCHOO, gozosamente, canción que yo sentía, como Swann la sonata de Vinteuil, como el «himno nacional» de nuestra amistad con Ramón y Sylvia. Al jabonarme, sin embargo, tuve que volver a la realidad: mi sexo no estaba, y en la espuma del vello púbico no encontré nada más que una especie de simple broche de presión. Desmontado. No, Sylvia no era bruja ni había hecho desaparecer mi virilidad por medio de ungüentos mágicos. Sí, en venganza simplemente me había desmontado el sexo, desprendiéndomelo de este brochecito de presión. Mientras me secaba, una gran ira de ser yo un muñeco en las manos de las mujeres me hizo restregarme la piel con tanta energía que mi carne quedó rojiza: usarnos, sí, eso es lo que quieren, y para eso el gran acto de la sumisión, y cuando uno se somete o es seducido lo primero que hacen es desmontarle la virilidad, como en el caso de Sylvia esa noche en la urbanización. Que Magdalena tuviera cuidado, mucho cuidado, porque si Sylvia era desmontada por Ramón, él podía enseñarme el truco, y entonces a ver qué quedaría de sus tardes íntimas con Paolo, de sus cafés en el centro con Sylvia, de sus conversaciones telefónicas de mañanas enteras con Marta, de... tantas cosas. Sí, ahora me ponía ya en posición de batalla: cuando Magdalena llegara sería como si nada hubiera sucedido. Estaría dulce, quizás un poco contrito para así, sin que ella se diera cuenta, arreglar las cosas de modo que no dejáramos de asistir esta noche a casa de los Roig.

Me dirigí al armario para sacar mi traje de terciopelo verde. Sí, recién llegado de la tintorería. Perfecto. Y lo coloqué sobre la poltrona del dormitorio. ¿Camisa verde clara? No. Demasiado obvio. ¿Blanca? ¿Beige? Saqué varias para elegir, y algunas corbatas para barajar combinaciones posibles: no, ahora no podía decidirlo. Mejor más tarde. Y mientras tanto me fui al living para leer EL JUEGO DE LOS ABALORIOS, pensando todo el tiempo que ahora no iba a necesitar del doctor Monclús para nada porque les iba a ganar su batalla. En realidad, decidí, el doctor Monclús no era más que un mistificador que se aprovechaba de la ignorancia de los snobs para hacerse rico a costa de ellos... no, yo no estaba para que me tomara por tonto.

Cuando más tarde sentí entrar a Magdalena, le grité alegremente:

—¡Hola!

Ella no contestó. ¿No era claro que no quería facilitar las cosas para que así yo me sometiera? No importaba. Esperar un poco. La sentí entrar en el dormitorio y encender la luz. Exclamó:

—¿Y esto?

—¿Qué?

—¿Tu traje verde y tantas camisas y corbatas?

—¿No vamos a ir donde Ricardo y Raimunda esta noche?

—Creí que los despreciabas.

Dejé el libro, me dirigí a nuestra habitación y, atacándola —por decirlo así— de frente, la abracé y la besé, teniendo buen cuidado de no apretar mi cuerpo al de ella. Dije:

—Las copas se me deben haber subido a la cabeza anoche.

—Estabas muy pesado.

Entonces me humillé, que era lo que ella quería:

—Celos, Magdalena.

Ella rió en mis brazos, contenta:

—Pero ¿de quién?

—No sé, de todo el mundo, de Paolo, de Ramón, de Ricardo, de Raimunda, de Sylvia... de todos...

—¡De Sylvia! Francamente...

—Todos, todos te adoran a ti, y a mí me toleran simplemente porque soy un apéndice tuyo, nada más... eso lo sabes...

Esto terminó de fundirla mientras protestaba que yo bien sabía que no era así, que mi ingenio, que mi talento de pintor que mi... tantas cosas, que no fuera tontito, y nos abrazamos, ella aceptándome y queriéndome entero. Pero yo, frío en la comedia, duro en mi propósito, sabía que esa noche a través de esta mujer que creía mi comedia yo iba a recuperar lo que Sylvia y ella me habían quitado, y aprendiendo de Ramón el secreto de cómo se desmonta a la mujer legítima —legal o fuera de las leyes, en nuestro mundo la legitimidad de la pareja dependía de cosas más fundamentales—, yo desmontaría a la mía y así, guardándola cuando quisiera, podría usar mi virilidad a mi antojo con cualquiera de los miles de maquillajes que esconden a mujeres maravillosamente descartables o, por último, guardaría mi virilidad y no la usaría para nada. Ella quiso apegarse a mí, pero me retiré maliciosamente diciendo que ahora no, que al regreso. Ella dijo, casi como un ruego:

—Dejé a Pepe y a Luis en casa de mi mamá a pasar la noche. Sabes qué fiesta es para ellos dormir allá y ella los llevará al colegio mañana por la mañana...

Pero yo me mantuve implacablemente inocente:

—¿Lo pasaron bien?

La mirada de Magdalena se endureció. Yo estaba sentado en la banqueta de la *coiffeuse,* ahora con la mirada también dura, porque la pregunta de cajón era: ¿si los dejaste a pasar la noche allá, es que sabías que de todas maneras conseguirías ir a casa de los Roig esta noche? Sí: no lo niegues, tienes cita con Sylvia allá. Pero no dije ni pregunté nada. Desde el cuarto de aseo Magdalena me preguntó:

—¿Quieres que te haga un buen masaje en la cabeza, ahora que tenemos tiempo? Para que se te pase bien la resaca de anoche. Después de todo lo que bebiste debes estar...

Como me gustaban mucho los masajes de Magdalena, accedí. Me tendí en la cama y ella trajo del baño toallas, cepillos, peines, tijeras, navajas, cremas, colonias. Dejó toda la batería en el velador y me dijo:

—Bueno, cierra los ojos, mi amor, para que hagas un poquito de relax... respira hondo... así, así... te quito las gafas...

Y sentí la descarga eléctrica del primer tacto levísimo de sus dedos acariciándome la frente y los ojos y después sus manos recorriéndome los párpados, las mejillas, mi bigote, mi barba, sus manos en mi nuca, sus dedos metidos bajo mi pelo y bajando de nuevo hasta la nuca, el cuello y los hombros y deshaciendo rigideces y nudos, luego el rápido y diestro frotamiento del cuero cabelludo que hizo que toda mi cabeza se repletara de sangre nueva y picante—cuánto pelo tienes, mi amor, qué delicia, qué suerte a tu edad tener tanto pelo, es delicioso meter las manos debajo de tu pelo y es una suerte que ahora se usa el pelo un poco más largo que antes y puedas lucirlo, es un placer hacerte masaje. Cierra los ojos, no, no los abras, no los abras más; descansa bien, relájate, te acaricio los párpados, los párpados, y te voy a recortar un poco los bigotes, los tienes muy largos, y un poco la barba y un poco el pelo, sobre todo recortarlo aquí en la nuca, pero te voy a masajear un poco más la cabeza hasta que sientas el cuero cabelludo como anestesiado; ahora, ahora, ¿ves como no te duelen los tironcitos que te estoy dando en el pelo? Descansa, descansa, no abras los ojos, mis dedos acariciando tus párpados y te voy a poner un *rinse* para que te plateen las pocas canas que tienes... sí, y colonia, sí, y te voy a sacar con mis pinzas estos pelos largos tan feos que tienes entre las cejas y te voy a cortar los pelos negros que te salen de las orejas y de la nariz. Descansa, descansa, no te muevas. No te duele, ¿no? Y las uñas también te las cortaré, dedo por dedo, una mano y después otra y mis dedos anestesiándote entero con mis caricias, ya sientes con mis masajes como si no

tuvieras cabeza, como si no tuvieras manos, como si
te las hubiera ido desmontando cuidadosamente falange por falange, y junto con tu pelo y con tus ojos
descansados que ya no puedes abrir, y con tu nariz y
tus orejas recortadas lo voy guardando todo en este
maletín, junto con tu traje de terciopelo verde, tus
zapatos, tus calcetines y todos los detalles de tu vestimenta para esta noche; y mira, ahora te abro y te quito la bata; pero, claro, no puedes mirar, y te hago
ejercicios para que relajes tus brazos, más y más, suéltalos bien, que así descansarás, mi amor, suéltalos
bien, que ahora los pliego y los guardo, y ahora las
piernas...

Magdalena era cuidadosa y ordenada y uno de los
artes más extraordinarios que poseía era el de hacer
maletas: plegó tan bien cada pieza de su marido, que
todo cupo perfectamente en un maletín bastante pequeño. Una vez que lo cerró, lo dejó encima de la
cama y comenzó a vestirse, lenta, cuidadosamente: el
rostro casi sin maquillaje, dejando al descubierto toda
la pureza un poco salvaje de sus facciones tan pronun-
ciadas, apenas un poco de rojo en los labios, nada
más, y al contemplarse en el espejo sintió orgullo de
poder ser tan ella—tan poco Cleo de Merode ni Gaby
Deslys, tan poco a la moda, tan poco *camp*, tan poco
Andrews Sisters—, más allá del maquillaje inexistente
y de peinados complicados, y sin más vestido que uno
sencillísimo, negro, de lana y con escote en punta. Inconfundiblemente ella. Inconfundiblemente Magdalena, aunque gente como Paolo y Kaethe quisieran
mixtificar. Quedó satisfecha. Miró su reloj y buscó su
cartera de raso negro... la palpó... no estaba adentro:

un instante de pánico, no estaba, dónde lo habría dejado, ese paquetito tan importante que Sylvia le había devuelto... quizás Anselmo tenía razón y *era* desordenada, en el armario, en la cocina, en el cajón de la mesa del teléfono... sí: allí estaba. ¡Si Anselmo lo hubiera encontrado! Se puso sus pieles, puso su cartera ahora rellena y caliente debajo del brazo y tomó el maletín. En el vestíbulo llamó a Sylvia por teléfono y le dijo que iba saliendo. Se encontrarían dentro de veinte minutos en la portería del edificio de los Roig. Tomó un taxi y dejó el maletín en el asiento del lado: era pequeño y el taxista no protestó. Puso una mano sobre él, afectuosamente, como para protegerlo del peligro de haber tenido que ir encerrada en el guardamaletas del taxi, y sintió el corazón de su marido latiendo. Miró el cuello del chófer. Sí. Desarmable también. Ella sabía exactamente cómo hacerlo. Llegaba un momento en la vida cuando los matrimonios alcanzan su equilibrio, en que todas las mujeres aprenden a desmontar a sus maridos: desgarrar las orejas, desarmar y enrollar como una alfombra todo el cuero cabelludo. Sí. A veces no era necesario—así le dijo Sylvia, a quien debía toda esta experiencia; y se lo diría a Marta para que de una vez por todas se estabilizara su enredado matrimonio con Roberto... mañana la llamaría para salir a almorzar con ella—volver a armar al hombre inmediatamente, sino que se podía guardar las piezas en bolsas, en paquetes disimulados en la parte de atrás de un armario, por ejemplo arriba, donde se guardan los adornos del árbol para la Navidad del año siguiente, y donde a nadie se le ocurriría buscar... pero de allí, cuando quisiera soñar a un hombre perfecto que no fuera exactamente como el suyo, sacaría las piezas para rearmarlas un instante configurando otro ideal, otro antojo. ¡Qué tontos eran los hombres que creían que porque ellos «mandaban», porque ellos «trabajaban», ellas carecían de todo poder! Ingenuos. Sí, ellos se iban de viaje, es verdad, pero quizá menos frecuentemente que lo que la gente creía, porque muchas veces que los demás creían que Anselmo se fue a un congreso en Amsterdam, que Roberto se fue a dar una conferencia en Londres, que Ricardo se iba a hacer un viaje por USA a estudiar las cosas de Frank Lloyd Wright, no era que se iban. Y no siempre los vendedores partían, sino que en esas ocasiones las mujeres los desarmaban y los plegaban para descansar de ellos... sí, sí: ellas almorzaban y tomaban copas juntas y hacían dietas en institutos de belleza y se pasaban las horas perdidas en las boutiques o donde las modistas y buscando unos botones más o menos originales que armonizaran con el *tweed* Chanel nuevo que se habían comprado para el otoño, horas y horas juntas. Pero ¿eran tontos, los hombres? ¿De qué creían que hablaban? ¿Del *tweed*, de los botones? ¡Que no fueran tontos! Que tuvieran cuidado, porque en esos cafés donde a la hora en que los hombres trabajan se reúnen las mujeres a fumar y charlar y pasar la mañana, lo que hacen es otra cosa, pasarse la sabiduría unas a otras como Magdalena le transmitiría mañana a Marta la sabiduría que le transmitió Sylvia; era intrigar, envolver, perfeccionar sus artes en ese fondo de sabiduría común que proporcionaba la chismografía de ingenua o sosa apariencia.

Magdalena ahora, en el taxi, llevaba las piezas de su marido muy bien ordenadas en el maletín. Cuando lo armara de nuevo él ni se daría cuenta de que estuvo desmontado—recordaría todo este viaje como si hubiera venido sentado a su lado; y como otros maridos que «viajan» recuerdan irreales viajes de negocios a Tokio o a La Coruña, a San Francisco o a Bilbao, en que creyeron abandonar ufanos a sus mujeres pero sólo permanecieron unos días desmontados—, y, claro, cuando le obedeciera e hiciera lo que tenía que hacer, entonces, claro, ella le devolvería lo suyo, esa pieza que le faltaba y que los hombres creían que era el centro mismo del universo... ese pequeño paquete que Sylvia le devolvió entre la confusión de capas, pieles y bufandas a la salida del Bistrot porque al fin y al cabo a ella le pertenecía, y si una iba a darse el trabajo de tener un hombre era absurdo tener un hombre incompleto.

Magdalena estaba muy excitada con ésta, su primera vez. Sylvia la esperaba en el *palier,* sentada en un banco con su propio maletín al lado, para controlar la primera experiencia de Magdalena y ayudarla en caso de apuro. Le dijo:

—No quise comenzar antes que llegaras.

—¡Divina tu chilaba, Sylvia!

—Y tú, que te disfrazaste de señora chic...

—Sí, negro con perlas verdaderas y todo. Hay que ser original.

—Siempre he dicho que eres una mujer acojonante, con tanto estilo, tanta personalidad. Hay que tener cojones para venir a casa de los Roig con un vestidito negro y una hilera de perlas finas como si fueras mi tía rica. Claro que con tu belleza se pueden hacer esas cosas...

—El verde te queda maravilloso.

—Tengo que comprar zapatos de ante verde que le vayan a este vestido.

—Yo vi unos en una zapatería nueva... por Gracia...

—Me encantaría ir. ¿Vamos mañana?

—¿Mañana? No puedo. Tengo que salir con Marta.

—Pasado, entonces.

Decidieron la hora y que almorzarían juntas. Los zapatos verdes eran muy importantes, pero también lo era cambiar impresiones sobre esta noche. Mientras hablaban habían abierto los maletines, y pieza por pieza, y como sin darle importancia, armaban a sus muñecos. Sylvia dijo:

—Ah, se me olvidaba...

—¿Qué?

—Que creo que el paquete que te di, ¿te acuerdas?, te lo di cambiado... tú tienes el de Ramón y yo el de Anselmo...

Magdalena se encogió de hombros:

—¿Y qué importa?

—A ellos parece que les importa.

—¡Bah! Me parece mucho más divertido que por un tiempo Anselmo se quede con lo de Ramón...

—Y Ramón con lo de Anselmo. ¡Sí, qué divertido! Tienes que reconocer que es cómodo ser mujer: el hecho de que los hombres tengan el sexo de quita y pon facilita mucho la infidelidad. Esa vez en la urbanización, ¿te acuerdas?, cuando yo me quedé con el sexo de tu marido y Ramón se fue furioso...

—¿Por qué se fue?

—Porque cuando se dio cuenta que yo había reconocido en ti a una mujer de las que entienden a los hombres, como yo, le dio miedo y se puso furioso, y bajó detrás de mí, para dominarme estúpidamente haciendo el amor. Y yo le quité el sexo y a pesar de que él me desarmó y todo y me borró la cara, yo no se lo entregué... Y cuando volvió después de unos días a armarme, yo le devolví el sexo de tu marido... bastante bueno, te diré. Ha estado muy raro, no sabía por qué, desde entonces, así es que tuve que desarmarlo de nuevo y a ver si aquí podemos combinarlos bien... preferiría que por hoy me devolvieras lo de Ramón... otro día, si quieres, te lo presto... nos ponemos de acuerdo, y nada más fácil...

—Bueno, si tengo tiempo, tú sabes que con los niños una siempre anda pensando en otra cosa, y ahora que hay que preparar la ropa para el invierno... ah. Los zapatos. Esta zapatería de Gracia de que te hablo *hace* zapatos de raso, de terciopelo, de lo que quieras... divinos.

—¿Y es muy cara?

—Mira, el trabajo es tan bueno, que a mí no me parece cara. La cabeza lo último... mejor armarlo entero antes de ponerla. ¿No es eso lo que me enseñaste? ¡Ah! ¿Ramón también va a ponerse su traje de pana verde? Van a estar iguales, elegantísimos...

—Sí. Ahora. Pongámosles las cabezas al mismo tiempo...

—¿Ahora?

—Sí, ahora.

Y Ramón y yo estábamos riéndonos porque Magdalena parecía una viuda. O, sugirió Ramón:

—Morticia. ¿Te acuerdas de Charles Addams?

Magdalena, naturalmente, se acordaba de Morticia, pero Sylvia no, y claro, como habíamos tocado el timbre y se oía el alboroto adentro, ya era muy tarde para explicarle quién era Morticia y quién Charles Addams en la época de oro del ESQUIRE.

Raimunda abrió la puerta, ataviada con un vestido romántico rosa, todo frunces y volantes, de modo que era casi imposible reconocerla, y su cabeza, hoy minúscula y con el pelo tirante, estaba envuelta en la espuma nacarada del vestido. Todas se encontraron divinas, y nuestros trajes coordinados de terciopelo verde también divinos, y divinas las voces que desde dentro nos llamaban entre los alaridos de la música, arrastrándonos al fragor. Pero antes de entrar, Sylvia y Magdalena le entregaron a Raimunda unos maletines que traían y ella los dejó junto a la entrada con una sonrisa de complicidad.

El centro de la reunión era hoy—y por el momento—, el editor de los ojos y las barbas azules. Sentado en el suelo, con la cabeza de la rubia de turno recostada sobre sus piernas, gritaba improperios a un novelista latinoamericano bastante borracho, cuya novela el editor acababa de publicar con gran bombo y como algo supremamente original, pero que la crítica había recibido fríamente. El latinoamericano lo culpaba a él, al editor, de no haber sacado la novela adelante con más publicidad, de haberlo traicionado, de no cumplir sus promesas. La rubia despechugada y

97

como fabricada de prehensible goma-espuma tenía el ceño fruncido de concentración con la profundidad del alegato. Pero en el momento en que el editor postuló el hecho de que la novela del latinoamericano no se vendía porque la novela era un género terminado, el latinoamericano, enorme como una montaña, alzó al minúsculo editor, y la rubia, al caer de sus rodillas, debe haber rebotado como una pelota de goma porque desapareció, y quedaron los dos hombres enfurecidos, con las manos de uno en el cuello del otro, mientras Kaethe fotografiaba y fotografiaba las manos y las caras sudorosas de furia. El latinoamericano gritaba:

—¡Porque te conviene que haya terminado!

El editor estaba demasiado borracho para enunciar nada fuera de improperios. Y el latinoamericano, incoherente de ira y de frustración, pero al mismo tiempo halagado porque su violencia estaba polarizando la reunión y pensando que algo podía salir mañana en la prensa, chilló:

—Sí. Te conviene y eres una puta...

Y le asestó un golpe que no dio en el blanco, sino contra un vidrio que, rompiéndose entre los aullidos de las mujeres le hizo sangrar la mano sobre el cuerpo de nuevo tumbado de la rubia, que el *basset* de Kaethe lamía con evidente deleite de ambos. Había que hacer algo. Ramón se llevó al editor, lloroso y contrito, a la otra habitación para consolarlo, y entre varios echaron al grosero latinoamericano de esa casa donde, para empezar, nadie lo había invitado. Era necesario hacer algo para borrar el incidente, quitar el frío, y vi que Magdalena me empujaba al medio de la luz y que Sylvia hacia otro tanto con Ramón: algo, un número, algo que entibiara el clima de la reunión y que borrando el desagrado cambiara la dirección de la corriente.

Ramón y yo nos quedamos parados, solos en medio del ruedo, vestidos en forma idéntica, como dos *chorus boys* de las revistas yanquis, de los que acompañan a las bataclanas pero a quienes jamás nadie mira, vestidos con nuestros unánimes trajes de pana verde. No dudamos qué había que hacer. Nos tomamos del brazo, sonreímos, y los dos, hombres maduros, comenzamos a bailar, levantando la pierna paralelamente, haciendo gestos como quien se quita el *cannotier* para saludar, y comenzamos, irrefrenablemente, a cantar:

> *Pardon me boy,*
> *Is this the Chatanooga Choochoo*
> *Right on track twenty nine?*
> *Please gimme a shine.*
> *I can afford to go*
> *To Chatanooga station*
> *I've got my fare,*
> *And just a trifle to spare...*

Seguimos bailando y cantando nuestra canción sin que nadie nos hiciera caso, nadie, porque acababa de entrar un arquitecto diminuto y flaco como un adolescente con acné, flanqueado por cinco ayudantes de su estudio, enormes y musculosos y que bebían sus palabras, con el desplante de un dictador con sus guardaespaldas. No, a nadie le interesábamos... sólo a Sylvia y a Magdalena. Mientras cantaba vi sus ojos

99

mirándonos, guiándonos desde un rincón mientras el resto de la gente, incluso el editor tan rápidamente herido como consolado, escuchaban los dictámenes del pequeño arquitecto de la cara cubierta de acné. Magdalena me vigilaba como si temiera que fuera a cometer un error, como si fuera a olvidar las palabras de esta canción jamás aprendida y jamás olvidada, pero que ahora, porque ella me guiaba, yo estaba cantando para complacerla. A pesar de la falta de interés de todos por nuestro número que limitaba el ya escaso espacio vital, ellas, juntas, desde su rincón, miraban, vigilando, hasta que terminamos:

> ...so *Chatanooga choochoo*
> *Chatanooga choochoo*
> *Please choochoo me home...*

La rubia rodaba por el suelo, casi adormecida, poniendo su cabeza en las piernas de quien se la aceptara, hasta que por fin se encontró con la cabeza en las piernas del arquitecto, que daba una larga explicación sobre Le Corbusier y la lamentable pérdida de su sentido de la monumentalidad, y le preguntó a la rubia que seguía sus explicaciones con el ceño fruncido de concentración:

—¿No te parece?

Al ser interpelada, respondió:

—*Sorry, I don't understand a word of Spanish.*

Y estalló en una carcajada tan violenta que cortó todas las conversaciones y desarticuló todos los grupos. Yo estaba perdido en el gentío, tanto, que tuve la curiosa sensación de que me estaba desvaneciendo, que me iba borrando, y el hecho de que Ramón, mi doble, desapareciera tragado por el tumulto de la reunión me dejó como sin mi propia imagen en el espejo para poder comprobar mi muy dudosa existencia. Estaba parado en un rincón, tratando de parecer afable, con las manos cruzadas en la espalda y solo y sin importancia como Felipe de Edimburgo, cuando reconocí unas manos que tocaban las mías detrás de mí, y unos pechos y un vientre tibios que se me apretaban, y la cabeza de Magdalena y el perfil de Magdalena que avanzaba hasta ponerse por encima de mi hombro junto al mío, y la mejilla de Magdalena, fresca, rozando mi barbuda mejilla. Me besó suavemente.

—¿Solito?

Asentí con la cabeza.

—¡Pobre!

Le pregunté:

—¿Hice el ridículo?

—No creo que nadie se fijara.

—¿Cómo me acordaría de las palabras de CHATA-NOOGA CHOOCHOO?

Magdalena sonrió enigmática, como en las películas. Yo no entendía nada, ni a mí mismo, como si todo en mí estuviera desajustado y lacio y la falta de atención de todos me negara la existencia. ¿Por qué, en vez de decirme que nadie se había fijado en mí, no decía unas palabras para animarme, o hacía alguna cosa para darme fuerza? Muy suavemente, Magdalena me dijo:

—Ven.

Me condujo al cuarto de aseo. Cerró con llave. Allí se abalanzó sobre mí y me abrazó y me besó en la boca

101

como hacía tiempo no nos besábamos, con su boca llena, caliente, entreabierta, uniendo sus jugos con los míos y jadeando juntos, y en un instante que interrumpimos nuestro abrazo para recobrar la fuerza, ella murmuró junto a mi oído:

—Lo hiciste tal como yo quería.

Y como quien otorga un premio volvió a besarme y a apretarse más y más con mi cuerpo y a acariciarme con sus manos mientras yo la acariciaba a ella, pero ahora era yo, yo, mi nuca, mi espalda, mis hombros que sus manos me hacían sentir, despertándome entero como de un largo y fatigoso letargo, acariciándome los ojos para que la viera nítida, los oídos para que la oyera jadear, la nariz para que oliera su olor identificable y personal que desde el fondo del Shalimar subía hasta mi nariz y penetrándome me revificaba, acariciándome el cuello con sus dedos frescos, la mano leve pesando sobre mi pecho, bajando, bajando hasta donde yo sabía para devolverme algo que yo no recordaba que me faltara hasta que sentí el click del broche de presión, y la energía guardada durante tanto tiempo llenándome y haciéndome latir bajo el tacto de Magdalena, júbilo, júbilo, era yo, entero otra vez, enorme y feliz y multiplicado en todos los espejos de la sala de aseo de los Roig, yo en las cuatro paredes y en el techo y en las puertas y en los armarios de espejo, abrazando a una Magdalena sumisa, tierna, entera que estaba harta de la gente de esta reunión con la que en realidad teníamos tan poco en común, sí, nos encontrábamos fuera de lugar en este sitio, eran otros, quizás más profundos los problemas que a nosotros nos conmovían. Yo murmuré:

102

—Nunca más...

Lo dije maquinalmente, contrito, porque ahora estaba seguro que Sylvia le había contado algo de nuestra aventura esa noche en la urbanización, y quería despachar mi pecado así, rápidamente y como bromeando con la promesa de un niño muy pequeño que promete observar de ahora en adelante una conducta que complazca y enorgullezca a su mamá. Magdalena comprendió la broma, como comprendía siempre las cosas que yo decía:

—¿Me prometes?

Y yo volví a balbucear:

—Nunca más...

Agregando después de un último beso:

—Es aburrido... con otras...

Nos arreglamos un poco delante de los espejos y decidimos partir: mejor *filer a l'anglaise,* ya que la reunión, si uno podía juzgarla por el ruido, había llegado a su estado de efervescencia máxima y nadie nos echaría de menos. Yo la conduje:

—Por aquí, por esta puerta...

Al salir vi que mi mujer echaba un último vistazo al maletín negro que había dejado junto a la quencia del estrecho vestíbulo. Ahora que de nuevo podía leer los pensamientos de mi mujer me di cuenta de que hacía una especie de nota mental para no olvidarse llamar por teléfono mañana y quizá juntarse con Raimunda en algún café para que le llevara el maletín, porque no quería perderlo... podía serle útil... Pero no me importó esta momentánea distracción en lo práctico cuando debía estar sumida en lo erótico del clima creado, uno, porque claro, si acababa de comprar ese maletín era porque lo necesitaría en el futuro y era absurdo perderlo; dos, porque tuvo la gentileza de no querer cargarlo ahora, estropeando lo creado entre los dos; y tres, porque esa noche, en la intimidad de la cama, en la larga noche renovada en la larga mañana de los padres cuyos hijos pasan la noche en casa de los abuelos, iba, yo estaba seguro, a hacerla olvidar la maleta negra... por lo menos hasta el otro día, cuando llamara a Raimunda por teléfono para salir a tomar un café uno de estos días y recobrarla porque la necesitaría.

2

«ÁTOMO VERDE
NÚMERO CINCO»

Es una verdad universalmente reconocida que llega el momento en la vida de un hombre, y más aún en la vida de una pareja, cuando se hace mandatorio comprar el piso definitivo, instalarse de manera permanente; y después de una existencia más o menos transhumante en pisos alquilados donde las soluciones estéticas nunca quedan completamente satisfactorias, arreglar y alhajar el hogar propio de modo que refleje con rigor el gusto propio y la personalidad propia, es uno de los grandes placeres que brinda la madurez. La elección cuidadosísima de las moquetas y las cortinas, la exigencia de que los baños y los picaportes sean perfectos, maniobrar sutilmente—y con toda la libertad que los medios y la sabiduría proporcionan— las gamas de colores y las texturas empleadas en el salón, en el dormitorio, en la cocina y aun en los pasillos de modo que reposen la vista y realcen la belleza de la dueña de la casa, ubicar con discriminación la cantidad de objetos acumulados durante toda una vida—o media vida, en realidad, puesto que se trata de Roberto Ferrer y de Marta Mora, que acaban de pasar la línea de la cuarentena—, utilizando los mejores y guardando otros para regalar en caso de compromiso y «quedar bien», se transforma en una tarea apasionante, en un acto de compromiso que nada tiene de superficial, sobre todo si la pareja, como en el caso de Marta y Roberto, no tiene hijos.

Roberto Ferrer, en los momentos que le dejaba

libre la práctica de la odontología, se dedicaba a la pintura—unas abstracciones de lo más elegantes en negro y blanco sobre arpillera rugosa, centradas alrededor de unos cuantos átomos en un color fuera de paleta—, y aunque no poseía una educación artística formal ciertamente «tenía mucho museo», como solía decirle Paolo, que los asesoró en la decoración del piso. Por eso Roberto sentía que una parte suya muy importante se «realizaba» en la amorosa exigencia que él mismo desplegó para que el piso quedara impecable: original y con carácter, eso sí, sin duda, puesto que ellos no constituían una pareja banal; pero no excesivamente idiosincrásico—no atestado de objetos, por ejemplo, que aunque tuvieran valor, al acumularse podían restarle rigor al piso—, y además preocupándose de que las soluciones prácticas se ajustaran a las soluciones estéticas.

La pintura confortaba a Roberto—cosa que no hacía su práctica odontológica, distinguidísima pero quizá demasiado vasta—, como también su cautelosa colección de grabados: litografías, xilografías, aguafuertes... algún buril, sobre todo, en que lo enamoraba la espontaneidad, la valiente emoción de la síntesis. Ciertas tardes de invierno, cuando no tenía nada que hacer, se deleitaba en examinar con lupa la línea un poco peluda que produce la inmediatez de la punta seca, para compararla con la línea químicamente precisa de un aguafuerte, y se convencía más y más—y convencía más y más a Marta, dichosa porque una vez que la profesión de su marido les proporcionó amplitud de medios él prefirió estas civilizadas aficiones de coleccionista, al golf, por ejemplo, o a la montería, que se mostraron brevemente como alternativas posibles—de que era una pena que ahora tan pocos artistas parcticaran el buril. En fin, su propia pintura, sus grabados, los valiosos objetos reunidos con tanta discriminación en su piso nuevo, su curiosidad por la literatura producida alrededor de estos temas, eran integrantes de la categoría «placer».

En el gran piso nuevo, con su bella terraza-jardín, reservó para sí un cuarto vacío con una ventana orientada al norte, en el cual no quiso poner nada hasta tener tiempo—por ejemplo, cuando se tomara las vacaciones, o hasta que sintiera que las paredes del piso nuevo se transformaban en paredes amigas—, para ver cómo instalaría su estudio de pintor. Si es que lo instalaba. No quería sentirse presionado por nada exterior ni interior, ansiaba vivirlo todo lentamente, darle tiempo al tiempo para que la necesidad de pintar, cuando surgiera si surgía, lo hiciera con tal vigor que determinaría la forma precisa del cuarto. Entonces, su relación con el arte se transformaría en una relación verdaderamente erótica, como lo propone Marcuse. ¿Quién sabe si así podría «realizarse» en la pintura? ¿Quién sabe si, como Gaugin, y apoyado por Marta que aprobaría su actitud, lo abandonara todo para irse a una isla desierta o a un viejo pueblo amurallado en medio de la estepa, y como un *hippy* más bien maduro dedicarse plenamente al placer de pintar sin pensar para qué ni para quién, ni qué sucedería en el mundo si él no asumía por medio de la pintura su puesto en él? Mientras tanto quedaba el cuarto vacío esperándolo como el mayor privilegio: no dejó que Paolo lo tocara, ni siquiera que le sugiriera un color para los muros de enyesado desnudo... eso lo decidiría solo cuando llegara el momento. Tampoco permitió que Marta guardara cosas allí «por mientras»—las mujeres siempre andan guardando cosas «por mientras», con una especie de vocación por lo impreciso que no dejaba de irritarlo—, ya que aun eso sería una transgresión: no, dejó el cuarto tal como era, un cubo blanquizco, abstracto, con una puerta y una ventana, y una bombilla colgando del alambre enroscado en el centro, nada más. Después se vería.

La solución Gaugin le estaba apeteciendo muchísimo la mañana de domingo cuando Marta se fue al Palau con la mujer de Anselmo Prieto, que ocupó la entrada que le correspondía a él para escuchar a Dietrich Fischer-Diskau cantando el ciclo de «La Bella Molinera». ¿O era «El Viaje de Invierno» esta semana? En fin, estaba lloviendo, y si se levantara—lo que no tenía la menor intención de hacer—y se asomara por la ventana vería cómo en la calle, tres pisos más abajo, arreciaba el frío: la gente con los cuellos de los abrigos subidos, con paraguas enarbolados para defenderse de una penetrante lluvia invisible. Roberto se había quedado en cama porque tenía uno de esos agradables resfríos que ofuscan un poco y borronean las aristas de las cosas, pero que no molestan casi nada porque el dolor de cabeza cede al primer Optalidón. Además, cada ser humano tiene «su» resfrío, como tiene «su» cuenta de banco, «su» sauna y «su» superstición: el resfrío de Roberto, por lo general, se resolvía en una sinusitis que esta vez ni siquiera se había dado la molestia de presentarse. En todo caso, era de esos resfríos que a uno lo liberan de la puritana necesidad de hacer cualquier cosa, incluso leer, incluso entretenerse, dejando que el pensamiento o el no pensamiento vague sin dirección y sin deber. Sobre todo hoy: este primer domingo en que estaban lo que se puede llamar real y definitivamente instalados en el piso nuevo, hasta el último vaso y el último cenicero ocupando sus lugares. El lujo de esta mañana solitaria sin nada que hacer levantó dentro de él una marea de amor hacia todas sus cosas, desde los cojines negros en las esquinas del sofá habano y las lámparas italianas de sobremesa que eran como esculturas de luz pura, hasta ese cuarto que lo esperaba con el yeso desnudo como lujo final, y que yendo más allá que Gaugin, hoy se sentía con valor para dejar intacto, un cubo blanco y nada más, clausurado para siempre.

Sin embargo, se puso las pantuflas para acercarse a la ventana y mirar hacia abajo, a la calle: ahora podía distinguir las gotas minúsculas que hacían abrir paraguas en esta mañana de cielo tan bajo que encerraba a la calle con una tapa oscura. Como un ataúd, pensó. Toda esa gente que camina allá afuera está en un ataúd y por eso tiene frío. Adentro, en cambio, es decir afuera del ataúd, donde él estaba, hacía calor: una calefacción tan bien pensada que no era agobiante y sin embargo le permitía levantarse en pantuflas aun estando con catarro. Pero ¿era verdad que estaba con catarro? ¿Se podía realmente llamar catarro a este sentirse un poco abombado, con la nariz goteando de cuando en cuando? No, la verdad era que no, sólo que no había sentido la necesidad imperiosa de oír a Fischer-Diskau esta mañana... era el tercer concierto de la serie y la gente se peleaba por las entradas, de modo que... no, hiciera lo que hiciera debía nacer de un fuerte impulso interior o no hacerlo... y si pasaba mucho tiempo sin el impulso para pintar podía instalar en su cuarto vacío un pequeño taller para encuadernaciones de lujo, por ejemplo, cosa que no dejaba de tentarlo; o una sala con moqueta y techo de corcho estudiada exclusivamente para escuchar música en condiciones óptimas... todo esto mientras afuera llovía, mientras la gente tenía frío y él no, y pasaban de prisa para ir a misa, o malhumorados llevando un paquetito con queso francés para almorzar ritualmente el domingo en casa de sus suegros y Roberto los observaba con ironía desde su ventana, en su piso perfecto, rodeado por la sutil gama de marrones y beiges tan elegantes y cálidos, con una que otra nota negra o de un verde seco que contrastaba con el conjunto, realzándolo.

No. En realidad no tenía catarro. Hoy no necesitaba engañarse a sí mismo ni siquiera con eso. Lo que le apetecía en este momento era *ver*, ver y tocar y quizás hasta acariciar y oler los objetos de su piso nuevo, entablar con ellos una relación directa, propia, suya, privada; cometer, por decirlo así, adulterio con ellos en ausencia de su mujer y conocerlos como a seres íntimos con los que—seguramente, si el mundo no cambiaba demasiado ni él tampoco—viviría por el resto de sus días. Porque claro, lo de Gaugin era bello, pero quizás un poquito pasado de moda.

Y hablando de Gaugin: allí, en el vestíbulo, adosado al muro, estaba su ÁTOMO VERDE NÚMERO CINCO, sin duda lo mejor que había pintado. Al verlo sin colgar sintió una repulsión hacia su cuadro. Es decir, no hacia la pintura en sí—sabía perfectamente el valor relativo de ese cuadro al compararlo con los «grandes» informalistas—, sino hacia ese objeto que era lo único en todo el piso que no estaba totalmente colocado, definido y determinado. Con Marta lo habían discutido mucho anoche, clavo en mano, allí en el vestíbulo. Él no podía dejar de tener la sensación de que Marta lo sobreprotegía al insistir que era absurdo que no quisiera colgar en todo el piso ni siquiera *una* de sus telas... absurdo no sólo porque ÁTOMO NÚMERO CINCO era un cuadro muy bueno—quizá los blancos y negros sobre la arpillera arrugada eran un poco Millares, quizás el tono de verde del «átomo» un poco Soulages; pero, en fin, un buen cuadro dijeran lo que dijeran, fino y sofisticado—, sino que además, y era aquí donde Marta se mostraba más exigente, *porque era de ella.* Sí, señor, de su propiedad particular y privada porque él se lo había regalado hacía unos meses para el quince aniversario matrimonial. Y ella lo quería ver allí, en el vestíbulo, junto a la puerta. Sí, lo exigía:

—Al fin y al cabo, yo también existo...

Él había pensado regalarle una joya, algo realmente valioso, una esmeralda, por ejemplo, para su aniversario. E incluso fue a hablar con Roca para que le mostraran algunas: había una, no demasiado grande, colombiana, de modo que su precio era relativamente bajo, color «lechuga» y con jardines adentro, que era un primor. Lo consultó con Marta. Pero ella respondió que no, que lo que quería de regalo era un cuadro suyo: específicamente quería que le regalara ÁTOMO VERDE NÚMERO CINCO, que siempre le había encantado. Este gesto había sido muy de Marta: generoso, íntimo, cálido, estimulante, vivo. Con cosas así había producido durante los quince años de matrimonio ese «caldo de cultivo» especial para que él no se sintiera reducido a un ente que le pavimentaba la boca a las viejas ricas y les pasaba cuentas exorbitantes, sino que pudiera erguirse como un ser humano grande y complejo. Esto que Marta supo proporcionarle con tanta sabiduría suplantó con creces su maternidad imposible, porque su ternura tan femenina y completa no era para nada la ternura de la mujer objeto o la de la tradicional mujer doblegada; ni, por otro lado, le daba el amor agresivamente sexual de las mujeres adscritas al *women's lib,* movimiento por el que mostraba un interés tan equilibrado como todos sus intereses, siempre temperados por la ironía.

Esa noche, la del aniversario, ella preparó la cena. Aunque aún no vivían en el piso nuevo, la sirvió románticamente en el comedor sin terminar—faltaba la moqueta, faltaban las cortinas y la lámpara; había un mueble embalado en cartones arrimado a un muro donde no iba a quedar—, pero en el centro del comedor ella preparó una mesa con la mantelería más fina, y puso en el centro un candelabro de plata inglesa de cuatro brazos con sus velas fragilísimas, que era *su* regalo de aniversario a Roberto. Mientras las sombras bailaban sobre su bello rostro moreno probaron una cena que ella preparó, fragante de trufas, culminando en deliciosos Saint Honorés rociados con champaña festivo... todo liviano, todo fino, pero que

114

se les subió a la cabeza lo suficiente como para preludiar una estupenda noche de aniversario en la cama que ella tenía «improvisada» en el dormitorio del piso y que en esa ocasión estrenaron. Para Roberto no fueron ni las trufas ni el champaña, ni la luz de las velas lo que definió esa noche tan profundamente... profundamente, en fin, profundamente algo, no sabía qué...; lo que sabía era que la enriqueció no sólo la satisfacción sexual, sino otra cosa, más... bueno, más profunda y más compleja. Sí, fue otra cosa lo que obró la magia: el hecho de que Marta le pidiera con su voz tan sabia para matizar la intimidad, que no le regalara la esmeralda de Roca, que prefería que le regalara como recuerdo de esa noche su cuadro ÁTOMO VERDE NÚMERO CINCO.

Ahí estaba ahora adosado al muro, junto a la puerta de entrada. Anoche incluso habían llegado a hacer el agujero en la pared, pero él ganó la discusión y el cuadro no se colgó, quedando de acuerdo que al día siguiente llamarían al portero para que llenara el agujerito y lo disimulara con pintura del mismo tono, y el cuadro se enviaría al estudio de su buen amigo Anselmo Prieto, que tenía un vasto estudio destartalado, para que lo guardara allí con el resto de sus cuadros mientras decidía instalarse en su cuarto vacío. Como si lo oyera pensar, Marta le había preguntado:

—¿Para qué lo mandas donde Anselmo? ¿Por qué no lo guardamos por mientras en tu cuarto vacío?

Marta no entendía: decididamente, había ciertos aspectos de su libertad que, por muy tierna y comprensiva que fuera, Marta no entendería jamás y prefirió pasar por alto las explicaciones. Y los clavos, los

115

tacos de plástico, el martillo, el barreno quedaron sobre el mueble de laca japonesa: era increíble cómo había cambiado ese mueble al arrancarlo del pesado ambiente burgués de tónica indecisamente post-modernista de la casa de la madre de Marta, y cómo, trasladado al contexto *depouillé* del piso nuevo, adquiría un significado estético totalmente contemporáneo.

Había quedado encendido un foco iluminando el cuadro. No era grande: sesenta por ochenta. Y tenía que reconocer que no sólo no chocaba sino que armonizaba de veras con el mueble de laca japonesa. Sí, y era liviano, no sólo de factura, sino de peso: un kilo y ocho gramos recordaba con toda precisión porque lo anotó en un papelito, ya que antes de decidirse a bautizarlo con el nombre que actualmente ostentaba había considerado como posibilidad llamarlo PESO 108. Lo sostuvo de nuevo en el sitio que le hubiera correspondido junto a la puerta de entrada y trató de alejarse un poco para verlo, y claro, no pudo. Pero quedaba muy bien en el vestíbulo. Sin embargo, mientras lo sostenía en la pared con las manos lo acometió la tentación de seguir la sugerencia de Marta de anoche y llevar el cuadro a su «estudio», o lo que sería o no sería su estudio, para ver qué pasaba. En cuanto encendió la luz del cuarto vacío y vio allí el ÁTOMO VERDE NÚMERO CINCO dijo no, no; está mal, los errores saltan a la vista, como cuando un estudiante de academia mira su croquis en un espejo que trae en el bolsillo con ese propósito, para delatar las debilidades de su dibujo y corregir. No pertenece a este cuarto vacío que es mi espejo, no corresponde a este cubo puro y sin hollar. Le falta algo. Todo. Todo en él equivocado. Pertenece al mundo de los muebles, no aquí, porque aquí revelaba toda su debilidad, la del cuadro y la suya. Apagó la luz y volvió con el cuadro al vestíbulo. Esta vez tomó resueltamente el taco de plástico, clavó el clavo y colgó el cuadro. Se alejó para mirar. Perfecto: allí pertenecía, como si ocupara un sitio que le hubiera sido asignado desde siempre. ¡Qué contenta se pondría Marta al regresar! ¡Qué sorpresa al verlo colgado por fin en su sitio!

Esperándola, caminó lentamente por el resto del piso, encendiendo las luces donde era necesario, cambiando apenas el orden de las revistas en las cuatro esquinas de la mesa de café de Marcel Breuer de modo que los colores de las portadas armonizaran mejor con el conjunto, entreabriendo una cortina para que la cantidad controlada de luz embelleciera la riqueza de las texturas, y experimentando en forma total la satisfacción del ambiente que había sabido crearse, en el cual su cuadro ÁTOMO VERDE NÚMERO CINCO—el mejor y sin duda el último de su serie de ÁTOMOS VERDES—colgado por fin junto a la puerta de entrada era como la clave del arco, la que lo cierra y le da solidez y resistencia: sí, ahora, al volver al zaguán y mirarlo en su sitio, se dio cuenta de que era totalmente necesario que ese cuadro estuviera allí. Marta tenía toda la razón.

¡Qué lástima que «El Viaje de Invierno» fuera tan largo! ¿O era «La Bella Molinera»? En todo caso, se demoraba muchísimo. Estaba ansioso por compartir con ella esta sensación de plenitud, hasta se atrevía a decir como de iluminación producida por el contacto con los objetos que le pertenecían... Sí, tener a Marta aquí para colocar su figura protectora de modo que tapiara la odiosa entrada a la habitación vacía, clausurándola para siempre, de modo que su cuadro colgado junto a la puerta quedara como su obra definitiva en este piso definitivo, en este vestíbulo definitivo, anulando también la tentación de entrar a la habitación vacía, y también, por otro lado, la otra tentación, distinta pero igualmente potente, de abrir la puerta de su casa y salir corriendo y perderse para siempre: le bastaba estirar la mano para abrir esa puerta...

Sonó el timbre. Su corazón saltó con la alegría de la certeza de que era Marta que regresaba, tocando el timbre en vez de abrir con su propia llave porque se había olvidado su llave, era típico, no podía ser más distraída. El momento solitario de la plenitud había pasado y ahora Marta se incorporaba triunfalmente a ese momento para prolongarlo bajo otra forma. Sí, le bastaba estirar la mano para abrir la puerta y dejarla entrar. Así lo hizo, exclamando:

—¡Marta...!

Pero no era Marta. Era el portero. O por lo menos el hermano del portero—Roberto no lo conocía muy bien, Marta era la que tenía tratos con él—, porque de lo que lo recordaba se le parecía mucho: alto, el traje gris, el pelo gris, el ajado rostro gris tan surcado, arrugado, anudado y marcado que daba la impresión de que iba a ser necesaria una obra de rescate arqueológico para exumar al pobre hombre sepultado bajo tantos escombros. El hermano del portero saludó cortésmente y, cuando Roberto le contestó el saludo, entró, mirándolo todo como arrobado, y exclamando:

—¡Qué piso tan bonito...!

Lo dijo con sorpresa, como si lo viera por primera vez y constituyera una revelación para él, de modo que, claro, no podía ser el portero, sino el hermano del portero, porque el portero conocía el piso. Roberto, feliz, sonrió, aprobando su juicio, y tan lleno de orgullo ante su creación que no pudo reprimir una cordialísima invitación:

—¿Le gustaría verlo?

A lo que el hermano del portero respondió:

—¡Encantado...!

Lo paseó por el salón señalándole el Tàpies no sobre la chimenea para evitar el clisé, sino a la izquierda, y la colección de litografías—las más importantes—que formaban un *panneau* sobre la pared principal del comedor. Lo llevó a los aseos y a la cocina como quien pasea a un turista por los salones de un museo, explicándole las cosas, insinuando pero no recalcando el valor económico de cada objeto, entusiasmado con la admiración del hermano del portero. Omitió, sin embargo, el cuarto vacío—no había nada que enseñar en él, claro—, aunque fue justamente al pasar junto a su puerta que sintió el escalofrío producido, sin duda, porque se olvidó de cerrar la puerta del piso. Al llegar al vestíbulo el hermano del portero parecía haber aflorado de los escombros de su rostro, tanta era su admiración, y reanimado, sonreía. Al tomar el pestillo para cerrar la puerta en cuanto su visitante saliera porque ya nada más cabía que decir, Roberto también estaba sonriendo. En el momento justo antes de traspasar el umbral después

119

de despedirse, el hermano del portero descolgó el liviano ÁTOMO VERDE NÚMERO CINCO y salió. Fue tan repentino su gesto que Roberto cerró la puerta antes de darse cuenta de lo que había sucedido. Comprobó que era verdad, que en efecto faltaba el cuadro, y volvió a abrir: allí vio al hombre con el cuadro debajo del brazo, sonriendo con la seguridad de que tanto Roberto como él y todo el mundo estaban de acuerdo en que había venido para eso, para llevarse el cuadro determinado de antemano. La puerta del ascensor se abrió ante el hermano del portero, iluminándolo y recortando su sombra en un cuadrado de luz sobre el suelo del *palier*. Roberto no podía gritarle: ¡Devuélveme el cuadro, ladrón! Eso podía resultar una impertinencia, y si armaba un escándalo tan al comienzo de su «vida definitiva» en el «edificio definitivo», sus relaciones con los vecinos no iban a plantearse como de buen augurio. Además, el hermano del portero parecía tan tranquilo, tan seguro. Y, al dar el paso con que entró al ascensor, exclamó:

—¡Adiós! ¡Y… gracias!

Y definitiva como una gallina, y fuerte como la puerta de una caja de caudales, la puerta del ascensor se cerró tras él. Roberto salió al *palier* y se paró frente a la puerta del ascensor. En el tablero, la luz de cada piso fue encendiéndose sucesivamente: dos, uno, entresuelo, planta baja. Luego se apagó. Sólo entonces Roberto pudo reaccionar y levantó el puño para golpear la puerta cerrada de esa caja implacable, para exigir que le devolvieran su cuadro, un ladrón había entrado en su casa, se quejaría a la administración del edificio, robarse un cuadro así, sin más ni más, un domingo por la mañana... un cuadro suyo, sí, suyo, pintado por él... sin valor, claro, pero suyo. Y, si no tiene valor, entonces ¿por qué protesta tanto?, le preguntarían las autoridades. Además, estaba en pijama, no podían verlo así. Bajó el puño, vencido sin golpear. Tuvo frío: claro, en pijama, en el *palier,* esto sí que estaba bueno, ahora sí que había atrapado un catarro... de los mil demonios... Sí, y mañana que tenía que comenzarle ese puente a la señora del presidente de su banco... Regresó a su piso y cerró la puerta. Con llave, por si acaso. Allí estaba la pared vacía, de un beige dorado muy fino, y en medio de la pared el clavo absurdo, solitario, pegado a su sombrita, como los clavos inexplicables que a veces se ven en las paredes vacías de los cuadros de Vermeer. ¡Pero qué tanto pensar en Vermeer en estos momentos...!

Pero ¿momentos de qué? ¿De asalto, de robo, de crisis, de atropello, de expoliación, de abuso, de...? Era imposible formular lo que había sucedido. Además, la única solución era muy fácil y no tenía para qué agitarse tanto: en cuanto llegara Marta, que ya no podía tardar, le pediría que a través del portero se pusiera en contacto con el hermano del portero y, diciéndole que todo había sido un error, recuperara el cuadro. ¿Ofrecerle una compensación en dinero, tal vez, para suavizar las dificultades de tan delicada transacción? ¡Pero si el cuadro no valía nada! ¡Si sólo tenía lo que la gente suele llamar un «valor sentimental»! Era bastante humillante que un cuadro suyo no tuviera más que un «valor sentimental», pero, en fin... ¿Y era verdaderamente el hermano del portero? ¿Le constaba a él que el portero tenía un hermano? Le parecía haberlo oído decir una vez, pero quizá fuera de otro portero y de otro edificio. Y si no era el hermano del portero, ¿quién era, entonces? Y lo peor de todo, si era el hermano del portero, ¿por qué había entrado en su piso, y aparentemente comisionado por alguien y presuponiendo que él estaba en antecedentes, descolgó su cuadro con tanta decisión y se lo llevó sin molestarse en dar explicaciones de ninguna clase? Quizá Marta... Marta lo solucionaba todo, Marta tenía que saber. Se trataba, sin duda, de algo que ella había arreglado... quizá prestarlo para una exposición de aficionados, por ejemplo, pongamos que fuera en el Museo de Arte Abstracto de Cuenca, y con todo el barullo de la instalación definitiva en el piso se le había olvidado avisarle haber dado licencia para que hoy, a esta hora, vinieran a buscarlo... Sí, sí, esto era; algo había oído hablar de una exposición para aficionados de categoría en el Museo de Cuenca, y a Marta simplemente se le había olvidado decírselo. Claro, con todo lo que la pobre había tenido que trabajar para instalar el piso, y con Paolo y sus soponcios cuando Marta se rebelaba contra sus exigencias de que los colores de las toallas fueran *demasiado* refinados... y ahora, de repente, la aparición de este buen señor de Cuenca a buscar su cuadro: otra sorpresa, otro regalo de Marta, que siempre lo estimulaba tanto en todo. Roberto se puso su bata de seda italiana. Se sentó junto a la chimenea, la encendió después de pensarlo durante unos minutos y se quedó mirando el inútil y bello fuego recordando la visita a Cuenca hacía un par de años, los Tàpies, los

Millares, los Cuixart, los Forner, el estímulo de su envidia, de su deseo de emulación. Y ahora él iba a exponer allí... quién sabe si hasta le compraran ÁTO-MO VERDE NÚMERO CINCO para la colección permanente de Fernando Zobel... pero, claro, no podía venderlo, le pertenecía a Marta y no podía despojarla... aunque quizás en un caso así comprendería.

Pero Marta no sabía nada de nada. Cuando llegó y Roberto le contó la visita del señor del Museo de Cuenca fue necesario descartar la tesis inmediatamente porque Marta jamás había oído hablar de que se preparara una exposición de aficionados en el Museo de Arte Abstracto. Allí era todo demasiado profesional. Ni de enviar un cuadro suyo a ninguna parte...

—Bueno, lo hubiéramos hablado no una, sino mil veces, Roberto, imagínate, y además es seguro que lo hubiéramos consultado con Anselmo.

—Ahora que lo dices, creo que fue una noche en casa de Anselmo que conocimos a un coleccionista que dijo... no, no era coleccionista privado, era, me parece, el director de...

—Sí, que le había comprado un cuadro a Anselmo.

—¿Ves? Claro. Para una exposición de aficionados en el Museo de Arte Abstracto de Cuenca.

—No era en Cuenca.

—¿Dónde, entonces?

—En Palma de Mallorca, creo... sí. Pero no tiene la misma categoría que Cuenca.

—Sí. Era en Palma.

—Y no era una exposición sólo para aficionados, porque, francamente, Anselmo Prieto es bastante más que un mero aficionado.

Roberto dejó transcurrir unos minutos de silencio, fríos como si pasara un muerto, para que Marta se diera cuenta de las implicaciones de lo que había dicho. Luego, suavemente, le preguntó:

—¿Y yo?

—¿Tú qué?

Le costó precisar:

—¿Soy un *mero* aficionado?

Ella lo calculó:

—Eres un aficionado muy bueno.

—Pero un *mero* aficionado.

De nuevo Marta se demoró para medir las cosas.

—Sí. Eso lo sabes sin ninguna necesidad de que yo te lo tenga que decir.

—¿Y mis cuadros no tienen más categoría que los cuadros pintados por un aficionado...?

—Roberto...

—¿... de sacamuelas rico que, como no le gustan los deportes, pasa su tiempo libre pintando cositas?

—Roberto... por favor...

—¿... de filisteo abyecto que se quiere contar el cuento a sí mismo de que no es filisteo abyecto, sino que él también puede elevarse hasta las regiones más enrarecidas habitadas por los espíritus selectos de los verdaderos artistas, como Anselmo?

Marta cerró los ojos, se tapó los oídos y gritó:

—¡Roberto!

Él se había estado paseando frente a la chimenea y frenó bruscamente ante Marta, inquisitorial, furioso:

—¿Entonces por qué cojones me pediste que te regalara ÁTOMO VERDE NÚMERO CINCO para nuestro aniversario de matrimonio?

Ella se puso de pie, y muy despacio, como una gata, fue acercándose a él:

—Roberto, escúchame. Estabas tan mal esos días, tan deprimido, acuérdate cómo te pones cuando te da por repetir y repetir que nada tiene sentido, que lo único que hacemos es comprar cosas con el dinero que ganas pavimentándole la boca a una cantidad de vejestorios ricos... que no puedes reducir tu vida al orgullo de poder pasar cuentas cada vez más altas...

Él se alejó de ella:

—¡Ah! ¡Tu admiración por ÁTOMO VERDE NÚMERO CINCO es, entonces, una admiración terapéutica, como enjuagarse la boca con Amosán...?

—No digas eso...

Roberto se alejó más aún de Marta, sentándose al otro aldo de la mesa de cristal de Marcel Breuer colocada ante la chimenea.

—Gracias por tu caridad, Marta.

—Pero ¿por qué no me quieres entender? No es que no me guste tu cuadro. Cómo se te ocurre. Me encanta. Pero hay que buscar un equilibrio de alguna manera...

—Eso es caridad. Gracias.

Titubeó apenas antes de agregar:

—Comprendo. A mí también me ha tocado ser... caritativo... a veces... contigo... Así es que aplaudo tu actitud.

Y diciendo esto miró agudamente el vientre siempre vacío de Marta, penetrando en él como en el cuarto vacío que ya jamás se resolvería a llenar con nada. Marta sintió la fuerza de esa mirada que taladró sus entrañas doloridas con la culpa de quince años de jugar a que todo eso no importaba nada, que eran otras cosas las que importaban. Se tapó la cara con las manos. Esperó que, como otras veces, Roberto acudiera a abrazarla, a consolarla, a decirle que no importaba, a mecerla como a una niña porque ella era una niña, nada más, una pobre niña que porque era niña no podía tener niños, a besarla como a una niña... Pero esta vez Roberto no acudió: a través de la explanada fría de la mesa Bauhaus, abrigada apenas por la presencia de una escultura africana enhiesta en el centro y por las cuatro pilas de revistas bajo pisapapeles de cristal —«si vas a poner esos pisapapeles victorianos espantosos, hay que simular por lo menos que *sirven* de pisapapeles, si no, son un horror», había dictaminado Paolo—, la mirada de Roberto continuaba hiriéndola. Las manos de Marta resbalaron de su cara, a lo largo de todo su cuerpo, hasta quedar sobre su vientre, defendiéndolo, y salió corriendo bruscamente de la habitación. Roberto se sentó y encendió un cigarrillo. Al sentir que Marta abría y después cerraba la puerta del piso, esperó un rato. Después se levantó, tirando el cigarrillo a la chimenea, y preguntó en voz muy baja:

—¿Marta?

Luego repitió más alto:

—¿Marta?

Comenzó a buscarla por todas partes, habitación por habitación, repitiendo Marta, Marta en voz muy baja, sabiendo, sin embargo, que no la encontraría porque se había ido.

¿Ido?

Ido era muy distinto de salido. Y, claro, sólo había

salido, porque, pensó Roberto, a nuestra edad y con nuestra posición, la gente nunca «se ha ido», a lo más «ha salido». Quizá su mirada fue demasiado hostil, su venganza demasiado repentina... pero no era como si ella no se lo hubiera buscado. Entró en su cuarto vacío encendiendo la luz porque las persianas estaban bajas, cerró la puerta y se sentó en el parquet perfectamente nuevo, brillante y limpio. Nada en todo el cuarto: un espacio suyo. ¿Y *qué, qué* pasaba si se había *ido* en vez de *salido*? Él tendría, entonces, la soberbia comodidad de quedar sin testigos y no tener que darle cuenta a nadie de las monstruosidades que podía revelar el espejo, y permanecer—figurativamente, es claro—en esta habitación vacía sin necesidad de resolverse a hacer jamás nada con ella. Ni siquiera entrar.

Se preparó un plato de huevos revueltos con jamón para apaciguar su hambre, y después un poco de café. Se lo tomó junto a la chimenea apagada. Dijera lo que dijera Paolo, no tiraba bien, lo que resultaba un poco incómodo, aunque no de gran importancia, ya que la calefacción funcionaba en forma estupenda. Era, más que nada, la incomodidad de la sensación de que ahora nada cuajaba en el piso: que la proporción de la mesa de centro era un error, que la clase de relleno que usaron en el sofá color habano tenía una desagradable calidad resbalosa, que la cornucopia Imperio, aunque simple, contradecía el sentido de todo el salón. Y en el dormitorio era lo mismo. Y en el vestíbulo y en la cocina y en el baño, hasta que se encerró de nuevo con un portazo en su cuarto vacío, donde todo cuajaba. Se sentó en el suelo, con la espalda contra la pared. El catarro que tenía era fuertísimo, le latían los ojos, las cejas sobre todo, lo que le producía un abombamiento insoportable y fue deslizándose por el parquet brillante. Sí: «su» sinusitis, ahora violenta y vengativa, mareándolo. Marta había salido. Ella sabía qué darle cuando se sentía así. Salido, no *ido*. Las mujeres no se *iban* después de una escena, tirando a la basura quince años de matrimonio: simplemente *salían*, aprovechando para comprar mantequilla o jamón, y después volvían con la cara larga como si hubieran estado caminando bajo la lluvia como en las películas de Antonioni. Hasta que uno las consolaba: el abrazo, el beso, las gastadas palabras de otra reconciliación, respirar más rápido y más hondo, las manos acariciando, el dormitorio, la cama que lo borraba todo, y la paz, y el sueño que borraba más aún.

—¿Roberto?

En el cuadrilátero repentino de la puerta apareció la silueta de Marta llamándolo. Salido. Encendió la luz. Roberto había estado durmiendo quién sabe desde qué hora tirado en el parquet frío, con «su» sinusitis...

—Me quedé dormido.

Marta se hincó junto a él para ayudarlo a levantarse, suavemente, apoyándolo para que se pusiera de pie: no, hoy no iba a ser necesario montar la ópera de la reconciliación.

—Pero ¿por qué aquí?

—¿Qué hora es?

—Las doce de la noche. He llamado toda la tarde y toda la noche para hablarte y... pero como nadie contestaba el teléfono, supuse que habías salido tú también...

128

Salido, pensó Roberto. No ido. No nos podemos ir. Sólo de vez en cuando, salir.

—A ver, déjame tocarte... estás con fiebre...

—¿Dónde has estado?

—Donde Paolo.

—Ah, tu confidentito particular.

—Me dejó llorar. Es bueno tener un amigo marica para contarle las penas...

—Y para contarle lo perversos que son los maridos...

—Malos, malos, malos... vieras las cosas espantosas que le conté de ti.

—Y él estuvo de acuerdo.

—Por supuesto. ¿Para qué me hubiera servido desahogarme con él, si no? Y me propuso alternativas... amantes... amigos que me admiran por sobre todas las cosas...

—¿Y él les llevará el mensaje de que ahora estás disponible?

Ambos rieron.

—A ver, déjame abrir bien la cama. Acuéstate. El termómetro antes que el Optalidón. Sí, un poco de Vichy... colonia para que te refresques, en tu pañuelo...

Sí. Era «su» sinusitis. Pero esta vez tuvo fiebre durante un par de días y un dolor de cabeza que lo mataba. Marta lo cuidó inquieta, porque además Roberto estaba deprimido aunque tratara de ocultárselo. Seguramente era sólo debido a la enfermedad y ya se le pasaría: lo que sucedió entre ellos dos ese domingo no tenía importancia y ambos ya se habían olvidado del asunto. Mientras Roberto estuvo en cama Marta llamó al portero y le preguntó si el domingo a

129

tal hora había visto salir a un hombre con un cuadro
—no, señora—, si él tenía un hermano algo parecido
a él—no, señora—, y sin decirle nada más le pidió
que quitara el clavo y el taco de plástico del muro
del vestíbulo, que llenara el agujero con un poco de
material, y al día siguiente, cuando el yeso ya hubiera
fraguado, que pintara la pequeña mancha blanquizca
con un poco de pintura del mismo tono, quedaba un
poco en el bote: así, cuando Roberto se levantara
dentro de un par de días ya no quedarían ni rastros
de ÁTOMO VERDE NÚMERO CINCO y de todos los desagra-
dos que produjo: evidentemente, se explicó Marta a
sí misma, se trataba de un error, alguien que se equivocó de piso, de casa, de cuadro, y bueno, lo mejor era
olvidar todo el asunto, porque para tener otro inútil
enfrentamiento con Roberto de la misma clase del que
tuvieron, ya no tenían edad, francamente, y esas escenas no llevaban a ninguna parte. Las cosas que era
imposible cambiar, mejor dejarlas, sí, eso le había
dicho a Paolo ese domingo que pasó en su piso totalmente Bauhaus, con muchos cojines en el suelo, tomando té Orange Pekoe, viendo llover y contándose
sus vidas y sus penas, como alguna vez lo habían hecho antes y como—así lo esperaba Marta—lo harían
muchas veces después.

Pero Marta no quiso que Roberto siquiera pensara
en levantarse para ir al trabajo antes de que lo viera
Anselmo.

—Mujer, si sufro de sinusitis desde que tengo cuatro
años, de cuando la guerra...

—No importa.

—Y sé cuidármela. No quiero que venga Anselmo.

En realidad, lo que no quería era oír de nuevo el timbre de la puerta—la señora Presen tenía llave propia porque generalmente llegaba en la mañana, antes que ellos despertaran—y se resistía a que ningún extraño entrara al piso. Marta le contestó cualquier cosa ante su negativa de ver a Anselmo para que no se produjera uno de esos silencios que era imperativo llenar con algo, y no le obedeció. Haciendo a un lado sobre el escritorio el candelabro de plata, tomó el teléfono, marcó el número de Anselmo a pesar de las protestas de Roberto, y al colgar le dijo que su amigo y médico de cabecera se anunciaba para dentro de una hora.

Anselmo era pariente de Marta, un hombre alto, fornido, peludo como un oso de peletería ahora que se dejaba el pelo un poco largo y una barba que apenas descubría un trozo de su rostro, a su vez cubierto por el vidrio de grandes gafas transparentes, de modo que su cara parecía, según Marta, un «objeto» Dadá, unas gafas y unos ojos grises con un marco de piel. En el vestíbulo, al abrirle la puerta, Marta le explicó que en realidad Roberto no tenía nada, pero que estaba un poco nervioso—no, no nervioso, Anselmo, ha estado un poco neurasténico como decían antes; no sé muy bien por qué—, y que lo examinara, pero sobre todo que le hiciera un poco de compañía.

—Tienes tiempo, ¿no, Anselmo?

—Sí. Los enfermos siempre tienen la prudencia de esperar que los visite el médico antes de morirse, así pueden echarle la culpa.

—Entonces, quédate un rato con él. Y... oye...

Lo atajó antes de abrir la puerta del dormitorio:

—No le hables de pintura.

—¿Por qué?

—Después te cuento.

Anselmo examinó al enfermo, le dijo que no tenía nada, que no fuera tan melindroso y para qué lo molestaban haciéndolo venir si él mismo sabía cuidar su eterna sinusitis. Que le diera un cigarrillo. Lo encendió y se estiró a los pies de la cama matrimonial, admirando lo bonito que había quedado el dormitorio, con la antigua cómoda catalana, el escritorio que usaban tanto Marta como Roberto para cosas urgentes y sobre el cual estaban el teléfono y el candelabro de plata, y por último la presencia invitadora de la *chaise-longue* verde musgo: «me encantan los dormitorios con *chaise-longue* y los comedores con sofá y mesa de café», había dictaminado Paolo, y tenían comedor con sofá y mesa de café y dormitorio con *chaise-longue*, «para alguna noche que se peleen», insinuó el interiorista.

Roberto asintió:

—Sí. Todo el piso ha quedado muy bonito.

—No lo he visto. Tenemos que organizar una *cremaillere*.

—No están los ánimos como para *cremaillere*.

Anselmo iba a preguntarle por qué, pero enmudeció al recordar las advertencias que Marta le hizo. Se sentía incómodo porque aunque los temas de que podían hablar eran infinitos, el más «natural» era la pintura, y con la incomodidad de sentir esa habitual puerta de comunicación cerrada temía que dentro de diez minutos cayeran en la mudez total. Roberto insistió:

—¿Quieres verlo?

—¿Qué?

—El piso.

Ésta era la ocasión para evitar el silencio.

—Bueno.

—Llama a Marta para que te lo muestre.

—Dijo que iba de una carrera a la peluquería para estar decente mañana... acuérdate que vamos a Boris...

—Ah. Te lo muestro yo, entonces.

—¿Ya no tienes fiebre?

—No. Si apenas tuve unas décimas hace unos días. Dolor sí, pero ahora casi nada...

Se anudó el cinturón de su bata de seda, calzó sus pantuflas, y sonriente al comprobar que ya ni siquiera de pie sentía dolor de cabeza, le abrió la puerta de su dormitorio a Anselmo para comenzar la visita desde el vestíbulo. Todo le gustó mucho, sobre todo el mueble de laca japonesa; aprobó la cornucopia estilo Imperio, lo que le quitó un gran peso de encima a Roberto porque nunca había estado seguro y tenía fe en el gusto de Anselmo; celebró el ídolo negro —sabía perfectamente que no era una pieza de museo, pero tampoco era una de esas porquerías que les venden a los turistas en los barcos que tocan Dakar—; admiró los colores, la transparencia de las cortinas, todo. Demoraron mucho porque Anselmo tenía un vivo interés civilizado por estas cosas, y aunque su gusto era muy distinto al de Roberto—su inclinación por el *bric-a-brac* y su gusto por el modernismo no eran aceptables para Roberto, cuyo gusto estaba a medio camino entre el *depouillement* Bauhaus de Paolo y la indiscriminación efusiva y anecdótica de Anselmo—no se le podía negar que tenía «ojo» e imaginación. Al pasar junto al cuarto vacío Roberto estaba tan inmerso en explicaciones que casi abrió la puerta, pero se refrenó justo a tiempo. Dijo:

—Un armario.

—Grande debe ser.

—Demasiado...

Y Roberto apresuró el paso para que a Anselmo no se le ocurriera abrir.

En el dormitorio, con su lucecita de velador encendida y el resto en penumbra, cálido, protegido—mientras afuera llovía y llovía—, habló un rato más con Anselmo, hasta que éste le dijo que mejor descansara bien si quería ir a trabajar a la clínica mañana por la mañana, y en la noche a BORIS... él se iba. Roberto le agradeció sus cuidados, diciéndose que uno de los grandes placeres de la madurez es brindado por la fidelidad de los viejos amigos. Él y Marta, Anselmo y Magdalena eran «parejas amigas», que compartían si no absolutamente todo, ciertamente muchísimo: ellos eran los padrinos del último niño de los Prieto, salían a cenar y al cine y al teatro y al Palau juntos... En fin, siempre con mucho tema de conversación, siempre paralelos. La placidez de Anselmo le hacía bien al nerviosismo un poco acerado de la ironía de Roberto, y Marta y Magdalena salían de compras juntas, iban a conferencias, almorzaban en el centro y hacían esas misteriosas cosas que hacen juntas las mujeres mientras los maridos trabajaban, iban a los Encants, se criticaban una a la otra como buenas amigas, hacían dietas para perder peso y comparaban los resultados, y se peleaban los favores de Paolo. Anselmo bebió de un trago lo que le quedaba de whisky en el vaso, tuvo que buscar un poco a tientas dónde dejarlo, y lo hizo finalmente sobre el escritorio. Despidiéndose dijo que llamaría mañana temprano para saber cómo había amanecido. Salió, cerró la puerta de la habitación y del piso, y Roberto se quedó solo otra vez.

Pronto llegó Marta y encendió las luces. Le preparó una cena liviana, se metió en la cama, leyeron él Los Xuetas en Mallorca y ella Maurice, de Forster, y después de hacerlo tomar el último Optalidón por si acaso, apagaron las luces y se quedaron dormidos.

Al otro día Roberto amaneció con la cabeza limpia, sin molestias de ninguna clase, preciso y claro como un cuchillo, entonado para el trabajo y lleno de entusiasmo para asistir a Boris esa noche y aun para vestirse de etiqueta, a lo que naturalmente era reacio. Cuando llegó a mediodía besó a Marta: le pidió que esa noche se pusiera su vestido verde de brillos y ella dijo que bueno, que había pensado ponerse el negro y que la señora Presen se lo tenía listo, pero que iría inmediatamente al dormitorio a ver cómo estaba el verde para que la señora Presen lo repasara antes de irse después de lavar las cosas del almuerzo. Roberto estaba en el comedor, llevándose a la boca el último bocado de ensalada, cuando sintió la voz descompuesta de Marta, que desde el dormitorio le gritó:

—Roberto...

Dejó caer el cubierto y corrió. La vio demudada junto al escritorio.

—¿Qué te pasa, Marta, por Dios?

—El candelabro...

Roberto no entendió.

—El candelabro no está.

—¿Cómo, no está?

—Ha desaparecido.

Le dijo que no podía ser, que se hubieran dado cuenta antes, que quién iba a habérselo llevado, que las cosas no *desaparecen* así no más, que ella era un poco distraída y descuidada, por no decir desordenada—mira el estado en que tienes ese vestido verde que es de Pertegaz y carísimo y el que más me gusta como te queda—, y que seguramente lo habría dejado en otra parte al arreglar la casa en la mañana.

—Yo no arreglé nada hoy. Fue la señora Presen.

—Pregúntale.

Marta no se movió.

—¿No vas a preguntarle?

Marta se mordió el labio.

—Puede haberlo llevado a la cocina para limpiarlo. Pregúntale.

—No me atrevo.

—¿Por qué?

—Puede sentirse ofendida, ya sabes cómo es esta gente.

—No seas tonta.

—Yo no le pregunto. No me atrevo. Le tengo demasiado respeto a esta pobre mujer, que a los sesenta años tiene que estar haciendo faenas por las casas para alimentar a su familia y a su marido, que dicen que es un borracho inútil, para dejarla que siquiera suponga que estoy insinuando que se lo puede haber robado. No.

—Pero si yo no digo que se lo haya robado, sólo que se lo llevó para adentro, para fregarlo.

—No estaba en la cocina...

136

—Mira, Marta, enfréntate con el hecho de que tienes terror que esa mujer se enfurezca y te deje, y como es tan difícil conseguir una buena mujer de faenas...

—No seas imbécil.

—Si vas a gritarme y decirme imbécil por una mujer de faenas que... que tenemos hace apenas un mes...

—¿La gente pobre no puede tener también un poco de sensibilidad?

—Apenas la conocemos...

—¡Me das asco! Suponiendo una cosa así de una pobre mujer..., tú y tu piso, tú y tu candelabro inglés de buena época, tan fino...

—¡Qué me importa el maldito candela...!

En ese instante apareció la señora Presen, paraguas en mano, flaca, con los ojos agotados y las mechas escapándosele de debajo de la toquita de plástico floreado atada debajo de su barbilla con dos cintas azules. Llevaba un bolso minúsculo. El candelabro no podía caber en ningún intersticio de su persona exigua ni de su vestimenta.

—¿Nada más, señorita?

—No, creo que nada...

—Quité los platos que dejaron en la mesa, los lavé, y dejé puestos los aguamaniles y la fruta. El café está en la cocina. Me perdona si me voy de prisa.

—Si ya se ha pasado más de un cuarto de hora de su mañana, señora Presen; no se preocupe, yo lavaré lo poco que quedará...

—...es que me tengo que ir a cuidar a mi hermana viuda, en Viladecans, está en cama, enferma, flebitis, y le tengo que hacer la faena porque su hija trabaja

137

en verano en un hotel de la Costa Brava, y como quiere progresar, en el invierno está aprendiendo francés y hoy tiene clase y tiene que dejar a mi pobre hermana sola toda la tarde. Así es que usted me perdonará, señorita, si por hoy no lavo todo...

Roberto dijo, aplacado:

—No se preocupe, señora Presen. Dese prisa para que alcance a tomar su tren...

—A Viladecans, autobús. Y mi sobrina tiene un novio que tiene un seiscientos, y cuando lleguen a la casa de mi pobre hermana me traerán de vuelta en el seiscientos. Viera qué buena es mi sobrina, y el novio de mi sobrina también. Él es...

—Hasta el lunes, señora Presen.

—Sí. Hasta el lunes, señor. Hasta el lunes, señorita.

—Hasta el lunes, señora Presen. Que encuentre bien a su hermana, y no se moje...

—No... gracias... adiós...

Dejaron que cerrara la puerta. Permanecieron en el vestíbulo, donde faltaba ÁTOMO VERDE NÚMERO CINCO, cosa que los dos sabían pero que preferían no recordar, y esperaron a sentir la campanita que anunciaba el ascensor en el piso tres, y el golpe de la puerta que se cerraba indicando que la pobre señora Presen había emprendido su viaje a las regiones inferiores.

—¿Ves?

—¿Qué, Marta?

—Que no se lo robó.

—Pero si yo no dije que se lo hubiera robado. Lo único que te dije era que le preguntaras por el candelabro... tú agregaste todo lo demás.

—Pero no se lo robó.

—No, no se lo robó.

—Lo dices como quien reconoce una derrota.

Roberto dejó transcurrir un instante de silencio para ver si Marta se daba cuenta por qué era, de veras, una derrota, una derrota muchísimo más terrible que si hubieran encontrado el candelabro escondido bajo el abrigo de la señora Presen. Pero no quiso prolongar el silencio y dijo:

—Anselmo.

—¿Estás loco?

—Es la única persona de afuera que ha estado en la casa, además de la señora Presen.

—Llámalo y pregúntaselo, entonces.

—¿Estás loca?

—Ah, ¿ves?

—¿Ahora eres tú el que tiene delicadezas? ¿Por qué tanto miedo de acusar a Anselmo de robo, si crees verdaderamente que él te robó?

—¿Me vas a decir que quieres que llame a Anselmo Prieto para preguntarle si por casualidad no sería él quien se robó el candelabro de plata que estaba sobre mi escritorio, cuando vino a visitarme?

—Claro. ¿Qué se hizo del candelabro, entonces?

Roberto iba a abrir la boca para contestar, pero se dio cuenta de que ya la tenía abierta y que no podía contestar porque no podía ofrecer alternativas. ¿Que Anselmo, descuidadamente, lo hubiera metido en su maletín? No, ridículo; además, ahora se usaban esos maletines duros, delgados, planos, en que no cabía nada... y por otra parte no podían haber sido íntimos amigos durante todos estos años sin haberse dado cuenta de que Anselmo era cleptómano. ¿Que fuera tan distraído que creyó que le pertenecía, que lo confundió con uno de los suyos, ese par que usaban en forma un poco clisé en la mesa del comedor? Absurdo. Hipótesis absurda sucedía en su mente a hipótesis absurda, vertiginosamente, una borrando la otra, todas inútiles, todas imposibles, y sin embargo cerrándole los oídos y los ojos para tratar de explicarse la conducta de Anselmo. Finalmente se rebeló contra la suposición que en forma implícita aceptaba: que en realidad había sido Anselmo. Siguió a Marta hasta el dormitorio sin oír lo que ella decía y por fin habló:

—No fue Anselmo.

Ella se le enfrentó:

—Tú me exigiste sin ningún asco que fuera donde la señora Presen a acusarla de robo y ahora quieres impedirme que le pregunte a tu amigo...

No era eso, no era eso, Marta no entendía nada, no entendía el terror, no quería abandonarse a él, hundirse en él, asociar dos acontecimientos para que la síntesis los cercara con el miedo. Y por eso, con el traje verde de brillos colgándole del brazo, estaba marcando el número de Anselmo. Roberto no pudo soportarlo. Salió de su dormitorio. Abrió la puerta de su cuarto vacío, entró, cerró y tocó el interruptor, pero la luz no se encendió.

—Mierda. Se quemó la bombilla.

Salió. Escuchó el tono áspero, angustiado de Marta hablando con Anselmo, y mientras se ponía su impermeable y tomaba su sombrero y su paraguas, oyó que colgaba el receptor. Cuando salió del dormitorio Marta le dijo:

—Anselmo viene a las siete de la tarde.

—Enfréntate tú con él.

Y dio un portazo al salir del piso.

Llamó al ascensor, que se abrió al instante, como si lo hubiera estado esperando con impaciencia para bajarlo. Roberto presionó el botoncito Planta Baja: dos, uno, entresuelo. ¿Para bajarlo...? No: en cuanto se encendió la lucecita del entresuelo tuvo una certeza insoportable, y al llegar a la planta baja, antes de que se alcanzara a abrir la puerta, presionó de nuevo el tres, su piso—su bello, elegante, civilizado piso nuevo donde todo era perfecto antes que desapareciera ÁTOMO VERDE NÚMERO CINCO y ahora el candelabro, y quizá la bombilla de su cuarto vacío no se había quemado sino desaparecido, alguien se la había robado y por eso le urgía volver a su piso, a comprobarlo—; entresuelo, uno, dos... cuatro, cinco, seis, siete. Roberto de nuevo presionó el tres, sabiendo lo que iba a suceder, y seguiría sucediendo quizá para siempre, seis, cinco, cuatro... dos, uno, entresuelo. Jamás volvería a encontrar su piso. Había desaparecido. Con Marta. Con todas sus cosas. Esta vez dejó que se abriera la puerta en la planta baja y salió. El portero estaba en la calle, protegido bajo el umbral, reclinado contra la columna de mármol, mientras jugaba con un bolígrafo, haciéndolo funcionar con un clic-clic que molestó a Roberto. ¿No tenía nada mejor que hacer? Lo saludó apenas y salió sin escuchar que el portero le decía que tuviera cuidado con mojarse ya que había estado enfermo. Roberto necesitaba caminar un poco: por eso no bajó al sótano a buscar su coche. Lo que lo obsesionaba era la posibilidad de llegar a todos los extremos, eso que Marta se negaba a ver pero que él veía y no lo dejaba alejarse de su casa porque tenía miedo de perderse y en vez de tomar su coche para ir... quién sabe dónde; con este tiempo infernal era imposible ir a ninguna parte ni pensar en nada, este viento, esta humedad, esta lluvia minúscula, esta ineficacia del impermeable, bufanda, guantes... preferible caminar, dar vueltas a la cuadra, y a medida que su miedo se iba precisando en torno a la certeza de que jamás volvería a encontrar su casa si cruzaba una calle y no continuaba dando la vuelta en redondo por la misma acera hasta llegar de nuevo a su puerta, vio que a pesar de sus precauciones iba desconociendo los comercios y las fachadas... claro que todavía no estaba acostumbrado a su barrio nuevo porque, al fin y al cabo, cuando salía de la casa lo hacía desde el sótano en su coche... y, sin embargo, no: allí estaba la *boutique* que lucía corbatas colgando de una mecedora Thonet pintada de rojo; allí la farmacia, pero no su casa, no su casa; sí, había desaparecido, su miedo tenía fundamento, no iba a poder volver, se iba a perder en la ciudad, en la intemperie, lejos de teléfonos y direcciones conocidas, en las calles enmarañadas por la noche y por las luces multiplicadas y refractadas por la lluvia.

Después de un rato en que ya no conocía nada, ni tiendas ni edificios, ni anuncios, ni árboles, cuando estaban a punto de echarse a correr quién sabe hacia adónde, tuvo la conciencia de que iba mojándose, y al mismo tiempo apareció junto a él el portero de su casa con su paraguas abierto para guarecerlo y conducirlo hasta su edificio.

—No se moje, señor.

—Gracias.

Cuando el portero le abrió la gran puerta de cristal, Roberto de nuevo iba a darle las gracias por su amabilidad, pero no lo hizo porque divisó la puerta roja del ascensor en el que se vería obligado a subir... ¿adónde?... ¿encontraría su piso, solo, sin ayuda, como no había podido encontrar su casa sin la ayuda del portero...? ¿No se quedaría vagando eternamente en el ascensor de piso en piso, del dos se pasaba al cuatro, el tres no existía, las luces encendiéndose y la campanilla sonando en cada piso que no era el suyo, taladrando sus oídos por toda la eternidad?

No. No podía dejar que esto le sucediera. Aprovechando que el portero lo seguía, como vigilándolo, se tambaleó un poco. El portero obedeció su sugerencia:

—¿No se siente bien, señor?

—No.

—¿Lo acompaño hasta su piso, señor?

Exactamente. ¡Qué bien entrenado tenían al servicio! El portero subió con Roberto al ascensor y presionó el botoncito rojo número tres: entresuelo, uno, dos... y tres: milagrosamente, la puerta se abrió como siempre, obedeciendo al portero porque, al fin y al cabo, además de portero en ocasiones debía desempeñarse como ascensorista y sabía su oficio, y lo ayudó con gran delicadeza, como si se tratara de la operación más difícil, a trasponer el umbral del ascensor, apoyándolo hasta la puerta de su piso mientras Roberto sacaba su llave. Cuando la sacó, le dijo:

—Gracias.

Vio en la cara del portero que lo había desilusionado y quizás hasta herido. Él sin duda estaría imaginándose una escena de telefonazos y emergencias, que después podría comentar como el acontecimiento estelar del día con su mujer a la hora de la cena, sobre los garbanzos y el vino. Pero no, se dijo Roberto, no podía estar pendiente de si hería o no a un portero, y le indicó:

—Cuidado... se le va el ascensor.

Al verlo retroceder hasta el aparato, justo antes que se cerrara la puerta tragándose al hombre que lo había encontrado perdido en la intemperie, él metió la llave en su cerradura y dijo:

—Buenas noches. Y gracias.

Abrió la puerta y entró. Al oírlo entrar, Marta acudió presurosa, dispuesta, sin duda, para una escena de reconciliación y de diálogo. Incluso, quizá, de ternura: pero él no estaba para tonterías ahora. Había terrores más grandes que aplacar. Sin hablarle, casi sin mirarla ni saludarla, se dirigió directamente al cuarto vacío, y ella lo siguió sin chistar, con el vestido verde de brillos que estaba revisando para ponérselo esa noche y darle gusto, colgado del brazo—si Marta creía que *él* iba a ir a BORIS esa noche, y con Anselmo y Magdalena, estaba *muy* equivocada—, y una aguja con hilo verde en la mano. Roberto abrió la puerta del cuarto vacío. Movió el interruptor. La luz no encendió. Marta murmuró detrás de su hombro:

—Se quemó la bombilla.

—No.

—¿Cómo no?

—Anda a traerme la linterna que hay en el cajón de arriba, el de la izquierda, del escritorio.

—Pero ¿para qué?

—Anda, te digo...

Su voz temblaba, irritada, perentoria. Ella no vio la cara de Roberto, sólo su espalda, el impermeable húmedo, el cuello subido, en una mano el sombrero y la otra moviendo histéricamente el interruptor inútil. Marta, con una especie de confianza cotidiana que en ese momento le pareció a Roberto totalmente fuera de lugar, dejó el vestido verde colgado del brazo estirado con cuya mano maniobraba el interruptor y fue al dormitorio a buscar la linterna. Cuando regresó vio que Roberto no se había movido, todo igual, espalda, impermeable, sombrero, brazo drapeado con el vestido de gasa verde moviéndose histéricamente para obligar al interruptor a que funcionara a pesar de que estaba convencido que no podía funcionar. Sin darse vuelta, Roberto dijo:

—Dame la linterna.

Extendió su mano maquinalmente, como la mano de un cirujano que toma una pinza que le pasa su enfermera. Encendió. Marta, por encima del hombro de Roberto, vio que el rayo penetraba la oscuridad. El rayo, poco a poco, fue subiendo por las paredes desnudas. Moviéndose, vibrando, el rayo buscaba: se detuvo justo en el medio del cielorraso, en el corto alambre enroscado sobre sí mismo rematado en un portalámparas dorado y una bombilla. Pero la bombilla no estaba. Roberto, como fulminado, apagó la linterna, y se quedó mudo, quieto, mirando la inmensa oscuridad del cuarto vacío. Después de un instante, dijo:

—¿Ves?

Marta, detrás de su espalda, preguntó muy suavemente:

—¿Quién puede haberla sacado?

Roberto se dio vuelta para mirarla, odiándola por
penetrar con él en el miedo y haberlo aceptado, y
cuando Marta quiso desembarazarlo del vestido de
brillos verdes, él, de un tirón, se lo arrebató, rajándolo,
y algunas lentejuelas se derramaron por el piso.

—Rober...

Sonó el timbre. Ambos, como si el timbre trajera la
respuesta a todas las preguntas que no sabían ni siquiera cómo comenzar a formular en sus mentes, co-
rrieron hasta el *hall* de entrada, y Roberto, con el
vestido verde vomitando lentejuelas en una mano y el
sombrero en la otra, y Marta corriendo detrás con la
aguja hilvanada en una mano y la linterna en la otra,
abrieron la puerta.

Cuatro sonrisas plácidas, unánimes, perfectamente
ordenadas, propusieron un mundo de seguridad a los
ojos despavoridos de Marta Mora y Roberto Ferrer.
Atrás, dos mujeres altas, flacas, de impermeable, con
el pelo muy corto, casi iguales, tan lavadas que los
poros y las venas quedaban detalladamente dibujados
sobre la fealdad cotidiana de sus rostros. Pero Roberto se dio cuenta que la de la izquierda, pese a su aspecto de amanuense de notario de provincia tenía cierta
errada noción de lo *sexy*, porque llevaba colgados de
las orejas unos pendientes de metal dorado como de
gitana que contradecían el puritano aspecto del resto
de su atuendo. Adelante, los dos hombres, muchísimo
más bajos, y rellenos como butacas, eran también uná-

146

nimes, sólo que el que quedaba bajo la mujer que no llevaba pendientes era calvo, y en medio de la calva lucía un lunar obeso como si un escarabajo hubiera trepado hasta allí para instalarse sobre la calva monda y lironda. Los cuatro dijeron al mismo tiempo:

—Buenas tardes.

Las cuatro voces gentiles, sumadas, produjeron una impresión como de órgano, y Roberto, que tenía el oído muy fino, inmediatamente percibió que los registros de las cuatro voces eran distintos, como los de un conjunto bien adiestrado que se dispusiera a cantar a cuatro voces en la iglesia: el «Buenas tardes» que dijeron fue como el «la» previo a la actuación. Algo le hizo sentir cierto respeto por esos cuatro mamarrachos, y al responderles con un «Buenas tardes» que no pudo cargar con ningún calor, con la mano todavía en el pestillo se retiró un poco, abriendo más la puerta—se retiró porque el hombre sin el escarabajo en el cráneo exhalaba ese pesado olor a boca que su entrenamiento de dentista lo hizo reconocer como producto de una digestión lenta—, y los cuatro personajes, como aceptando una tácita invitación, entraron al vestíbulo.

Horrorizado, Roberto vio que Marta cerraba la puerta tras ellos. Los cuatro paraguas chorreaban sobre la moqueta. Sus zapatos hacían crujir algunos brillos al pisarlos. Y se quedaron allí, alineados en otra formación, un hombre bajo, una mujer alta, otro hombre bajo, otra mujer alta. Los cuatro traían de esos antiguos portadocumentos de cuero marrón, tan atestados que parecían panzas de perras preñadas repletas de cachorros. Sonreían sus sonrisas unánimes. El escarabajo parecía haber trepado un poquito más sobre la frente del calvo, y los pendientes de gitana de esa especie de monja laica cuyos ojos lo urgueteaban todo, tintineaban ligerísimamente. Ésta, inclinando un poquito la cabeza como para atisbar por la puerta entreabierta del salón, susurró:

—¡Qué piso tan bonito!

Soprano ligera, se dijo Roberto. Los dueños de la casa dieron las gracias por el cumplido. El del escarabajo, barítono, preguntó:

—¿Podríamos hablar un rato con ustedes?

Marta y Roberto quisieron saber de qué se trataba. En respuesta, los cuatro personajes, con sus voces armonizadas, organizaron una especie de fuga de preguntas, suaves, gentiles, celestiales como en una capilla de pueblo.

—¿Ha abierto su corazón a la palabra de Jesús?

—¿No siente que es el momento de arrepentirse de sus pecados?

—¿Ha cuidado su alma inmortal?

—¿Por qué no permite que el Señor lo toque?

La del alma inmortal era la soprano ligera de los pendientes, que al enunciar su pregunta no parecía estar completamente concentrada en su místico contenido, sino que, con la punta del pie, había ido abriendo lentamente la puerta del salón, y tenía medio cuerpo adentro y medio cuerpo en el vestíbulo, hurgando con unos ojos hambrientos de curiosidad esa estancia civilizada, de bellas tonalidades lamidas por las llamas del fuego que ardía en la chimenea. Marta la vio. Vio cómo se introducía poco a poco—mientras la fuga de preguntas místicas sobre la salvación y el alma inmortal seguían tramando una fuga de voces—hasta quedar completamente dentro del salón, y poco a poco también, como si fueran patitos de madera que ella arrastrara en un hilo, los otros tres personajes, lentamente, la siguieron. El tenor con olor a boca preguntó:

—¿Permite que la palabra del Señor guíe cada uno de sus pasos?

Y la contralto parecida a Ana Pauker:

—¿Lleva en su pecho la llaga del arrepentimiento?

Roberto, con una mano cargada con su sombrero y la otra con el vestido rajado que se había puesto a vomitar abalorios verdes incontroladamente sobre la moqueta y lo único que quería era que estos espantapájaros se fueran para poder barrer y salvar no su alma, que lo tenía sin cuidado, sino la moqueta, se abrió de brazos y se encogió de hombros, respondiendo:

—Mire... no sé... francamente...

Pero mientras lo decía, el hombre del escarabajo había dado un paso hacia adelante y con la mayor humildad, con expresión apostólica, imploró más que preguntó:

—¿No podríamos hablar tranquilos unos minutos con ustedes? Se ve que ustedes son personas sencillas, que quizás habrán sufrido mucho, buenos padres de familia que buscan un refugio contra las inclemencias de la vida contemporánea, tan contaminada como la atmósfera de la ciudad por la polución...

Ante tanta humildad, ante alguien con una opinión tan original sobre ellos, Marta y Roberto, dominados por una atolondrada buena crianza que no puede ne-

149

garle su casa a quien la solicita, no fueron capaces de dejar de decir:

—¿Quieren pasar un momento al salón?

La hilera de patitos de madera entró al salón en pos de la de los pendientes de gitana, y se repartieron, sentándose en el sofá color habano, en las butacas de Le Corbusier, en el *pouf,* alrededor de la mesa de cristal frente a la chimenea que ardía. Marta les ofreció algo de beber. El que tenía olor a digestión lenta respondió por todos, ofendido:

—Nosotros jamás bebemos alcohol. Es uno de los caminos más seguros hacia la perdición, tanto moral como física, y debemos tanto nuestra alma como nuestro cuerpo al Señor.

Marta, apabullada, volvió a sentarse:

—Perdón, no quise...

La soprano ligera lo miraba todo. Torció la cabeza para tratar de «comprender»—¡«comprender»!, se dijo Roberto—el Tàpies a la izquierda de la chimenea, y estiró su cuello para darle unos inútiles toques a su pelo lacio reflejado en la cornucopia. Después, su vista tropezó sobre el ídolo africano tan evidentemente enhiesto en el centro de la mesa de cristal ornamentada en cada esquina con algunas revistas aplastadas por los cuatro pisapapeles victorianos. Al ver el ídolo, la de los pendientes le dio un codazo a Ana Pauker, la más gris, la de la sonrisa más beatífica e indeleble, y con la punta de la barbilla hizo un gesto señalándole al ídolo, el cual, considerando los estándars de los ídolos africanos, no podía decirse que era verdaderamente prominente. La sonrisa que parecía indeleble en la cara de la Ana Pauker se borró y su rostro se tiñó de escarlata. Al ver el sonrojo de su compañera, también se borró la sonrisa de la de los pendientes de gitana que hasta entonces no parecía haber encontrado ninguna ofensa a su pudor. Pero Ana Pauker la contagió inmediatamente con su indignación y quedaron las dos tiesas y serias y coloradas, una junto a la otra sobre el sofá habano, con sus miradas torcidas hacia el fuego para evitar el habitante de la mesa de cristal. Al frente, en un sillón un poco alejado, con el sombrero puesto porque ya no sabía qué hacer con él ni con nada, y aferrado al vestido verde como si eso fuera a impedir que siguiera regando de abalorios de vidrio verde la moqueta del salón, parecía aplastado, borrado. Marta, al verlo, se había adjudicado la tarea de hacer el gasto de la conversación, y los dos hombres, el del mal aliento y el del escarabajo que trepaba y trepaba por la calva sin jamás llegar arriba, hablaban de lavarse del pecado por medio del arrepentimiento y del dolor, de la palabra de Jesús, y comenzaron a abrir sus portadocumentos preñados, pariendo libros que ofrecían a Marta, y ella, sin mirarlos, los rechazaba, gentilmente, sin herir: no me interesa, no me interesa nada de lo que ustedes dicen, lo siento. Mientras tanto, el del escarabajo había hecho una señal a las dos mujeres, y éstas, obedeciendo la consigna, también comenzaron a abrir sus portadocumentos y a sacar libros. La de los pendientes, sonriendo otra vez, le tendió un volumen a Roberto, que frente a ese ataque frontal reaccionó: levantándose de su sillón y blandiendo el vestido que regaba lentejuelas inagotables, gritó:

151

—¡Basta! ¡Basta! Marta, que se vayan, no soporto a esta gente que no tiene ni siquiera los rudimentos de sensibilidad como para darse cuenta de la clase de gente que somos y que ellos no tienen nada que hacer aquí... Basta... no puedo más...

—Bueno, Roberto, ya se van.

Roberto se volvió a dejar caer en el gran sillón junto al fuego, y los visitantes, los portadores de la palabra de Dios, aterrorizados, dejaron de sonreír, y humildemente comenzaron a rellenar sus portadocumentos con los libros con que se proponían propagar la verdad. Por fin, cada uno tomó uno de los pisapapeles de cristal y cada uno lo metió dentro de su portadocumentos respectivo con la naturalidad y coordinación con que hubieran guardado esos objetos si los hubieran sacado junto con sus libros. Marta y Roberto los miraron hacer. Sabían perfectamente lo que estaban haciendo: llevándose los pisapapeles. Pero al verlos cerrar apresuradamente sus portadocumentos y ponerse de pie, tan turbados, tan mansos, tan ingenuos, tan bien intencionados, no lograron decir nada, sólo acompañarlos por la moqueta crujiente de vidriecitos verdes, soportar que la dejaran imposible, seguirlos hasta la entrada pisando también ellos las lentejuelas, y decir adiós rápidamente, dejándolos salir y cerrando la puerta.

Marta volvió casi corriendo donde Roberto, que había vuelto a dejarse caer como muerto en el sillón junto a la chimenea. Le quitó el sombrero, pero cuando intentó desembarazarlo del vestido verde al cual estaba aferrado, Roberto se puso de pie como si hubieran apretado un botón, y arrebatándole el ves-

tido a Marta y jironeándolo más, salpicó entero el
salón de abalorios verdes al tirarlo al fuego. Le gritó a
Marta:

—¿Te das cuenta que se han robado los cuatro pisapapeles delante de nuestros ojos?

—Sí...

—¿Y te quedas parada ahí?

—...

—¿Te das cuenta que nos están expoliando?

—¿Quiénes?

—La bombilla... el candelabro... no sé...

—No serán los mismos.

—No seas imbécil.

—Francamente, no estoy con ánimo para tolerar tus
insultos. ¿Ésta es la única manera en que eres capaz
de reaccionar? ¿Por qué tiraste mi vestido verde al
fuego?

—¿Quieres saberlo?

—Sí.

—Porque se me *antojó*.

Roberto gritó la última frase con toda la fuerza de
sus pulmones. Pero Marta se acercó a él y, tirando al
fuego el sombrero de su marido que todavía tenía en
la mano, le dijo:

—Me voy.

—¿Donde Paolo?

—Yo sabré.

—Ándate.

Pero al dirigirse hacia la puerta, sus pies comenzaron a hacer crujir los cientos, los miles de lentejuelas
y mostacillas, perlas y abalorios, moliéndolos y tri-
turándolos contra la moqueta beige, que quedó estro-

153

peada para siempre. Al darse cuenta de lo que hacía, Marta se detuvo:

—¡Por Dios, cómo está quedando esto!

—¿Qué vamos a hacer?

—Trata de no pisar...

—Mira, por aquí hay menos...

—Anda a traer una escoba.

—No, la aspiradora eléctrica.

—Quedaron de traerla hace más de una semana, pero no la han traído. Ya sabes lo informales que son la gente esta de los· electrodomésticos. Creen que una...

Roberto sacudió unas pocas lentejuelas del sofá, como si ya no le quedaran fuerzas más que para sentarse otra vez. Pero no alcanzó a sentarse porque Marta dijo:

—No te sientes, vamos...

—¿Adónde?

—No nos vamos a quedar aquí sin hacer nada.

—No.

Y mientras le pasaba el sombrero a Roberto, y ella se ponía su impermeable y agarraba su paraguas, murmuraba:

—Hay que tener un cinismo... ladrones... delante de nuestros ojos... como si tuvieran *derecho* a llevárselos... mandarlos presos... hay que llamar a la policía... francamente...

—Ya deben haber bajado.

Pero no era cuestión de policías, de eso estaba seguro Roberto: las mujeres todo lo arreglaban con el teléfono, la policía y los electrodomésticos... y, sin embargo, había que buscar alguna ayuda, había que tener fe en que podía encontrar a los malhechores, porque de otro modo uno podía comenzar a pensar y era preferible la indignación, la protesta, la furia, a pensar. Salieron tratando de pisar lo menos lentejuelas posible, pero aún en el *palier* crujían las que quedaron pegadas a las suelas de sus zapatos.

En la calle ya hacía rato que había dejado de llover y desde el cielo despejado se burlaban unas galaxias verdosas, millares de estrellitas minúsculas salpicadas en el cielo. De alguna manera, pensaba Marta, todo era culpa de Roberto, y aunque no podía ni ordenar las partes de su hostilidad hacia él para formularla, percibía la silueta odiosa de su rencor: sí, ahí estaba su marido como un perro de presa buscando los rastros de los ladrones por las cuadras vecinas a su edificio, las calles conocidas, las tiendas cotidianas cerrando, ella misma arrastrada por Roberto que no toleraba que alguien violara el preciosismo de su piso, enamorado de los objetos, prisionero de ellos, dependiente de ellos. Despreciable, en una palabra. No había tenido la fuerza para reaccionar al instante cuando cuatro seres absurdos habían robado delante de sus ojos sus adorados pisapapeles de cristal victoriano. Sí, Roberto tenía mucha sensibilidad. Pero ¿y fuerza? ¿Dónde estaba su fuerza? Con razón era un pintor de segunda categoría, aun como aficionado, o de tercera, apenas decorativo y de buen gusto, blanco, negro, marrón, beige, gris, el clisé, y ÁTOMO VERDE NÚMERO CINCO era pésimo, en el fondo una suerte que hubiera desaparecido del vestíbulo, porque, para decir la verdad, estropeaba el conjunto. Roberto musitó:

155

—Desaparecidos.

Ella reaccionó ante el miedo con que esa palabra estalló en su conciencia. Pero no dijo nada.

—Desaparecido. Todo desaparecido.

—Pero, Roberto, tú sabes cómo están los robos ahora. Ayer, en el periódico...

Con un gesto irritado que no dejaron de notar los que pasaron cerca de ellos en la calle, él se desprendió del brazo de su mujer. Electrodomésticos, policías, telefonazos... ahora los periódicos. ¡Las mujeres! Tontas. Todas. Incluso Marta. La falta de cumplimiento de los hombres de los electrodomésticos les sirve para no enfrentarse con la verdad que hay detrás de la anécdota. Él se enfrentaría con ella entera algún día: allí estaba el cuarto vacío esperándolo. Y ahora se enfrentaba, por lo menos en parte, al reconocer que todo esto nada tenía que ver con la policía y los electrodomésticos: las cosas desaparecían. No eran robos. O eran robos que no eran robos. Sí, las cosas desaparecían aunque sus agentes fueran los cuatro Adventistas del Séptimo Día, la señora Presen, Anselmo, el hermano inexistente—sí: inexistente—del portero... pero que Marta se enfrentara de una vez y para siempre con el hecho de que no eran robos. Era otra cosa.

Marta caminaba un poco separada de Roberto, casi por la orilla de la acera, consciente sin duda de lo que él estaba sintiendo por ella, porque eso sí, las mujeres, para darse cuenta del menor cambio en lo que los hombres sienten por ellas, tienen antenas de una sensibilidad asombrosa... pero para nada más. En todo lo demás, tontas, unas tontas rematadas. Dijo:

—No sacamos nada con buscar.

—No hay que perder las esperanzas así no más, Roberto.

—Nos estamos alejando de la casa.

Al decirlo, Roberto se quedó parado en la acera, helado. Acercándose a su mujer y tomándola suavemente del brazo, murmuró:

—Espera.

—¿Qué?

—Mira.

—¿Qué?

—Allá en la esquina, al frente...

En el chaflán vieron estacionado a un camión un poco destartalado que decía TRANSPORTES LA GOLONDRINA. La parte de atrás estaba abierta y la puerta trasera servía de rampa para que por ella subieran los cargadores. En ese momento dos cargadores iban subiendo por la rampa, con mucho cuidado y esfuerzo, el gran mueble vertical de laca japonesa que decoraba el vestíbulo del piso de Marta Mora y de Roberto Ferrer y que había sido de la madre de Marta: una pieza estupenda que la generación anterior no supo apreciar. Se quedaron mirando—melancólicamente, impotentemente—cómo los hombres lo subían. Luego, cómo volvían a bajar, cerrando después la puerta trasera y encerrándose en la cabina. El motor del camión comenzó a sonar. Marta dijo:

—Anda... vamos... antes que se vayan...

—¿Qué quieres hacer?

—Preguntarles...

—¿Qué

—El mueble de laca japonesa de mi mamá...

—¿De tu mamá...?

—Bueno, nuestro... se lo llevan. Corre.

—Corre tú...

De mi mamá: ella, la niña que no quería tener niños para no dejar de ser niña, se lanzó gritando al torrente de coches mientras el camión de la empresa de Transportes La Golondrina se alejaba y Marta corría por la calzada gritando:

—Pare. ¡Pare...!

Las luces se reflejaban en la calzada mojada, amarillas, rojas, enceguecedoras, y ella corría entre los coches, gritando pare, pare, como si se llevaran su alma.

—¡Marta!

Un coche la pasó raspando y la tiró al suelo. Se hizo un remolino de coches que se detenían, de gente que se apelotonaba, fascinada por el accidente ocurrido bajo el cielo frío y las luces multiplicadas, silbatos que llaman, personas que corren a telefonear mientras el cuerpo es transportado a la acera. Nada. No es nada, le aseguran a Roberto. Desmayada nada más y el dedo meñique sangrante. Fue culpa de la señora, que cruzó en medio del tráfico en la mitad de una cuadra, de modo que judicialmente no había nada que hacer. La culpa fue suya. Ya está volviendo. Se queja. Es sólo por el dolor del meñique, dice Roberto. ¿Y si tiene lesiones internas? Al hospital, al hospital San Pablo, sí, inmediatamente, no vaya a haber alguna lesión interna. Al servicio de urgencia. Pero en el servicio de urgencia encontraron que Marta Mora no había sufrido más que levísimas contusiones y, lo único verdaderamente... bueno, no grave, aunque sí molesto, es que le habían deshecho la última falange del dedo meñique de la mano izquierda. Era necesario efectuar una intervención quirúrgica inmediata, sí, de poquísima gravedad, pero iba a ser necesario cortarle la última falange del dedo meñique.

—Le va a quedar horrible a mi pobre mujer.

El médico miró sorprendido a Roberto, ya que ésa no era una observación corriente para que un marido hiciera a propósito de su mujer que ha sufrido un accidente callejero.

—Seguro que la manicura me hará rebaja por nueve dedos en vez de los diez de siempre...

Roberto y el médico, que no se habían dado cuenta de que Marta, aunque todavía adormilada, había vuelto de la anestesia, la miraron sorprendidos. Roberto la besó y ella a él, quejándose de que le dolía bastante, y el médico terció diciendo que eso iría desapareciendo y que no iba a haber complicaciones de ninguna clase. Roberto arregló para que en la clínica le dieran una habitación con dos camas, una para ella y otra para él, porque se proponía quedarse acompañándola día y noche: aunque la cosa carecía de importancia debía permanecer un par de noches en el hospital, bajo observación, y él se proponía acompañarla. Junto a la cama de la enferma, Roberto le preguntó al médico que le tomaba el pulso desde el otro lado:

—¿Y qué hicieron con la falange que le quitaron?

El médico lo miró extrañado:

—Usted, como odontólogo, debe saber qué se hace con esas cosas... Se las llevan...

Roberto durmió un sueño tan pesado como el de Marta bajo el Sonmatarax. Se levantó temprano al

159

día siguiente. Llamó a un colega para que se hiciera cargo de su trabajo de urgencia por un par de días, y telefoneó a su secretaria para que cancelara todas sus citas. Su intención era quedarse junto a Marta todo el tiempo, no volver al piso, mandar a comprar todo, hasta la ropa que iba a necesitar. Cuando se fue el médico, ella dijo:

—Me la han quitado.

—Un pedacito muy pequeño...

—Vámonos.

—¿Adónde?

—Al pi...

—¿Y si...?

Se quedaron hablando medias palabras durante todo el día, viendo por la amplia ventana de la habitación cómo llovía sobre los árboles pelados y duros como de acero, sobre el paisaje de los edificios del hospital, sobre los coches achaparrados y brillantes como escarabajos junto a la entrada. Al segundo día el doctor dijo que esa tarde Marta podía volver a su casa. Cuando salió de la habitación ella miró con ojos llorosos a Roberto, preguntándole:

—¿Y si no está?

Roberto movió un poco la cabeza, significando no sabía muy bien qué. Pero no le dijo a Marta que a su miedo de no encontrar el mueble de laca japonesa de su madre en el vestíbulo, él sumaba otro miedo, mucho mayor. Cuando ella dijo que se sentía demasiado débil para irse ese día, Roberto tuvo el alivio de un aplazamiento benigno, piadoso; pero esa noche, pensando en el día siguiente, ni él ni ella durmieron escuchando las sirenas histéricas de las ambulancias que penetraban la noche con su terror, trayendo o llevando a enfermos desconocidos, víctimas de accidentes o enfermedades desconocidas, en sitios desconocidos de la inmensa ciudad desapacible que tampoco lograba dormir ni descansar. Cuando a la mañana siguiente el doctor les dijo que era imperativo que se marcharan porque andaban muy cortos de habitaciones y Marta ya estaba bien, Roberto dijo que su mujer estaba demasiado débil, casi no había dormido esa noche. El médico preguntó:

—¿Tiene aquí su coche?

—No...

Y aunque lo tuviera. ¿Encontraría la casa? ¿No habría desaparecido el número? ¿No se la habían llevado, también, como todo lo demás, y él y Marta se quedarían dando vueltas y vueltas, eternamente, en coche, por las calles de la ciudad, buscando el número de una calle donde ellos habían instalado su piso definitivo, pero que ahora no existía? ¿Buscar y buscar, rondando hasta agotarse, hasta envejecer, uno al lado del otro en el asiento del coche, decayendo en medio del tiempo que pasaba y de la ciudad que crecía y cambiaba, hasta morir sin encontrar el número? Marta debía haber estado sintiendo lo mismo porque le dijo al médico:

—Es curioso... estoy tan agotada que creo que no podría sostenerme ni un minuto sobre mis propias piernas... no podría caminar...

El médico les propuso la solución que ambos buscaban sin lograr encontrarla:

—Una ambulancia, entonces. Que la lleve una ambulancia.

Dar el nombre de la calle y el número y delegar en el chófer la responsabilidad de encontrar la dirección que se le dio, sí, eso era paz, y además protestar si tardaba mucho en encontrarla en ese sector de calles cortas y nuevas. Roberto subió con Marta a la ambulancia. Le tomó la mano. La ambulancia se puso en movimiento, la sirena comenzó a aullar, violenta, agresiva, insistente, dejando atrás alguna luz roja, rostros de conmiseración en los transeúntes, policías engañados por la falsa emergencia, pero llevando a Marta y a Roberto refugiados dentro, protegidos, y como parte principal de esa protección el deber perentorio del chófer de encontrar la dirección que se le había dado.

La ambulancia por fin se detuvo. El enfermero cubrió el rostro de Marta con la sábana y entre él y el camillero la bajaron. Detrás de ellos, desde la ventanilla de la ambulancia, Roberto vio al portero que salía solícito del edificio. Él y su mujer hicieron gran alharaca alrededor de la enferma, encendiendo luces inútiles, ayudando, participando, guiando a los camilleros que subían por la escalera hasta el tercer piso. El portero le dijo a Roberto:

—Usted suba en ascensor, don Roberto.

Roberto dijo que prefería subir en pos de ellos hasta el tercer piso, que ellos fueran delante y el portero que guiara. Le entregó la llave para que abriera la puerta de su casa. Abrió y entraron hasta el dormitorio sin destapar el rostro de Marta. En el vestíbulo, Roberto deseó violentamente estar con el rostro tapado en el lugar de Marta porque así no hubiera tenido que ver lo que ahora veía... o no veía: sí, se habían llevado el mueble de laca japonesa.

Los extraños salieron, cerraron la puerta y los dejaron a los dos solos en el piso nuevo. Sí, nuevo, pero sin el candelabro y sin el mueble de laca y sin los pisapapeles y sin la última falange del dedo meñique de Marta... sin tantas cosas. Marta permaneció en la cama con los ojos cerrados. A pesar de saber que no dormía, Roberto se acercó en puntillas al escritorio y, abriendo el cajón de arriba, el de la izquierda, buscó la linterna para ir a la habitación vacía y comprobar si en realidad continuaba vacía. La linterna no estaba. Marta la había escondido. O extraviado, era tan descuidada Marta, y como en una avalancha de rencor se descargaron sobre su mente los escombros de las infinitas veces qué cosas se estropeaban debido al descuido de Marta, a su atolondramiento, ya que nunca pensaba más que en ella misma a pesar de las muestras exteriores de que él lo era todo para ella, odiosa, odiosa y cobarde, haciéndose la dormida en la cama para no tener que afrontar la responsabilidad, por cierto desagradable, de comprobar por sí misma que sí, que era verdad que durante su ausencia algunas cosas, o quizá muchas, habían desaparecido. Iba a gritárselo a Marta. Pero ¿qué importaba Marta? Calló. ¿Para qué hablar? Aceptar. No mencionar más el asunto. Vivir como si todo esto no sucediera y sólo fuera parte del curso natural de las cosas y no valiera la pena alterarse: aunque eso sí que debía reconocerlo, si de alguien era la culpa que todo esto estuviera sucediendo, era de Marta, no suya. Sí, ahora por ejemplo: Marta podía perfectamente levantarse y no dejarlo solo; lo que debía—ya que no había podido darle hijos—era, justamente, no dejarlo solo.

Pero ella era, sobre todo, «niña» y permanecía en la cama con los ojos cerrados haciéndose la enferma cuando no estaba enferma porque sabía que él velaba. No hablar, no elucubrar. Aceptar, nada más. Darle vuelta la espalda a los acontecimientos y quizás así, ignorándolos, lograr conjurarlos.

Roberto dijo suavemente:

—Marta.

—Mmmmmmm...

—¿Cómo te sientes?

—Bien, parece...

—¿Vas a pasar el día en cama?

—No sé...

Pero ¿cómo pasar todo el día—toda la vida—sin saber, sin tocarse ni tocar nada, sin ver, solos los dos en este piso abierto a gente que entraba y se llevaba cosas?

—¿Y la linterna, Marta?

—Donde siempre.

No estaba. Ella quería impedirle que fuera al cuarto vacío ahora que necesitaba encerrarse allí para siempre. Marta la había sacado para escondérsela. Cuando se lo echó en cara ella abrió sus ojos enormes, hundidos en su rostro estragado, y se incorporó en la cama:

—No. Yo no la saqué. No me eches la culpa de todo a mí. Tú no eres perfecto, Roberto. Las cosas que están sucediendo no son culpa mía. Son culpa tuya porque eres un egoísta como todos los hombres, claro, un egoísta, como con lo del mueble de laca: era de mi madre, y por eso, cuando viste a los dos hombres que lo iban subiendo al camión no te inmutaste y

164

me dejaste que corriera yo... y me atropellaron... y la última falange... tú me la sacaste, sí, es culpa tuya, de tu egoísmo. Si el mueble de laca hubiera sido de la casa de tus padres, a ver cómo hubieras corrido y chillado, a ver...

—Cálmate.

—No tengo ganas de calmarme.

Sonó el teléfono y Marta se dejó caer sobre los almohadones sollozando. Era Anselmo. Estaba un poco inquieto. Habían desaparecido durante tantos días sin decir nada y el sábado los dejaron con las entradas para BORIS. Pero en realidad no se habían perdido nada, un BORIS como todos los BORIS, nada memorable. Marta volvió a incorporarse entre sus almohadones. Susurró:

—Dile a Anselmo que venga con Magdalena esta tarde a tomar una copa.

Roberto transmitió el mensaje. Y cuando colgó diciendo que aceptaban la invitación, Marta le pidió que llamara a la señora Presen para que acudiera a hacerse cargo.

La señora Presen, al olor de tragedia, dejó todos sus quehaceres y acudió llorosa y abnegada a despachar las pocas faenas caseras. Preparó un almuerzo liviano, lo sirvió, y dejó un guiso listo para la cena, y un poco de queso cortado en cubos, y patatas fritas, y aceitunas en escudillas para que la señorita no tuviera trabajo cuando sus invitados vinieran en la tarde. Al despedirse de Marta, que se había puesto un *deshabillée* cómodo para circular por la casa, llevaba un paquete hecho con papel de periódico debajo del brazo. La señora Presen vio que Marta miraba el paquete, no muy pequeño, y como en respuesta a la pregunta que Marta no se hubiera atrevido a formular, explicó:

—Me llevo la turmix, señorita. ¡Viera que me hace falta! Dicen que se hace mayonesa con un huevo, con un poco de aceite y sal, y que sale mucho mejor que la que venden, y no hay que estar batiéndola con un tenedor hasta que una se cansa... una ya no tiene edad. Bueno, señorita, me alegro que no sea nada y de verla tan bien y tan animada. Mañana es domingo así es que no me toca venir... Adiós, entonces...

Marta sintió que la despedida de la señora Presen tuvo algo de definitivo. Incluso algo de desprecio que jamás fue aparente en ella hasta ahora. ¿Sería acaso porque la dejó llevarse la turmix sin protestar ni levantar la voz ni rebelarse? ¿La despreciaba tanto que prefería no volver a trabajar para ella?

Roberto acudió al vestíbulo cuando sintió cerrarse la puerta detrás de la señora Presen.

—¿Qué se llevó?

—La turmix.

—¿La nueva?

—Supongo. No la vi. Pero no veo para qué se iba a llevar la vieja estando la nueva tan al alcance de la mano.

—Claro.

Roberto encendió un cigarrillo. Mientras lo hacía Marta leyó todas las suposiciones que pasaron por los ojos turbios de su marido: se había robado el candelabro de plata; ella y su familia miserable eran los que venían a llevarse una cosa tras otra... por ejemplo, la Adventista del Séptimo Día que era igual a

166

Ana Pauker, se parecía, ahora que lo pensaba, extraordinariamente a la señora Presen y podía ser su hija o la sobrina que trabajaba en la Costa Brava y estaba aprendiendo francés, y los otros Adventistas, maridos, sobrinos, tíos; y el de la empresa de TRANSPORTES LA GOLONDRINA algún pariente, y el que le pisó la falange a ella el novio de la sobrina, el del seiscientos, todos emparentados con la familia del portero que, si uno hacía las averiguaciones del caso, seguramente resultaba teniendo no un hermano sino media docena de hermanos con sus correspondientes hijos, yernos, nueras, todos miserables, todos emparentados con la familia también miserable de la señora Presen, sí, sí, por eso el portero callaba las entradas y salidas de los malhechores, la gente pobre tiene mucho espíritu de familia, eso es cosa sabida, y los domingos comen todos juntos en mesas manchadas con aceite y con cosas fritas y mucho ajo y cebolla y muchos niños mocosos gritando, y hacen paseos a merenderos en seiscientos atestados... sí, sí... era, entonces, durante esos terribles domingos familiares y bulliciosos, en esos almuerzos con carne asada chorreando grasa, que se ponían de acuerdo y fraguaban las confabulaciones para hacer desaparecer las cosas... no, no eran robos. Y no eran ellos: porque esa noche, cuando vinieron Marta y Anselmo, que no eran parientes ni del portero ni de la señora Presen, también se llevaron algo. Anselmo, una litografía de Saura. Magdalena, una crema contra las pecas que salen en las manos. Anselmo dijo simplemente: Me gusta mucho este Saura, y lo descolgó. Magdalena dijo simplemente: Necesito una crema como ésta y es imposible conse-

167

guirla más que en Andorra, así es que me la llevo.
Marta y Roberto no dijeron nada. Y al día siguiente no salieron—era domingo—y el lunes Roberto llamó a su secretaria para que anulara compromisos de toda clase, indefinidamente. La señora Presen, como previsto, no apareció. Y si hubiera aparecido no la hubieran dejado entrar, como no iban a dejar entrar a nadie: Paolo anunció por teléfono visita para el domingo, diciendo que quería comprobar si el ídolo africano era tan bueno como pensaban o mejor: probablemente mejor… acababa de llegar un íntimo amigo suyo de Bruselas, *marchand* muy conocido en esta clase de objetos—que vieran sus anuncios en L'OEIL—y si le permitían pasar a darle un besito a la pobre Marta y de paso llevarse el ídolo para que su amigo lo expertizara… No. No se sentían bien. Nada, no tenían nada, que no se alarmara, un poco chafados, nada más, ya lo llamarían por teléfono en la semana para cenar juntos y charlar largo. Pero durante la semana se estropeó el gas y no llamaron a nadie para que lo arreglara, ni siquiera al portero que tenía tan buena voluntad para hacer trabajitos así y entendía de todas esas cosas. Si subía el portero era para pasarles, por el intersticio que entreabrían en la puerta, pan, carne, vino, fruta, queso, cosas de comer. La basura se estaba pudriendo. Se apilaban los platos sin lavar en el fregadero atosigado, y un olor a vajilla sucia comenzó a invadir el piso nuevo, ahora desordenado y no tan nuevo; las revistas abiertas tiradas encima de los sillones, las lentejuelas verdes molidas que se pegaban a la suela de las pantuflas, crujientes y ásperas y que se metían en todas partes; la cama sin hacer, la

ropa en el suelo. Pero no llamaron a nadie para hacer el trabajo. Ni abrieron la puerta del piso porque podía ser peligroso.

¡Pensar que el piso nuevo nunca llegó a estar verdaderamente completo! Siempre faltó colgar el ÁTOMO VERDE NÚMERO CINCO... pero sí: estuvo colgado un rato esa primera mañana antes de la primera vez que se llevaron algo... justamente el cuadro. Pero fue poco rato que no compartió esas horas con Marta, y se había desvanecido en su memoria su sabor como si no hubieran existido: la clave del arco no estuvo colocada suficiente tiempo como para impedir que se derrumbara todo. Sólo el cuarto vacío quedó intacto, más sólido que todo lo demás. Y mientras Marta se atareaba en el piso con las menudas tareas femeninas que ya ni siquiera intentaban simular un orden, Roberto se encerraba en el cuarto vacío, en ese espacio perfecto, aprendiéndoselo de memoria como si temiera que también se fueran a llevar su proporción y su pureza, tratando de interiorizarlo, dejando vacía su mente para que las aristas y la ventana cerrada y el parquet brillante y el portalámparas en medio del techo se adueñaran de todo su ser y le pertenecieran... día tras día sentado en el suelo, día tras día vigilando.

Claro que después de quince años de matrimonio ya no tenían cosas que realmente le pertenecieran a él como diferentes a las que le pertenecían a Marta. Ése era el problema: que en sus largos años de convivencia se habían confundido sus fronteras a costa de tanta consideración y de tan abundantes sentimientos positivos, y ya ninguno de los dos tenía nada. Mientras fumaba junto a la chimenea que no lograba encender del todo, y sin vaciar los ceniceros ni vestirse, Marta recordaba las mil formas en que Roberto la había anulado, sin dejarla tener nada propio. Hasta el ÁTOMO VERDE NÚMERO CINCO: estaba segura que se trataba de una confabulación de su marido con Anselmo para deshacerse de su «obra maestra», que en el fondo lo avergonzaba. Por eso ella no había querido la esmeralda de Roca: era algo tan caro, tan magnífico, que nunca sería verdaderamente suya aunque la llevara en el anular, sino que formaría parte del patrimonio. Comprarla no era más que otra manera de guardar unos cuantos miles de pesetas en el banco y no sería realmente suya, como nada era suyo, ya que hasta su relacioncita con Paolo se veía cortada por el eterno ironizar de Roberto sin permitirle gozar siquiera de ese *ersatz*. Y con una audacia de la que no lo hubiera creído capaz, se las había arreglado para despojarla también de la última falange del dedo meñique.

Le quedó, para decir la verdad, un muñoncito bastante feí · era como si, bajo la presión de Roberto, ya hubiera comenzado a desaparecer definitivamente. Roberto, encerrado en su cuarto vacío, no sabía a qué se dedicaba su mujer en el resto del piso y no le importaba; lo único importante es que no lo invadiera a él, dejando su espacio sin transgredir como había transgredido todo lo suyo. A veces la oía recorrer la casa en la noche con la linterna en la mano: era como si Marta despertara en la noche y rondara por la casa, quizá con el fin de comprobar si otras cosas habían desaparecido sin que ella se diera cuenta... o devanándose los sesos para descubrir algo que fuera realmente de Roberto y en lo que ella no participara, y así

170

robárselo y destruirlo y lograr por ese medio fijar una línea que la separara de él, y a él, que lo necesitaba tanto, de ella. Casi no hablaban. ¿Cómo intercambiar nada si sólo podían intercambiar lo mismo? Pero se rondaban uno al otro, vigilándose con el corazón seco y frío, y ya no querían ni necesitaban ni recordaban a nadie fuera de ellos mismos—dijeron que partían en un crucero por miedo a lo más crudo del invierno—, obsesivamente empeñados en buscar algo, otra falange del dedo meñique de que apoderarse en el otro, pero que fuera definitivamente del otro.

Una tarde, sin embargo, cuando Roberto, solo y helado se hallaba revisando su escritorio, encontró un curioso papelito amarillento, con los bordes muy doblados y un poco peludos: decía ÁTOMO VERDE NÚMERO CINCO y en seguida una dirección, PESO—la calle—, 108. Llamó a gritos a Marta. Examinaron juntos el papelito. No reconocieron la letra, aunque se parecía un poco a la de Roberto, y ninguno de los dos pudo recordar por qué estaba ese papelito ahí ni qué era. Roberto tenía los puños apretados. Después de muchos días sin hablarle, porque al fin sintió que tenía el hilo de la madeja en la mano para resolverlo todo, le dijo a Marta:

—Sería conveniente ir a ver.

Él la miró fijo para ver si reaccionaba, y ella entendió y reaccionó inmediatamente: se le puso clara la mirada y fija la intención cuando él insistió:

—El cuadro es tuyo.

—Sí. Mi cuadro.

Con la perspectiva de recobrar algo—una esperanza de reconstruir todo el edificio de civilización y forma que habían perdido—, inmediatamente se reestableció una complicidad entre los dos, un estamento, de tantos en su relación, que faltaba desde hacía mucho tiempo. Los dos entraron al mismo tiempo al cuarto de aseo, se peinaron, se vistieron, y como hacía un poco de frío, cada uno tomó un impermeable abrigador. En el vestíbulo soñaron, un instante, en cómo sería el vestíbulo a su regreso, cuando hubieran recobrado todo lo perdido, y era como soñar con la paz y el descanso que proporciona el lenguaje de los objetos queridos que sirven como puentes para comunicarse, o como máscaras que los protegieran de la desnudez hostil que habían estado viviendo desde hacía tantos días. Pero al entreabrir la puerta para salir, Roberto la mantuvo así unos instantes, y por el resquicio, el aire del *palier* que subía por el hueco de la escalera lo hizo titubear. Mirando a Marta, que lo tomó del brazo como rogándole que no saliera, vio que ella por fin estaba comenzando a reconocer la existencia del miedo más allá de policías, periódicos y hombrecitos de los electrodomésticos. Esto irritó a Roberto, que liberando su brazo bruscamente le dijo:

—No seas tonta.

¿Lo estaba sintiendo ella también, entonces, ahora? ¿Era capaz de temer que un buen día como hoy y como una pareja de edad madura que sale a dar un corto paseo, a su regreso podían no encontrar su casa... que podía haber desaparecido? ¿No eran los temores de Marta más inmediatos, turmix, pisapapeles, candelabro? No, este temor que sentía él, de que de pronto podían despojarlo de... de norte, sur, este y oeste, no podía sentirlo ella. Y bajando resueltamen-

172

te en el ascensor—ahora no importaba bajar; sabía que si salían lo arriesgaban todo—se aseguró un poco temblorosamente de que era absurdo su temor de no encontrar su casa al regreso, ya que si la había encontrado con tanta facilidad la ambulancia podría encontrarla con igual facilidad el taxi en que volverían cargados de cuadros, pisapapeles, candelabros, turmix, bombilla, risueños y con todos los problemas resueltos porque todo no había pasado de ser una especie de cómica serie de equivocaciones muy Labiche. Este papelito con la dirección era el paso que alguien había dado en falso. Quizás algún subalterno no muy inteligente lo había olvidado en el escritorio por equivocación, y sí, sí, todo iba a poder reconstruirse *da capo* a partir de ese papelito amarillento que llevaba empuñado dentro de su bolsillo, donde estaba escrito con letra imprecisa un número y el nombre de una calle tan miserable que ni él, que se preciaba de su buen conocimiento de la ciudad, jamás había oído nombrar.

Pero deteniéndose en la esquina sin permitir que su mujer llamara un taxi porque aún no podía resolverse a nada—espera, dijo, espera—, se planteó otra hipótesis. ¿Y si la banda de malhechores, en vez de acechar en espera de oportunidades para entrar al piso y apoderarse de las pocas cosas bellas y no estropeadas que les iban quedando, hubieran decidido, en cambio, instarlos a *abandonar* el piso para que se perdieran definitivamente en la ciudad, sin ninguna posibilidad de encontrar su casa otra vez? Entonces, no desvalijarla, sino al contrario, instalarse *ellos* en el piso en medio de todas sus bellas cosas que a pesar de todo eran todavía bellas, y además repletar el piso con sus chales sucios, sus aparadores de «estilo» y de brillantes superficies de fórmica imitando madera, con sus maletas de cartón desintegrándose, sus cuadros religiosos de colores estridentes, sus adornos de yeso pintarrajeado, sus niños, sus juguetes de plástico roto, sus parientes, sus almuerzos dominicales interminables, sus televisores, sus transistores, sus bocadillos descomunales... era horrible. Pero probable.

Ya era demasiado tarde para volver atrás. Sin embargo, Roberto no se resolvía a parar a ninguno de los taxis que pasaban en la corriente de tráfico lanzado vertiginosamente a las calles a la hora de la salida del trabajo. Y no podían volver atrás porque ya seguramente no encontrarían su casa. Roberto pensaba con nostalgia en la paz con que volvía esa gente a casas que sabían exactamente dónde encontrar y que allí los esperarían siempre sus hijos, maridos, padres, mujeres cotidianamente sin sorpresas... sí, volviendo quizás a pisos no tan perfectos como casi, casi logró ser el de Roberto Ferrer y Marta Mora, pero colmados de certeza. Y ahora ellos tenían que llegar a la calle PESO, número 108. ¿De qué servía pensar más? Roberto levantó una mano para detener un taxi. Marta dijo:

—No... ése no...

—Pero ¿por qué?

—Déjalo.

—A esta hora es difícil encontrar taxi.

—Ya vendrá otro.

No eran las *cosas* de su piso las que le dolía que le quitaran. Era el cuarto vacío, el espacio que nadie jamás había decorado, ni encontrado hermoso, ni enten-

174

día. Y en la esquina, esperando otro taxi, sintió que no importaba cuál fuera el taxi que tomaran porque todos lo llevarían al exilio.

Roberto se dio cuenta de que Marta temió ese primer taxi porque le parecía haberlo divisado esperando—no, acechando, como todas las cosas, que ahora no parecían simplemente existir, sino siempre acechar—en el chaflán, y al ver que ellos levantaban la mano pidiendo taxi, sin duda siguiendo la consigna de la banda se había lanzado hacia ellos para recogerlos y llevárselos. No habían visto ni la cara del taxista ni el número del vehículo, de modo que nada sería más fácil para el chófer que dar la vuelta a la cuadra y volver a buscarlos como si fuera otro taxi distinto: todo era inútil. En fin. Ya estaban en lo que estaban y además era imposible regresar. Roberto alzó la mano. Un taxi costeó por la vereda y se detuvo ante ellos. Abrieron la puerta y entraron. El taxi se puso en movimiento.

—Ustedes dirán, señores.

—¿Te acuerdas tú de la dirección, Roberto?

—No, espera, la tengo anotada en este papelito aquí en mi bolsillo. Pero no alcanzo a leer lo que dice. ¿Tú tampoco, Marta? Tome, tenga... lea usted...

Le pasó el papelito al chófer, que encendió la luz y leyó:

—Peso, 108.

—Sí, Peso, 108.

—¿Por dónde cae, señor?

—No tengo la menor idea.

El taxista estacionó en un chaflán, volvió a encender la luz y comenzó a hojear su librito, diciendo:

—Me parece que queda por Pedralbes. Peso...
Peso...

Siguió hojeando.

—¡Qué nombre más raro!

Hasta que encontró la calle en el mapa, y dijo:

—Aquí está. Queda en el Clot.

Giró el taxi hacia el otro lado, siguiendo la corriente de chatarra que se dirigía a Francia y que poco a poco fue raleando hasta que él mismo se desprendió, entrando por una red de callejuelas casi todas de altos muros ciegos y sordos y sin ventanas. Letreros indicaban que eran almacenes y bodegas: casas con gente y vida familiar casi no existían en este sector, sólo amplios muros de ladrillo envejecidos iluminados de vez en cuando por una mancha de luz que se extendía como una mancha de grasa. Los obreros partían antes de la oscuridad, dejando las calles desiertas, sucias, la acera a veces ocupada por un montón de viruta de embalar o por una caja de madera o de cartón rota esperando la limpieza municipal de la mañana siguiente, pero en ninguna parte el basurero colmado con la podredumbre nutritiva y rica de los restos de la vida cotidiana. Después de girar bruscamente por una calle hacia la izquierda, el chófer dijo:

—Lo siento, señor, pero como por aquí las calles son tan estrechas y además de dirección única, para llegar a Peso, que es un callejón de una cuadra, vamos a tener que echar marcha atrás, volver y dar un rodeo de seis o siete cuadras...

Amable, se dio vuelta hacia ellos para pedirles excusas con una sonrisa además de con sus palabras. Roberto y Marta balbucearon:

—Está bien.

Pero en cuanto el chófer volvió a concentrarse en la maniobra del coche, Roberto miró a Marta. Sí, ambos le habían visto la cara: las facciones grises, surcadas, desinfladas del hermano del portero que se había llevado ÁTOMO VERDE NÚMERO CINCO. Estaban en su poder y podía hacer lo que quisiera con ellos. La calle Peso quizá no quedara en el Clot. Pero los había traído a este sitio porque los demás aguardaban aquí donde en la noche, entre el sinfín de bodegas y almacenes clausurados, no duerme nadie y no hay nadie que escuche los gritos del que pide auxilio... Sí, la densidad de población que humaniza el centro se hace aprehensivamente rala aquí de noche, y sólo quedan estos espacios descomunales atestados de innumerables objetos sin vida. En las callejuelas, durante el día, cargan y descargan los camiones, pero al atardecer todo queda desierto, paredones, portones definiendo almacenes ocupados por cientos, por miles de objetos todos iguales y perfectamente ordenados y clasificados antes de salir a la vida. ¿Y si hubiera—pensó en un momento Roberto—entre todas estas bodegas una, perfectamente nueva, un espacio enorme y perfectamente vacío? No. Todos estaban llenos de zapatos y de libros y de rollos de fieltro y de tela metálica y de papel, cobijados en esos espacios construidos sólo con el propósito de ser espacio que cobija. Marta estaba preguntándole al chófer:

—Perdón, pero... ¿no es usted hermano del portero de...?

—¿Hermano? No tengo hermanos, los dos murieron en el Ebro. Sólo tengo una hermana casada con un manchego. Mala gente, los manchegos. Borrachos.

Roberto y Marta, para darse fuerza, se agarraban de la mano sobre el asiento de atrás.

—Me parece reconocerlo... ¿No lo mandaron a usted una vez a recoger un cuadro...?

—¿Qué representaba el cuadro?

Marta y Roberto se miraron, confirmadas sus sospechas: si preguntó qué representaba el cuadro, quería decir que el hermano del portero aceptaba implícitamente haber ido a buscar alguna vez un cuadro, lo que ya era mucho... o quería decir que, al contrario, al acercarse al final del juego comenzaba a descubrirse voluntariamente como el malhechor que era.

—Abstracto.

—¿Qué es un abstracto?

—No abstracto, Roberto, informalista, que es distinto...

—Pero tenía elementos formales. Los átomos verdes eran rombos muy regulares. Podía haberlos pintado Vasarely, digamos...

Mientras el taxista los enredaba más y más en calles, callejuelas, callejones, Marta y Roberto se habían lanzado por la pendiente vertiginosa de la explicación y defensa de la pintura abstracta, explicando al taxista que en el campo internacional, después de Picasso y Miró, sólo los grandes informalistas españoles...

—Aqui es... llegamos...

Su voz les pareció perentoria. Pero aún después que el coche se detuvo y el chófer bajó, abriéndoles la puerta, continuaron hablando del informalismo español y comparándolo con la escuela de París... no, no se podía comparar, no, no querían bajar del taxi, aplazar un poco, aunque fuera unos segundos... El taxista, con la puerta del coche abierta, se inclinó para preguntarles:

—¿Entonces les robaron ese cuadro tan valioso?

Roberto dijo:

—Sí, muy valioso.

Ella dijo, áspera, ante la inminencia del desenlace:

—Sabes perfectamente que ÁTOMO VERDE NÚMERO CINCO tiene un valor más bien sentimental, si se puede llamar así lo que sentimos por esa tela...

Roberto prefirió no oírla y siguió explicando al chófer a medida que se bajaba y ayudaba a su mujer a bajar, explicando no ya para aplazar, sino ahora, para hacer frente, o para defenderse y hasta atacar:

—Sí, se lo robaron. Una tarde entraron en la casa y se lo robaron. Hay que tener cuidado.

El taxista cerró la puerta del coche. Mudos, con los cuellos de los impermeables subidos, las manos sumidas en los bolsillos, los tres permanecieron parados a la entrada del callejón desolado. Una sola bombilla iluminaba extensas paredes descascaradas. Al fondo vieron una aparatosa verja de hierro colado entreabierta. El taxista—que era un excelente comediante—simuló buscar a ambos lados de la boca del callejón el número indicado sobre los portones traspasados por el olor a disolvente o a cuero: a un lado del callejón el número 106, al otro, el 110. La verja de hierro entreabierta, por lo tanto, la que se divisaba al fondo del callejón, tenía que ser el número 108 que constaba en el papelito. El taxista dijo:

—Los voy a acompañar a buscar ese cuadro tan... tan...

Roberto se enfrentó con él para impedirlo que terminara su torpe frase:

—Sí. Acompáñenos para que después nos ayude a salir de este laberinto... el cuadro es grande y mejor que lo lleve usted, y no hemos visto ni un taxi, ni un alma por estas calles, así es que mejor que nos acompañe. Le pagaremos...

—Vale. Gracias.

Llegaron a la verja del fondo del callejón y se asomaron. No había nadie. Ni nada, aunque era evidente que algo guardaban en los sucesivos pabellones desiguales, pero no se sentía ningún olor ni había ninguna ventana, de modo que resultaba imposible adivinar qué cosas llenaban esos almacenes tan celosamente clausurados con cortinas metálicas y candados. ¿Y si hubiera uno vacío? Los prolongados abismos entre las paredes eran sugeridos por alguna débil luz de origen desconocido, por el reflejo de la claridad de partes distantes de la ciudad en el metal de algún techo o sobre un vidrio en el fondo de las tinieblas.

El hermano del portero los conducía como si fuera dueño de todos estos grandes espacios desordenados... pero que ahora, en la noche, en el miedo, en el aislamiento, en el silencio se ordenaban de alguna manera totalmente extraña para Roberto, donde no pudo dejar de reconocer la belleza... otra belleza, pero belleza. Entonces, a pesar del rencor que lo separaba de su mujer por su malintencionada observación con referencia a su cuadro—sobre todo innecesaria, ahí y entonces—, Roberto la tomó del brazo con la excusa de ayudarla a bajar un tramo insinuado, pero no la soltó. Al sentir que el calor del brazo de Marta vencía el frío de la gabardina, traspasándolo hasta llegar a calentar su brazo, sintió también que las cosas quizá no hubieran cambiado tanto y que entrar en este laberinto de bodegas era casi, casi como volver a su piso nuevo.

De vez en cuando una luz atenuada los hacía torcer el rumbo entre los pabellones. Pisaban, sucesivamente, tierra, pavimento, baldosas, rieles, madera, barro. Ahora que sus ojos se habían acostumbrado a la oscuridad no era todo informe: se sugerían masas, formas, matices del negro, grisallas de moles y bóvedas con escaleras y rejas y arcos, de pasadizos inventados por algún desconocido Piranesi doméstico, todo sólido y frío, pero bello, se dijo Roberto, que apartó inmediatamente de su imaginación el recuerdo de Piranesi para que no estropeara la pureza de su sensación nueva de que aquí podía encontrar algo. Subieron una tambaleante escalera de caracol en pos del hermano del portero que a pesar de la oscuridad parecía saber muy bien adónde los conducía, entraron por una puerta y bajaron a otro nivel por una rampa, Marta y Roberto ya demasiado confundidos como para pensar en otra cosa que los obstáculos y complejidades del camino, y cada vez más tensos porque Marta se equivocaba con un «por aquí» o un «cuidado» o porque Roberto titubeaba demasiado ante un «ahora bajemos» del hermano del portero. Lo seguían a tastrabillones porque él sabía y cualquier cosa era preferible a quedarse encerrado aquí. Cuando el taxista dijo por fin con tono muy decidido:

—Ahora a la derecha...

Roberto se separó de Marta y, enfrentándose con el hombre que los guiaba, le preguntó:

—¿Adónde pretende llevarnos?

Sorprendido, el hermano del portero se detuvo ante la audacia de Roberto. Se encontraban entre dos bodegas largas y bajas de ladrillo avejentado, un corredor interminable ocupado por unas cuantas cajas destripadas, un carro para arrastrar cargas, un montón de ladrillos y allá al fondo, a la luz de una bombilla impávida, el rostro impenetrable de otro edificio alto que determinaba más calles, más bodegas con el vientre repleto, más espacios. El hermano del portero respondió:

—En la verja decía Peso 108.

—¿Y qué busca entonces?

—A alguien...

Ese alguien era peligroso. Había que actuar rápido. Y a través de la pequeña tiniebla que los separaba Marta dijo:

—No era ésa la dirección que le dimos.

—Ahora que lo dices me parece que no.

—Estoy seguro que sí, señora. Yo...

Habían ofendido al taxista en su eficiencia profesional. Podía llamar a alguien, ponerse agresivo ahora que estaba en su propio terreno. Roberto lo interrumpió:

—No mientas, era otra.

—Claro, Roberto; además, la letra con que estaba escrita la dirección en el papelito era pésima, apenas se podía leer, así es que es muy posible que...

El taxista era peligroso. Iba a atacar. Si esperaban

un minuto más atacaría ahora mismo, después de lo que había comenzado a decir con voz falsamente melancólica y que sería la última frase de su comedia:

—Pero, señora, por Dios. ¿Cómo puede decir eso? ¿Por qué no lo comprueba mirando el papelito?

—Tú lo tienes, Marta.

—No, tú se lo entregaste a este hombre.

—Tú fuiste. Me acuerdo con toda claridad.

Se miraron odiándose, con el deseo de trenzarse en una furiosa discusión matrimonial por nimiedades, de culpas entregadas y devueltas con rencor, de echar en cara. Pero todavía no llegaba el momento de hacerlo porque era necesario dominar al hermano del portero para que no alcanzara a destruirlos. Roberto le dijo:

—Le entregamos el papelito a usted.

—¿A mí?

—Sí. A usted. No se haga el inocente.

—¿Para qué voy a hacerme el inocente?

—No sé con qué fines nos ha traído aquí al Clot, para perdernos...

—Señor, no...

Marta y Roberto lo rodearon, obligándolo a retroceder hasta el muro de ladrillos:

—La calle Peso queda en Pedralbes, ahora me parece recordar. Sí, esto es un atraco...

—Señor, ustedes...

El hombre estaba a punto de llamar, gritando. Prisa, darse prisa para que no llamara a alguien que estaba escondido en alguna concentración de oscuridad cuya forma no se alcanzaba a discernir ni había tiempo para ello.

—Nos vas a devolver ese papelito.

—Agárralo, Roberto, quiere huir...

Roberto, atracándolo contra el muro, le cortó la huida. Marta lo agarró de un brazo con todas sus fuerzas sin que el hermano del portero intentara huir ni opusiera resistencia.

—¿Dónde tienes el papelito?

El hombre no respondió. Roberto le dio una bofetada en el rostro. Ahora, ahora, atemorizarlo para que él sintiera un terror mayor que el que ellos sentían. El rostro del hombre, con los ojos cerrados, cayó de perfil contra el muro mientras las manos de Roberto y Marta recorrían sus bolsillos, hurgando, violando, rajando, y cuando el hombre intentaba moverse débilmente Roberto o Marta le daban otra bofetada o una palmada en el rostro empapado en lágrimas. Sí, lloraba. Marta y Roberto eran dueños de la situación. El hermano del portero tenía tanto miedo ahora que no podía ni sacar la voz para llamar a sus cómplices... prisa, prisa, darse prisa porque podían venir... No está. En el bolsillo del pantalón, Marta, ahí tiene que tenerlo.

—Mira.

Roberto le mostró a su mujer lo que parecía un bolígrafo de oro. Igual a uno que le habían robado, ya no se acordaba quién. No, no era *igual* al suyo, *era* el suyo: el bolígrafo, por fin, les proporcionaba una pista, demostrando en forma definitiva que iban por buen camino para encontrar el resto de sus cosas robadas. Sí. Robadas. ¿Por qué pensar que era otra cosa que una serie de robos? El taxista y los otros los habían despojado a ellos de todo... bueno, entonces ahora les tocaba a ellos despojarlo de cuanto llevaba encima, los dedos crispados de los dos despojándolo de la chaqueta rajada, de la camisa hecha jirones, las garras ensimismadas en la tarea de despojar como si por primera vez cumplieran con su verdadera vocación, los bolsillos vaciados, todo al suelo mientras les gritaban al hermano del portero que les dijera por fin qué quería de ellos, para qué los había traído a este lugar... dejaron caer la cartera repleta al suelo, billetes, fotos, cuentas pagadas y por pagar, pañuelos, un llavero, un paquete de cigarrillos, un encendedor, una canica, todo en un montón al suelo junto a la ropa rajada, examinando todo con más y más concentración a medida que iban descubriendo más y más cosas en la ropa del taxista hasta que se olvidaron de él: dando un alarido emprendió la carrera entre los edificios y desapareció en la oscuridad, sin mirar para atrás.

Roberto y Marta, sentados en un cajón, se repartían las posesiones del hermano del portero, esto para ti, esto para mí, pero era igual que una cosa fuera para uno o para otro, y sin embargo en las tinieblas, y palpando las cosas sobre las que estaban inclinados para saber lo que eran, siguieron repartiendo, escondiendo para que el otro no se diera cuenta que su pareja se había quedado con algo, con cualquier cosa, hasta que Marta creyó que Roberto había escondido el papelito con la dirección y le gritó:

—¿Y el papelito?

—¿Qué papelito?

—El que decía en qué sitio estamos.

—No creas que no te vi que lo guardaste tú.

—No, tú lo escondiste.

—No, tú.

—¿No me crees?

—No.

—Ni yo a ti...

—Te estás poniendo vieja y mentirosa.

—Tú has sido mentiroso toda la vida.

—Dame el papel...

—Tú te lo metiste en ese bolsillo... te vi...

—No, tú...

Comenzaron a registrarse mutuamente la ropa y los bolsillos, al principio casi amistosamente, luego con avidez y con ímpetu, hasta llegar a la codicia y al odio, arrancándose trozos de vestido, la corbata de Roberto, un bolsillo de Marta, peleándose, gritándose todo lo que no se habían gritado jamás en la vida porque ahora que habían despojado al taxista de todo tenían que continuar, sabían que sus fuerzas para despojar no se habían atrofiado y querían usarlas para atacar, primero gritándose verdades, groserías, rencores guardados desde siempre porque eran seres civilizados, mula, estéril, impotente, mediocre, fracasado, estúpida, puta, maricón, ya dejaron de ser cosas personales, eran insultos genéricos más precisos por la fuerza emocional que descargaban que por los defectos que señalaban, arañándose hasta hacerse sangrar, arrancándose más cosas, golpeándose con un palo encontrado en el suelo, magullados, en harapos, las manos crispadas sobre jirones, sobre el terror, apretando trozos del otro a quien odiaban con un odio que iba montando hasta anular todo lo demás, mechones de pelo, eso es mío, no, esto es mío, no es tuyo, es mío, entrégamelo, has vivido a costa de mi trabajo toda la vida, engatusaste a mi madre hasta que te dio el mueble de laca... dame eso... y eso... no... mira cómo sangro... sudo y no veo... devuélveme el meñique que perdí por culpa tuya porque tú me lo robaste... dame... me duele... mierda, déjame, puta de mierda, ándate, no, ándate tú.

Se apagó la luz enclenque al fondo del callejón, escamoteando los detalles del escenario y de la anécdota, y Marta y Roberto, ahora completamente desnudos, quedaron enfrentándose en un espacio enorme, vacío, suelo, aristas descomunales, dimensiones gigantescas donde quizás hubiera una puerta y una ventana y un alambre eléctrico con un portalámparas, lo demás todo espacio y extensiones donde se perdían los pequeñísimos aullidos de la pareja. Todo les dolía, adentro y afuera, las verdades corrosivas que habían dejado huellas que ya no se olvidarían, los cuerpos magullados, heridos, uno frente a otro acechando en la oscuridad, temblando de terror y de frío, mirándose a través de los pelos pegajosos de sangre y sudor, desnudos. La muerte no era terrible, sólo la desnudez que uno veía y odiaba y temía en el otro: la barriga de Roberto obscena sobre sus piernas blanquizcas y un poco flacas; ella igual a él, con los pechos marchitos, la celulitis devorándole las caderas ya un poco caídas.

Al verse desnudos y en la oscuridad detuvieron su lucha para respirar. Retrocedieron lentamente, empavorecidos ante lo que veían, un paso, agazapados, sin memoria, sin pasado, sin futuro, sólo este estrecho presente de violencia en medio del espacio vacío, alejándose lentamente uno del otro, unidos sólo por la mirada de fierro, retrocediendo encogidos y pálidos como dos animales que se separan justo en el momento antes de lanzarse uno encima del otro para destrozarse o poseerse, o antes de dar vueltas las espaldas y huir aullando de terror hasta perderse por el inmenso escenario vacío.

3

«GASPARD DE LA NUIT»

Sylvia Corday dejó junto a ella, sobre los cojines de fieltro escarlata de su inmenso sofá, el espejo y las pinzas con que se estaba depilando las cejas, y tomó el último *Vogue* italiano para estudiar la colección de Valentino, que este año era sencillamente sensacional. Ramón no la había llamado por teléfono todavía para determinar qué iban a hacer hoy domingo, y a qué hora se verían, ya que todo estaba un poco pendiente de cómo Sylvia iba a resolver su flamante papel de madre. La llegada de Mauricio—así, sin más, después de una llamada telefónica desde Madrid del padre del chiquillo diciéndole que le mandaba a su hijo para que pasara el verano con ella porque él iba a tener que viajar al extranjero y abuelis, que merecía un descanso, se había anotado en un crucero organizado por sus amigas del Club de Bridge—amenazaba con ordenar en forma artificial la vida hasta ahora tan agradablemente libre de Sylvia y Ramón. Si éste hubiera sido un domingo como los pocos que durante la temporada de buen tiempo pasaban en Barcelona, Ramón hubiera dormido en el piso de Sylvia y pasado esta perezosa mañana leyendo diarios, revistas, cartas, hablando por teléfono, asoleándose desnudos en la gran terraza del ático, y tomando un lento desayuno de café negro y tostadas. Anoche, era verdad, se habían acostado tarde después del matrimonio de Jaime Romeu, el ex socio de Ramón. Es decir, después del matrimonio de la hija de Jaime Romeu, donde después de una cantidad más que normal de whiskys que lo ayudaron a contemporizar con ese ambiente convencionalísimo—golf, Liceo, S'Agaró, El Dique Flotante—, se había puesto a cantar, ya bastante tarde en la fiesta, «La Internacional», causando un divertido pánico que no tuvo consecuencias más graves que el ceño fruncido de algún señorón, que a punto de alzarse miró su Patheque Phillippe, o alguna señora que pidió su visón después que le informaron al oído qué era lo que cantaba tan escandalosamente el hijo de la pobre Rosario del Solar.

Ramón tenía toda la razón del mundo de haberse separado profesionalmente de Jaime Romeu. Los años fueron haciendo evidente que no nacieron para socios, pese a que su amistad databa de tiempos de los jesuitas. Ahora, después del numerito de Ramón en la fiesta de anoche, era probable que lo poco que iba quedando de una amistad más bien nominal se iría desvaneciendo en el transcurso de unos cuantos meses. Sylvia se alegraba de que así fuera. En ese mundo ya no entendían a Ramón ni su arquitectura... y para qué decir a ella: su carta de ciudadanía allí consistía más en parentescos rara vez reclamados que en su celebridad como modelo. Jaime Romeu era el equivalente exacto del marido de Sylvia en Madrid: una decadencia opulenta más cercana al folklore que a lo internacional. Y en ese ambiente tuvo que crecer el pobre Mauricio. Pero ¿qué podía hacer ella? Sylvia y su marido se separaron cuando Mauricio tenía diez años: su amante de entonces y el «abandono del hogar» de que se la acusó con el fin vengativo de quitarle a Mauricio eran cosas menos graves para las mujeres de su familia política—no tenían imaginación más que para parir con la asombrosa abundancia de conejas preconciliares—, que el uso de su libertad individual al negarse a tener otro hijo y tomar la píldora a escondidas de su marido con el fin de proteger su figura. ¿Y cómo no protegerla contra viento y marea si por entonces iniciaba espectacularmente su carrera de modelo y se iba dando cuenta que sólo por medio de su trabajo encontraría por fin su independencia, su dignidad personal? Cuando al separarse rechazó la comodísima pensión que Mauricio padre le ofreció para que abandonara su carrera—las escenas a propósito de esto fueron horribles, benaventianas, increíblemente pasadas de moda—, ya nadie comprendió nada y dijeron que era una «loca». Pero ella no estaba dispuesta a «sacrificarse» por hijos no concebidos, ni siquiera por Mauricio hijo como el coro de mujeres escandalizadas se lo exigía, ya que terminaría por odiarlo. No le pareció algo tan espantoso, entonces, dejar a Mauricio en manos del padre, para que así por lo menos tuviera una figura paterna fuerte con la cual identificarse o contra la cual rebelarse. En ese tiempo ella no podía proporcionarle un Ramón a su hijo, porque Ramón todavía no existía. Ni tampoco existía la Sylvia Corday de ahora, la cual, tenía que reconocerlo, tampoco era la mujer más indicada para proporcionar un hogar a un niño de dieciséis años, porque su profesión le exigía viajes, trasnochadas sin previo aviso, descuido de la casa, ver a una cantidad de gente pintoresca, todo, en una palabra, lo que una madre desaprobaría y que era lo único que a cambio del «calor del hogar» Sylvia se encontraba en posición de brindarle a su hijo. Nadie podía exigirle que sacrificara por Mauricio—al que había visto intermitentemente y por breves períodos durante los últimos cinco años—una carrera que estaba a punto de proyectarse en un plano internacional: su imagen, luciendo lujosos atuendos en las páginas de las revistas de moda, era como una cantidad de bellas máscaras distintas que tenían por denominador común un rostro impreciso que era, sin duda, uno de los más conocidos de su generación.

Hacía cuatro días que Mauricio llegó al aeropuerto a pasar lo que podían ser unos aterradores tres meses con ella, cargado con una raqueta de tenis y con una modesta maleta de ropa. Sylvia pensó que resultaba increíble que no tuviera más que ponerse. Se lo preguntó a Mauricio y él le respondió:

—No. No tengo más.

—¿Abuelis no se ocupa, entonces...?

—Sí. Se ocupa de todo.

—¿Entonces...? Con la fortuna y la elegancia de tu padre, podrías tener el guardarropa más espectacular...

—Es que nunca se me ocurrió pedirle.

—¿Por qué?

—No sé.

Contestaba con frases tan incoloras como la ropa que traía. Sylvia, encarnando momentáneamente el papel maternal antes de formularse un plan que no ignorara estos deberes pero que no la esclavizara ni profesionalmente ni como mujer, se puso a colgar en

194

el armario la ropa de su hijo. Lo hizo con cierta desilusión: era ropa tan anodina, tan sin imaginación, toda igual, camisas celestes, con manga corta o larga de «Galerías Preciados», pantalones de dril color crudo, algún jersey corriente, un convencional blazer mal cortado... en fin, nada que revelara gusto, deseo de conquista o de autoafirmación. No importaba. En el fondo era preferible que Mauricio padre no se hubiera ocupado de despertar a su hijo en ese sentido porque así el niño no estaría condicionado por el bien vestir tradicional, y en cambio ella podía darle un concepto más contemporáneo de la ropa como manifestación de la fantasía y de la creatividad. En Barcelona era fácil encontrar cosas muy novedosas para muchachos de dieciséis años. Y en Cadaqués, donde Ramón los invitaba a pasar un mes de playa en su casa—se lo dijo así por si el muchacho resultaba tan convencional de ideas como de indumentaria—, haría el ridículo con esa ropa... sí, sí, por lo menos un hijo de Sylvia Corday haría el ridículo... y con el pelo demasiado corto. En fin, faltaba todavía para instalarse en Cadaqués—mientras tanto sólo irían algún fin de semana—, de modo que tenía tiempo para convencerlo de que no se cortara el pelo por ningún motivo. Lo examinó, imaginándolo con su pelo renegrido más largo: guapo, sí, muy guapo tuvo que explicárselo Sylvia mientras él se ponía colorado, y era necesario que aprendiera a vestirse de manera que su buen aspecto quedara realzado, para atraer a las chicas. Le preguntó:

—¿Te gustan las chicas?

—No.

Y luego, quizá demasiado audazmente:

—¿Y los chicos?

Mauricio no se inmutó:

—Tampoco.

Sylvia no pudo controlarse al insistir:

—A mí no me importaría. Soy muy comprensiva.

—No.

—¿Qué te gusta entonces... el cine... nadar...?

—No.

—¿Qué?

—Bueno... no sé... pasear...

—¡Ah!

Sylvia encendió un cigarrillo. Echó una bocanada y suspiró. Le ofreció un cigarrillo a Mauricio. Él dijo:

—No, gracias, no fumo.

Sylvia se dio cuenta de que los temas de conversación iban a ser escasos y difíciles entre los dos. Era evidente que abuelis, bajo cuya tutela Mauricio había pasado los últimos años, le prohibía—sin duda entre muchas otras cosas—fumar. Reprimido. Era lo más malsano. Hasta su ropa era reprimida. ¡Prohibirle fumar! ¡A la edad en que muchachos de otros ambientes ya comenzaban a probar la marihuana! En fin, mañana lunes lo llevaría a las boutiques, le compraría pantalones ceñidos, cinturones fantásticos, alguna camisa marroquí, y dijes misteriosos para que lucieran sobre su bello pecho adolescente. Si vestía con la ropa sosísima que traía se coartaría infinitas posibilidades de relación, lo que sería una lástima a su edad y en un mundo más libre que el mundo que le había proporcionado abuelis en Madrid. Lo que con más entusiasmo esperaba que ocurriera era el milagro de una buena transferencia paterna con Ramón. Nadie podía negar que Ramón era encantador, libre de prejuicios, lleno de sentido del humor, de información curiosa sobre rocas y plantas y animales y libros y gente famosa que había conocido y que sin duda impresionarían a Mauricio... y su pequeño yate... ¿cómo no iba a responder positivamente un niño de dieciséis años a la posibilidad de aprender a gobernar un bonito yate? Sylvia, más contenta ante esta idea, le dijo a Mauricio:

—¿No te encanta la idea de pasar un mes en la playa?

Mauricio no contestó.

—¿No te gusta el mar?

—No.

—¿Cómo no te va a gustar?

—No es que no me guste.

—¿Entonces?

—Es que me da lo mismo.

—Ya te gustará Cadaqués.

—¿Por qué?

Sylvia lo pensó:

—Es que es distinto.

—Pero eso puede ser peor.

Sylvia no supo qué contestar. Desde esa conversación había quedado un poco nerviosa. Pero anoche se había divertido francamente en casa de los Romeu porque fue como efectuar una incursión en territorio desconocido y hostil... o por lo menos olvidado. Dejó el *Vogue* sobre el sofá porque su lectura la estaba poniendo nerviosa y volvió a tomar las pinzas y el espe-

197

jo. ¿Cómo podía el *Vogue* exigirle a una algo tan comprometedor como arrancarse *todas* las cejas? Era difícil decidirse... el proceso de crecimiento, después, cuando en unos meses más ya no se llevaran las cejas tan finas, sería demasiado molesto. Eran las once de la mañana y Mauricio no había hecho su aparición ni pedido el desayuno. La señora Presen le dijo que el muchacho sólo quería una taza de café con leche y tostadas, y que un día al hacer la limpieza después que el señorito se levantó, lo había recogido todo frío y sin tocar. ¡Con razón estaba tan flaco! Aunque esta flacura misma, se vio obligada a reconocer Sylvia, con su tez tan morena y sus espesas cejas tenebrosas que se unían por encima de la nariz, era lo que le daba belleza. Sí, se la había heredado no a ella, sino a su padre, el cual, si alguna vez tuvo *una* cualidad como hombre, fue su belleza, un poco clisé, es verdad—de los que se suben el cuello del impermeable y se van muy tristes, a lo Yves Montand y Albert Camus—, pero que cautivó a la muchacha romántica que era ella al salir de las monjas.

Hacía una hora que había oído a Mauricio en la ducha.

Lo aguardaba, con cierta ansiedad, para comenzar la odiosa comedia madre-hijo que se esperaba de ella... pero Mauricio no salía. El asunto se estaba poniendo un poquito enervante. Tocó el timbre y la señora Presen acudió en el acto:

—¿Tomó el desayuno el señorito?

—Se lo llevé... de ahí a que se lo haya tomado...

—Entonces entre a buscar la taza y los platos, porque hoy es domingo y usted tiene que irse temprano.

Vea lo que Mauricio está haciendo, por favor, y después me viene a decir.

Oyó el golpecito hipocritón de esa bruja en la puerta del cuarto de Mauricio, luego la invitación del muchacho a entrar, y la breve conversación entre los dos, porque la señora Presen había dejado la puerta de la habitación convenientemente abierta:

—¿Comió una tostada nada más, señorito?

—Sí.

—Come poco.

—Sí, poco.

—No se vaya a enfermar.

—No...

—Le voy a decir a la señorita. ¿Qué le gusta?

—Todo... en fin, me da lo mismo.

La señora Presen reapareció en el living con la bandeja y expresión acusadora:

—Mire, señorita. No come nada.

—Poco...

—Hay que darle aceite de hígado de bacalao. Es muy bueno. Yo le doy a mis nietos y viera cómo están de hermosos.

La idea de que Mauricio, con su palidez y sus piernas largas, pudiera parecerse a los rubicundos nietos de la señora Presen, con su contextura de plumavit y sus manotas como de masa mal horneada, horrorizó a Sylvia. Le preguntó qué estaba haciendo Mauricio.

—Nada.

—¿Cómo, nada?

—Ya estaba vestido. Estaba parado al lado del armario como si lo fuera a abrir para arreglar sus cosas... eso hay que decirlo, señorita, está muy bien en-

señado y ordena todas sus cosas muy bien... cuidado-
so: ayer lo encontré cosiéndole un botón a una camisa, como si viviera solo, y tuve que quitársela...

—Es la disciplina de su abuela. Para que llegado
el caso se las sepa arreglar solo, dice. ¡Qué tontería...!

—Y estaba silbando...

Sylvia dejó el espejo y las pinzas sobre la mesa de
centro. Silbando. No era una cosa que uno normal-
mente decía de alguien, o notaba que lo hiciera. Sin
embargo Mauricio lo hacía. Sí. Ahora que la señora
Presen lo decía, había notado varias veces que Mauricio silbaba. La señora Presen estaba decidida a seguir la conversación, y sólo por eso Sylvia le preguntó:

—¿Y qué silbaba?

—Ah, señora, eso sí que no sé. Sufro tanto de los
oídos y don Anselmo no me ha podido curar... además, no soy joven y no conozco lo que le gusta a la
juventud...

Sylvia, arrepentida de haber cedido ante el deseo
de hablar con la señora Presen, ahora la cortó:

—Bueno. Gracias.

La bruja desapareció después de dejar en su conciencia ese pequeñísimo detalle: que Mauricio estaba silbando. Pero Mauricio siempre silbaba, aún, le
pareció recordar a Sylvia, durante pasados encuen-
tros, y era como si hubiera aceptado que cuando su
hijo estaba solo siempre iba como rodeado de la música de su silbido. Curioso. Era por lo menos un
trazo característico con que comenzar a componer el
perfil de su hijo y darle forma a su materia borrosa. No es que Mauricio fuera más o menos tímido que

cualquier adolescente de dieciséis años. No podía ser, tampoco, que ocultara nada por rencor a ella, por ejemplo... era otra cosa... siempre había silbado... y ahora mismo había pasado esta estupenda mañana de domingo de principios de verano encerrado en su habitación silbando... lo que quería decir que le gustaba la música. Qué música, no importaba. Pero el hecho de saber que le gustaba la música era como haber encontrado la hebra en la madeja, y tirando un poco quizá podrían ir saliendo más y más cosas hasta llegar finalmente a tener suficientes datos como para construir una imagen satisfactoria de lo que era su hijo.

Esa bruja de la señora Presen, por tener tanta experiencia en pequeñas intrigas caseras, había dejado la puerta de la habitación de Mauricio abierta y también la del living: era uno de los defectos más intolerables de la famosa señora Presen de Magdalena—se la había «prestado» mientras estuviera Mauricio—, este de dejar todas las puertas abiertas. Sylvia se levantó para ir a cerrar la del living. Pero se detuvo a medio camino y volvió a reclinarse en los cojines del sofá escarlata que daba la espalda a las cortinas de velo y a las grandes vidrieras abiertas a la vegetación de la terraza donde jugueteaba el sol. Se quedó completamente rígida. Sí. Mauricio estaba silbando. Era evidente que no se había dado cuenta que la puerta de su habitación quedó abierta, porque de otro modo no hubiera silbado... por lo menos no como silbaba...

¿Cómo silbaba Mauricio? ¡Si Ramón estuviera escuchándolo! Él era mejor que ella para analizar y definir lo que sentía. Además, algo de música entendía, como entendía en todas las cosas civilizadas. Pero oír a Mauricio silbando le pareció a Sylvia estar oyen do su confesión, y no estaba dispuesta a ser de esas madres que hurgan en los secretos de sus hijos. Pero ¿todas sus elucubraciones no serían lo que Ramón con desprecio llamaba «literatura»? ¿No sería «literatura» su repentina sensación de sobresalto respecto al hecho tan simple que su hijo adolescente silbara un rato, solo, en su habitación, mientras ordenaba su ropa en su armario?

Sylvia escuchó, sin pensar en nada, cinco minutos. No, decidió. No era «literatura». De pronto se había dado cuenta que estuvo escuchándolo con un senti-miento de asombro no sin un ingrediente de miedo, como ante un acto religioso que a pesar de ella misma la implicara. Y sin embargo, terriblemente distante... y reservado... y... ¡Absurdo, claro! Pero ¿cómo podía Mauricio silbar así? Escuchó más. Era lo que siempre había silbado: algo muy simple, pero no en la forma en que una melodía popular es simple, sino frases mu-sicales, notas con mucho silencio entre ellas ordenán-dose se manera que esos silencios fueran tan impor-tantes como la música misma, uniéndose inexplicable-mente en un conjunto de una finura y una desolación, de una frialdad transparente tan intocable que Sylvia sintió la puñalada de un escalofrío. ¿Esto era lo que silbaba su hijo, entonces? No, no era simple. Era lo contrario de simple y eso era lo terrible... era algo tan final, tan sofisticado, y por eso tan... tan ¿triste? ¿solitario? ¿terrible? Había esperado que lo que siempre oía silbar a su hijo sin prestarle atención fue-ra otra cosa. No sabía muy bien qué. Quizá que tarareara inconexamente frases fáciles de alguna canción de moda, o jazz, o pop, o por último alguna cosa clásica que no ella, pero seguramente Ramón, conocería... En fin, lo corriente. Pero no esto.

Sylvia escuchó otra vez. El silbido de Mauricio continuaba. Ordenaba espacios y notas complejísimas, sonoridades muy suaves que parecían surgir y agotar con su lentitud y su elegancia todas las posibilidades del teclado y todos los vericuetos de una misteriosa quietud. Lo que Sylvia estaba escuchando tenía una coherencia cuyas causas se escapaban del limitado conocimiento musical de Sylvia, diseñando una forma completamente nítida y desesperantemente angustiosa, no porque fuera trágica, sino porque era tan... tan... ¿cómo decirlo? Claro, ella, en su piso, tenía un *hi-fi* con unos cuantos discos que no escuchaba desde hacía meses: cosas sin importancia, lo que la gente tararea en la calle, música de película, o de un concierto de *jazz* al que había acudido todo el mundo, algún disco firmado por Guillermina Motta cuando su presentación, pero nada que fuera más pretencioso. Lo que Mauricio silbaba era no sólo distinto... era, bueno, como el revés de todo eso por su... bueno, aunque fuera «literatura»: por su soledad. Era como si él, tocando levemente las espaciadas notas, se encerrara dentro de la difícil perfección de la larga pieza que ya llevaba quizá quince minutos silbando, y con esa perfección tan fina, tan fría, quisiera trazar un círculo alrededor de sí mismo... ¿para protegerse? ¿para rechazar a los demás? ¿para qué...?

Sylvia, sobrecogida, siguió escuchando el encadenamiento de complicadas sonoridades que Mauricio, inexplicablemente, ejecutaba con su dócil silbido: era como si la dificultad misma para silbar lo que silbaba lo transportara, transformándose en una especie de conjuro, o de zambullida en una concentración de ritmo fluctuante, agua, campana, algo que se arrastraba y era oscuro y subterráneo, todo de una fragilidad, de una tristeza, de una elegancia que traspasó a Sylvia con la certeza de la soledad de su hijo que silbaba algo que ella no entendía y que seguramente muy pocas personas apreciaban. Sylvia no podía pensar en nada: el círculo que trazaba la música de Mauricio iba a dominarla y a tragársela.

El sol avanzó sobre el brazo del sofá de fieltro escarlata, rozó la chilaba blanca y fue trepando como un escarabajo sigiloso como las frases musicales de pronto fluidas, de pronto angulosas que silbaba Mauricio, hasta que su silbido fue completándose, y tras mil estratagemas musicales el escarabajo reluciente trepó hasta su cara y le hirió los ojos en el momento que Mauricio terminó. Sylvia, despertando, pudo formular por fin lo que sentía: rechazo hacia la música que su hijo silbaba. No la entiendo. Está situada más allá y a la vez más acá de todo. ¿Qué le pasa a este hijo desconocido que ha caído con todo su peso de adolescente de dieciséis años en mis brazos? ¿Y, además, el peso de esto... inadmisible... incomprensible... haciéndolo aún más pesado? La mancha de sol, ante la cual no se había movido sino sólo cerrado los ojos, pasó de largo, pero ella permaneció con los ojos cerrados, sin pensar, vacía, quién sabe durante cuánto rato.

Cuando abrió los ojos vio que Mauricio, con su camisa celeste de profesor de inglés y sus pantalones de

dril color crudo, se alzaba altísimo frente a ella, son-
riéndole. Al verla abrir los ojos, el muchacho le preguntó:

—¿Te habías dormido?

Sylvia tuvo la molesta sensación de que Mauricio
estaba allí, mirándola, desde hacía mucho rato y que
la dominaba. No podía reconocerle ningún poder a
su hijo antes de saber en qué consistía ese poder, y
respondió:

—No.

—Pero estabas con los ojos cerrados.

Atrapada, Sylvia no quiso darse por vencida:

—Sí. Descansando un poco antes de ponerme la
cara. Todos los tratamientos de belleza te recomien-
dan relajarte completamente antes de maquillarte...

Mauricio le preguntó:

—¿Y lograste relajarte?

Sylvia no quiso dar su brazo a torcer:

—No, pero en fin...

Mauricio sonrió su triangular sonrisa arcaica, es decir, no sonrió porque ya estaba sonriendo, sino que
pronunció su sonrisa un poco más. Entonces, como si
solo ahora comenzara la vida familiar y cotidiana, y
el intercambio de palabras anterior perteneciera a
otro nivel de relación, Mauricio soltó su sonrisa entera como quien suelta un pájaro, y dijo:

—Buenos días.

—Buenos días, hijo.

Ella tomó su espejito de mano y abriendo el estuche del maquillaje comenzó a aplicarse ungüentos
que le borraron la cara, como si se propusiera restarle toda importancia a lo que hablaran:

—Estupendo día. ¿Qué quieres hacer hoy?

Él no titubeó al responder:

—Voy a salir a pasear.

Sylvia, ante lo inusitado del programa, le iba a preguntar adónde y cómo, pero se refrenó. Se había imaginado sus deberes maternales como algo muy complicado, que incluiría prepararle un gran almuerzo dominical, llevarlo al cine, presentarle a los hijos de sus amistades, acompañarlo al tenis, a la piscina, a la playa... en fin: la típica y angustiosa esclavitud de la madre clásica que ella no era, que no quería ser, y que era la imagen de todo aquello contra lo cual ella había luchado en su vida. Y aquí estaba Mauricio facilitándole la tarea al decir que se proponía salir a pasear. ¿Cómo se paseaba, se preguntó Sylvia sorprendidísima, que se dio cuenta que ella no sabía cómo, ni adónde, en una ciudad como Barcelona y cuando el verano va a comenzar, se hacía algo tan simple en una mañana de domingo como salir a pasear?

—¿Adónde vas a ir?

—No sé.

—¿No necesitas un plano o algo así?

—No hace falta.

—Yo pensé que tal vez podríamos ir a...

—No, gracias, quiero salir a pasear...

Sylvia titubeó, pero dijo:

—Quisiera hablar algo contigo... preguntarte...

Mauricio no dejaba de sonreír, con la sonrisa atrapada de nuevo en la estilización de su rostro de adolescente. Pero no era una sonrisa, pensó Sylvia, porque nunca la cambiaba y siempre estaba allí. Mauricio le dijo a su madre:

206

—¿Quieres que hablemos mejor en la noche? Preferiría salir ahora...

—¿En la noche? ¿No vienes a comer a mediodía, entonces?

Luego, como corrigiéndose de sus incipientes inquietudes maternales que afloraban y era necesario desechar, le dijo a Mauricio para que se sintiera libre y no pensara que intentaba presionarlo con horarios fijos de comidas y con otros rituales de la convención.

—Si quieres no vienes. A mí me da lo mismo. Yo voy a pasar todo el día en casa descansando. Más tarde va a venir Ramón. Llega tú a la hora que quieras y haz lo que quieras, a comer, en la tarde, a cenar, como te convenga, y no avises por teléfono ni nada...

—¿No necesito llamar, entonces?

—No. ¿Para qué? Yo voy a estar todo el día aquí. En mi casa tienes toda la libertad que quieras, ésta no es la casa de abuelis. En días laborables no estoy jamás en el piso. Tengo mucho trabajo y muy duro, de modo que tampoco tienes para qué llamar si no vienes. La señora Presen siempre te dejará algo preparado por si acaso y tú, que ya eres grande, te las arreglarás. Así es la vida moderna, Mauricio, no las horas fijas de casa de abuelis, que creo que tiene tres chachas andaluzas.

La sonrisa de Mauricio se fue acentuando más, haciéndose más triangular, pero sin identificarse jamás con la alegría. Dijo:

—Gracias.

Y salió del living dándole apenas tiempo a Sylvia para que le contestara:

—Adiós.

207

Cuando quiso llamarlo, no sabía para qué, Mauricio había cerrado de golpe la puerta del piso, dejando algo terriblemente incompleto en Sylvia. ¿Qué era? ¿Deseaba, entonces, que Mauricio fuera más *cariñoso* con ella, aunque le había dicho a Ramón que se daba cuenta que no tenía derecho a exigírselo, siendo su vida como había sido... además que creía que no tenía ganas? ¿A pesar de sus doctrinas probadas con la libertad de su vida, quería, entonces, besitos, mimos, caricias del tipo de «La Virgen y el Niño»? ¿Por eso se sentía tan frustrada... sí, tan asquerosamente frustrada? Era como si hubiera ansiado que Mauricio le pidiera que lo llevara al Tibidabo a subir en el tiovivo, y comprarle pipas y caramelos y globos. No. No debía dramatizar. No era eso lo que quería. Pero sí hubiera deseado, decidió de repente con vehemencia, alguna explicación que definiera con palabras su destreza perturbadora para silbar esa música desconocida que lo encerraba dentro de un círculo tan extraño, tan unitario, tan difícil de comprender, tan complejo... y sí, por qué no decirlo, tan terriblemente maduro que era como si Mauricio lo conociera todo y fuera capaz de manejarlo todo. Debajo de su timidez de adolescente existía una seguridad tal que Sylvia no pudo temer, como temen otras madres cuyos hijos salen sin decir adónde van, que le fuera a «pasar algo». Lo que temía, o por lo menos lo que la perturbaba, era algo muy distinto. Acercó el teléfono y llamó a Ramón.

—¿Ramón?

Abrevió saludos y preámbulos.

—Oye. Mauricio. Es tan raro, tan raro... Es que

estuvo silbando en la mañana. Sí, sé que no tiene nada de particular. Pero... ¿toda la mañana silbando, solo, en su habitación...? No me vengas a decir que no es raro. No sé lo que es. No era de esas cosas que están de moda y que silban los chiquillos, eso es lo... no sé, lo terrible del asunto. Era otra cosa completamente distinta, más parecida a algo como, bueno, como religioso... mágico. No, no seas tonto, no era ni Bach ni Vivaldi, ni esas cosas... más como chino, se me ocurre. ¡Claro que no sé cómo es la música religiosa china! Pero se me ocurre, por lo distinto... y tuve la impresión de que era algo un poquito, no sé cómo decirlo... quizá decadente, incluso cruel. Raro en un niño tan bien educado como Mauricio. No le pude preguntar. Y lo peor es que ahora no quisiera preguntarle. No sé por qué. Me da como miedo. Es como si silbara algo tremendamente íntimo y escondido... ¡Con tanta represión en casa de mi suegra, imagínate cómo estará de reprimido el pobre! Basta verle la ropa. Dice que no le gusta la playa y que no le interesa el campo. Le ofrecí una moto y no la quiso, uno de esos vespinos preciosos... cualquier chiquillo hubiera estado feliz. No quiere nada. ¡Si sólo supiera qué es lo que estaba silbando esta mañana sería una pista! Si tú pudieras oírlo... Sí sé que no entiendes demasiado en música y que te gusta lo que le gusta a todo el mundo, los barrocos y esas cosas y no mucho, tampoco... Claro, no te dedicas... claro, eres un ser civilizado y te tienen que gustar esas cosas como también el jazz y el pop... pero no creo que conozcas esto. Debe ser algo *muy* raro...

Sylvia se quedó escuchando un buen rato lo que Ramón le proponía. Luego continuó:

—No quiere ir a la urbanización. Salió a pasear, dijo. Dime tú, Ramón, ¿cómo se pasea en Barcelona un domingo en la mañana? Me muero si para él «salir a pasear» significa ir a las Ramblas a comprar postales o algo así. Pero no puede ser. Lo que silbaba era demasiado sofisticado. Refinado... eso, demasiado refinado. El terror es que de tan refinado no le guste nada más que eso que silba. No trajo ni libros ni revistas en su equipaje. Sólo la raqueta, que sé le quedó en el aeropuerto, y cuando le pregunté me dijo que la traía porque abuelis lo obligaba a jugar tenis porque era sano, pero que a él no le gustaba... y claro, lo primero que hizo, el pobre, de intento o como acto fallido, fue perder la raqueta. Anda tú al campo. ¿Por qué no convidas a Roberto y Marta? Sí, ya sé que están un poco raros desde que ella perdió el dedo meñique en ese accidente espantoso... yo no sé qué haría si yo perdiera mi dedo meñique. Bueno, anda solo si quieres, pero te vas a aburrir... por suerte que tienes tanto trabajo allá... ¿Y yo? ¿Qué hago con Mauricio? ¿Esperarlo hasta la hora que se le ocurra llegar, todo el domingo sola aquí? Me muero.

Escuchó atentamente en el auricular y después de un buen rato, dijo:

—¡Qué idea tan estupenda! Me parece ideal llamar a Paolo a pasar la tarde conmigo aquí en el piso. Los maricas jamás tienen programa los domingos. Si llega Mauricio... claro, Paolo sabe todo lo que se puede saber de música, y si Mauricio silba algo seguro que Paolo descubre inmediatamente qué es... Sí, sí sé que no tiene ninguna importancia qué es... vieras qué intrincado... pero me gustaría saber qué es para así poder hablar con él un poco o por lo menos Paolo o tú podrán hablar con él... y organizar una ida a un concierto o algo así, sí, claro que me aburre espantosamente la idea de estar sentada en una butaca en la oscuridad. Un aburrimiento atroz, qué quieres que le haga. No me gusta la música, pero Mauricio es mi hijo y algo tengo que hacer por él para que se destape por algún lado y salga de esa represión monstruosa con que lo han achatado esa gente de Madrid... sí: compartir algo con él. Al fin y al cabo va a estar sólo tres meses conmigo. Sí sé que te dije que me parecía demasiado tiempo... pero se me ocurre que si logro saber qué es lo que silba Mauricio quizá me va a parecer menos...

2

Mauricio era incansable para caminar. Sus piernas largas le permitían devorar grandes distancias en poco tiempo, desplazándose lentamente y como despreocupado, sin dirección fija, con las manos metidas en el fondo de los bolsillos de sus pantalones. Pero no se movía sin dirección fija: todo en él tenía una forma y obedecía a un plan. Aunque él no conocía esa forma y no sabía cuál era el plan, su existencia en alguna parte lo hacía caminar siempre hacia él. Esa forma lo estaba atrayendo desde un punto fijo. Así, caminaba durante horas por las calles, silbando

211

apenas, sin fruncir la boca de modo que los que pasaban no se dieran cuenta de que era él quien silbaba, repitiendo las largas, lentas frases musicales para que su complejidad anulara todo lo que contenía su cabeza, y al concentrarse en la difícil ejecución de la música, su imaginación quedara fresca y sus impulsos libres.

Por Vía Augusta llegó hasta Balmes. Consideró brevemente la posibilidad de doblar por esa calle, pero se dio cuenta que por ella, y aun siendo domingo, los coches circulaban con mucha velocidad y la gente no tenía tiempo más que para llegar al sitio preciso hacia donde se dirigía. Además, la calle era demasiado recta: cortaba brutalmente la sinuosidad reclinada de Vía Augusta. Cuando el semáforo dio la luz verde, cruzó. Una pareja, al cruzar entrelazada, lo miró, y él siguió por Vía Augusta porque había árboles que le gustaban como los que arrancaron para ensanchar la calle de Madrid donde él vivía. Evitó los ojos nubosos de un hombre fatigado que llevaba un maletín, un empleado al que le tocaba hacer otro turno dominical odioso. La mirada de un sacerdote joven quiso penetrarlo al cruzarse con él, pero penetrarlo profesionalmente, y Mauricio hurtó su respuesta. Una señora de pelo canoso, de buena familia, casi, casi le sonrió. Más miradas, todas banales, del grupo de muchachitas vestidas con alegres telas domingueras, sus brazos libres, a las cuales él se permitió sonreírles porque esa clase de sonrisa no comprometía a nada y Mauricio podía permanecer agazapado bajo la espesura de sus cejas negras. Él no se regalaba a esta gente endomingada que se dirigía a la meta festiva de la copa, o caminaba paralela a él y lo rebasaba, o cruzándose con él se negaban mutuamente todo.

La señora joven que esperó el semáforo verde junto a él en la esquina de Balmes había, por fin, seguido por Vía Augusta. ¿Era ella? Mauricio se detuvo a mirar lámparas en una vitrina y comprobó que sí, que era ella, al verla cruzar por el amplio vidrio a su espalda: empujando paso a paso el cochecito lo había alcanzado, esa señora joven vestida con pantalones blancos y camiseta oscura, los largos cabellos pesados sostenidos con gafas sobre el cráneo y afirmadas detrás de las orejas a lo Jackie Kennedy. Ella no lo miró a él ni él a ella. Pero a Mauricio le apeteció seguirla, fijándose en todo lo que hacía y esforzándose para que ella no se diera cuenta que su paseo esa mañana estaba determinando el de Mauricio: se aseguró las gafas sobre el cráneo, le dio el sonajero al bebé, saludó sin mayor entusiasmo a alguien que pasó en un ochocientos cincuenta rojo, frunció la boca sobándose un labio contra el otro para extender homogéneamente el maquillaje de su boca. Mauricio la dejó adelantarse, y luego, silbando apenas, y sin que ella notara su compañía, sólo rozando los límites de la conciencia de esa persona desconocida que empujaba su cochecito, volvió a rebasarla: podía—y sentía la tentación de hacerlo—imaginar muchas cosas sobre ella, pero Mauricio desechó esa posibilidad porque quería conservar ese espacio vacío para colocar otra cosa allí, o nada, y entonces, para preservarse, silbó otra vez las frases lentas y complicadas que expulsaron todo lo demás de su imaginación.

Lo único importante era que la señora que empuja-

213

ba su cochecito no se diera cuenta que él iba rondándola. Mauricio era capaz a veces de mantener durante largo rato estas semirrelaciones que entablaba en la calle, dejando que su conciencia absorbiera a la otra persona, despojándola durante unos instantes de algo incalificable pero que existía, pero sin dejarla adivinar que estaba siendo absorbida. A Mauricio le pareció que hoy era un día especialmente propicio para esto, con gente despreocupada ambulando por la superficie de esta mañana de comienzos de verano, en esta ciudad flamante como los globos de colores y los niños endomingados. Entre los paseantes sin prisa él seguía, silbando, a la señora que empujaba el cochecito del niño al que de vez en cuando le hacía un mohín... la seguía dos pasos atrás, ella cerca de las vitrinas, él por el borde de la calle: pero ella no sabía que Mauricio, subrepticiamente, la había obligado a entrar en el ritmo de ONDINE, manipuleándola desde afuera de su conciencia. Era satisfactorio ver cómo ella con sus movimientos o con una risita dirigida a su cría, obedecía a un trémolo o a un arpegio, cómo sus expresiones se iban ajustando al cambiante y sin embargo coherente cromatismo. Satisfactorio sobre todo porque Mauricio no iba exactamente silbando ONDINE, sino repitiendo sus notas dentro de su mente, y cuando ella se alejaba un poco o se detenía en una esquina considerando la posibilidad de doblar por una calle por donde Mauricio no quería ir y no quería que ella fuera, entonces él dejaba que las frases se escaparan por sus labios entreabiertos como modulaciones de aliento que no alcanzaban a producir sonidos. Sí, ahora la señora con el cochecito se proponía internarse por una calle angosta donde jamás entraba el sol y él no iba a permitírselo. Subió el tono de su silbido. Ahora era francamente música, el teclado entero que manejaba con su boca deteniendo a la mujer y demostrándole que no era libre, que dependía de otras fuerzas, y desde la frontera de su conciencia Mauricio se zambulló por fin en ella silbando agua pura en las primeras sonoridades, una mano y el pedal sintetizando el gran espacio de agua, la otra mano insinuando una presencia femenina con notas de contornos más definidos, llamándola, mandándola cuando la señora estaba a punto de seguirlo hasta la profundidad misma de la concentración compartida... pero silbó demasiado fuerte: ella, bruscamente, lo miró. Mauricio, en un segundo, vio terror en esa mirada que se había dado cuenta por fin que venían concentrados juntos desde hacía cinco o seis cuadras, y al darse cuenta, la señora con el cochecito huyó por otra calle estrecha, dejando a Mauricio parado en la esquina, con las manos en los bolsillos, tratando de alcanzarla con los acordes finales silbados a todo pulmón.

En cuanto la señora con el cochecito desapareció, la música fue absorbida por el fárrago de anécdotas que poblaban la superficie del día, y Mauricio quedó mudo y solo. Cruzó a la otra acera y siguió por Vía Augusta hasta Diagonal, bajando hacia Gracia sin encontrar el hilo que le permitiera volver a tomar la música. ¿Ella se lo había llevado al desaparecer? No. Evidentemente esa mujer no era la persona a quien buscaba sin buscar, mirando rostros, silbando apenas por las calles, insertando el ritmo de sus pasos en los pasos de otro.

La gente salía de misa o se dirigía a ella. Una mujer con sombrero. Otra con una blusa ceñida. Ellos, endomingados; ellas con lo que abuelis, desdeñosa, llamaba «peinados de peluquería». Nadie tenía mirada. Ni oído. Estaban demasiado completos, sin un resquicio por el cual penetrar... hoy ya nada iba a poder resucitar la música. Y sin embargo sus pasos seguían voraces y su mirada buscando en quién encajarse. Nada. Nadie. Lo que era normal, porque cuando buscaba era siempre cuando menos encontraba. Las cosas tenían que suceder naturales y complejas como la música que ponía el poder en sus manos. Pero ¿qué hacer cuando predominaban de tal manera los «peinados de peluquería»? ¿Los pantalones planchados de los hombres aún sin programa para el domingo? Querían entretenimiento con nombre este domingo: cine, fútbol, amor, moto, excursión... eso exigían esas miradas impenetrables y esas risas invitadoras que a él no podían invitarlo a nada porque él no sabía ni quería definir, lo único que sabía ahora era que no quería esta plaza con un obelisco. Ni un Arco de Triunfo tan feo. Y recorrió una explanada que se llamaba «Salón» con un nombre, por donde llegó hasta las rejas de un parque.

Allí el gentío era inmenso, pagando taxi, regañando a la hija, subiendo al taxi, estacionando el seiscientos, comprando helados, comentando lo recién visto o lo que iban a ver según lo proponían los letreros en forma de flecha: Zoológico, Museo, Jardín Botánico, Salida, Aseos... tantas cosas para elegir, todas con nombre. El gentío era más espeso y azorochado a la salida del Zoológico, los niños blandiendo gallardetes, comiendo pipas, chufas, chorreando sus vestiditos nuevos con el helado de chocolate derretido, los batidos de los peinados domingueros ya bastante chafados.

Mauricio se sentó en un banco bajo los tilos de la entrada del Zoológico. Pero no miraba a la gente. Una máquina azul con una plataforma y un visor acaparaba toda su atención. No podía despegarle los ojos. La gente le echaba monedas, subían a la plataforma, acercaban la cara al visor, miraban el interior... oh... ah... qué bonito... y luego bajaban para contar a sus compañeros las maravillas que habían visto. Después, la máquina quedaba sola un rato. Había otras máquinas iguales, pero era ésta, precisamente, la que atraía la mirada de Mauricio. Se iba a poner de pie para dirigirse a ella... preguntarle por qué lo llamaba... pero alguien la ocupó: oh... ah... qué bonito... Por fin quedó sola y Mauricio se subió a la plataforma. Metió una moneda y acercó, emocionado, sus ojos al visor. La Carabela de Colón. El Parque Güell. El Liceo. La Rambla de las Flores. Vallvidrera, sus bosques, su pantano, una sensación refrescante de luz y sombra y ramajes, de soledad jamás tocada. No alcanzó a ver mucho de Vallvidrera porque un niño con las manos manchadas con helados le tiró del pantalón, diciéndole:

—Déjame ver.

Obedeciendo, Mauricio bajó y el niño subió a la plataforma para ver lo que él no había visto aún de Vallvidrera. La madre del niño, que charlaba en un grupo familiar, se dio cuenta de lo que su hijo había hecho. Se acercó, le pegó un bofetón y lo bajó a la fuerza de la plataforma, gritándole:

—Mal educado, Jordi. No te traeremos nunca más al Zoológico.

—¡Qué me importa!

Mauricio solidarizó con Jordi: era verdad que no importaba nada no salir un domingo si tenía que salir como miembro de categoría ínfima de la tribu, padres, hermanos, abuelas, tíos de Sardanyola, primos, cuñados listos para ir a atosigarse de vino, embutidos y tortilla. Jordi se alejaba con un pedazo de Vallvidrera en los ojos y Mauricio se echó a caminar hacia otro lado del parque, buscando los senderos menos transitados para recuperar lo que había visto en las diapositivas. Las adelfas lucían gloriosas en los prados, y los árboles, menos bellos que los del Retiro, estaban dispuestos en ordenaciones artificiosas que lo satisfacían. Por esta avenida de plátanos circulaba menos gente y los bancos se sucedían con la regularidad de campanadas, uno... dos... tres... cuatro... los lentos pasos de esa música, la triste campanada que repite la orden del patíbulo, otro banco, otro, sus pasos siguiendo el ritmo inexorable. Se sentó en un banco porque el túnel de árboles con bancos estaba desierto... pero no completamente desierto, porque allá lejos, al comienzo del túnel, se dibujó la silueta de un hombre vestido de marrón que, como Mauricio, avanzaba lentamente y con las manos en los bolsillos tomando, él ahora, el compás de las campanas de la horca que Mauricio había abandonado al sentarse. En la mente de Mauricio se desplegó LE GIBET entero para que el hombre del traje marrón se introdujera en ella. Sus pasos existían sólo para marcar frases en el pentagrama que la imaginación de Mauricio iba ofreciéndole. Su traje era marrón, un buen traje, se dijo Mauricio, no demasiado a la moda ni demasiado pasado de moda, no domingueramente nuevo sino un traje cualquiera llevado por cualquier señor de unos treinta y tantos años que venía fumando y que después de pasar frente a Mauricio sin mirarlo se sentó en el banco de la hilera de enfrente, algo más allá. Parecía mirar sólo la luz que se filtraba por las hojas de los plátanos. Sus ojos se fijaban momentáneamente y sin interés en una chica que pasaba o en una familia que reía. Tiró su cigarrillo al terminarlo. Mauricio temió que se levantara y se fuera, ahora, cuando comenzaba LE GIBET de nuevo, entero, para que el señor del traje marrón subiera con él al patíbulo. La campana tañía para este señor de rostro pálido y fino que pisoteaba su cigarrillo terminado. Mauricio, observándolo sin mirarlo como tan bien sabía hacerlo, lo encontró demasiado inmóvil. Como si ya pendiera de la horca y estuviera brutalmente limitado por el nudo corrido. Lástima. No había alcanzado a compartir con él la ceremonia brutal porque el señor del traje marrón pendía desde mucho antes que él se aventurara a rozar su conciencia, si es que la rozaba siquiera: el aliento de Mauricio, de intensidad modulada al salir por sus labios entreabiertos dibujando las sonoridades, envolvían al señor del traje marrón, pero no lo modificaban. Al final de su largo brazo marrón extendido por el respaldo del banco, su mano pendía, lacia, blanca: ahorcada. Sus piernas largas se estiraron cómodamente. ¿Sería este movimiento una respuesta a la música muda aún? Elevó el diapasón: ya no era sólo aliento, su voz subía espaciada, formulando completa la música impecable y fría.

El banco en que estaba sentado el señor del traje marrón no quedaba exactamente frente a Mauricio, sino un poco a la izquierda. Pero el muchacho se dio cuenta de que al oír su silbido el señor del traje marrón dio vuelta la cabeza hacia su lado, no para mirarlo directamente sabiendo que era él quien silbaba, sino como si otra persona, situada un poco más allá, estuviera emitiendo los sonidos, o como si el sonido viniera de las ramas, del aire, un elemento más de la ficticia naturaleza del parque. Lo principal era que no lo miraba. No quería entablar una relación personal. Quería permanecer cerrado, secreto. Mauricio silbó más fuerte: el ahorcado avanzando paso a paso marcado por la campana hacia el patíbulo, pero el señor del traje marrón no lo miraba aún porque sabía que si lo miraba lo estropearía todo y no llegaría al orgasmo de la muerte. Mauricio lo había cercado, conduciéndolo a la horca. Era necesario avanzar físicamente. Se puso de pie, silbando las notas precisas y espaciadas, y sin mirarlo y sin ser mirado pasó de largo frente al señor del traje marrón con su mano que pendía de la horca.

Mauricio sintió que detrás de él el señor del traje marrón se ponía de pie y lo seguía... pero lo seguía sin seguirlo, tal como él quería, lentamente, esclavizado al ritmo de la campana de la muerte que sus labios dibujaban, avanzando hacia el final del túnel de árboles, ya no muy lejos, donde una flecha clavada en el pasto indicaba una dirección bajo el sol deslumbrador. El señor de marrón lo seguía, pero independizándose de pronto de la lentitud del paso del ahorcado, se apresuró un poco y lo alcanzó. Luego, sin mirarlo, lo rebasó. ¿Apresurar el tempo del fraseo para que el señor del traje marrón no se evadiera? Ya terminará tu tormento. Peldaños para subir al patíbulo. La campana sigue. El nudo se cimbrea apenas contra el cielo. Ya terminará tu tormento, pero tienes que terminarlo... sí, silbando a toda fuerza este señor iba a ser incapaz de evadirse. El señor de marrón se adelantó a Mauricio al aproximarse al final del túnel. Se quedó parado allí con las manos en los bolsillos junto a la flecha que ponía ASEOS. Y Mauricio, silbando, llegó frente a él: el hombre del traje marrón, sin sonreír, con una mirada llena de atención en la triste máscara de su rostro, clavó sus ojos en el fondo de los ojos de Mauricio, y luego, con sus ojos, indicó la flecha que ponía ASEOS y se dirigió por ese camino.

El ahorcado no alcanzó a colgar. La música se detuvo en los labios de Mauricio, que echó a correr a todo lo que daban sus piernas para salir del parque y huir, no lo fuera a seguir el pobre condenado que nunca iba a llegar a pender. Corría no porque sintiera miedo ni asco al darse cuenta de lo que el ahorcado quería y que tantos condenados mudos habían solicitado con sus ojos de él en los parques o en las calles... no: sólo huía porque todo se quebraba cuando esto sucedía. El hombre del traje marrón, al revelar que su absorción en la música era una estratagema, le había devuelto su vulnerabilidad de niño. Sí, no era más que un niño que huía del hombre de la máscara insinuante y la mano lacia, del falsario que lo había hecho creerse poderoso. El hombre del traje marrón tenía facciones físicas y psicológicas independientes de las que lo dotaba su música, y Mauricio quería que se mantuviera como una página en blanco... pero esa invitación procaz de sus ojos abatidos lo había dejado con el nudo vacío en la mano, el cordel no era terrible, servía para saltar, para amarrar la embarcación de Ramón como quería su madre, no para atar el nudo mágico. Y como con el miedo de niño que le había inculcado la frase de abuelis: «Ten cuidado con los hombres viciosos...», pero que no era suyo, corrió hasta la zona del parque donde la gente compra helados, ríe, toma taxis, comenta el Zoológico y come cucuruchos de chufas. Mauricio hizo parar un taxi, se subió y dio la dirección del piso de su madre en Ganduxer.

Se desplomó, acezando, en los cojines del coche. Su madre le había dicho que si no quería no fuera a comer a casa a mediooía. Se le había planteado entonces un maravilloso día larguísimo deambulando por la ciudad desconocida, repleta de miradas, de pasos de los que podía apoderarse y con los que se podía perder... ahora estropeada: el adolescente con miedo regresa al lado de su madre. ¡Estropeada! Era tan poco lo que le pedía a la gente: sólo que lo dejaran ser ellos durante unos instantes, que su música los ocupara enteros sin que ellos se dieran cuenta. Nada más. Ellos no percibían ningún cambio. Quizá sólo mucho después—días, semanas, meses, años—alguna de esas personas con las cuales lograba relacionarse por medio de la música recordaría a un muchachito de camisa celeste y de pantalones claros que una vez vieron en una plaza o en una calle silbando algo cuyo nombre desconocían, pero que ahora, al recordarlo repentinamente meses o quizás años después, les estrujaba el corazón con su presencia feroz clavada en sus latidos mismos. Hoy, como otras veces, había intentado descargar una parte en la señora de gafas a lo Jackie Kennedy y en el señor del traje marrón, pero ellos lo habían rechazado, dejándolo con el nudo listo, pero el cordel sin la tensión producida por el peso del ahorcado. Serían dos personas más entre tantos fracasos que había olvidado. Pero uno no olvida ni fracasa sin dolor. Y con cada persona que olvidaba, Mauricio crecía y crecía sin madurar, y se hacía más intolerablemente pesado aquello que lo obligaban a llevar puesto. ¿Dónde descargarlo? ¿Cuándo? El coche se detuvo y el taxista preguntó:

—¿Aquí?

Mauricio miró por la ventanilla.

—Aquí.

Pagó y se bajó. Subió en el ascensor y, al abrir la puerta del piso con la llave que le había dado su madre—el «ya eres un hombre y tienes toda la libertad que quieras» de Sylvia al entregarle la llave del piso no era más que una formulación sofisticada del «si no puedes venir a comer, por lo menos avisa por teléfono» de abuelis—, oyó una voz desconocida que charlaba en el living con su madre. Cerró lo más silenciosamente posible y se escurrió hasta su habitación, donde se encerró. Pero su puerta no tardó en abrirse. Sylvia le dijo:

—¡Hola, guapo!

—¡Hola!

—¿Dónde has estado?

Al sentirse innecesariamente agredido por el beso de su madre y por su pregunta, le mintió:

—En Vallvidrera.

Sylvia se rió.

—¡Qué espanto!

—¿Por qué?

—No sé...

—¿Entonces?

—Se me ocurre que debe ser horrible...

—No.

—No te esperaba a comer. Pero me alegro de que hayas venido. Está Paolo.

—Ah...

—Péinate un poco y refréscate, que estás azorochado. Te esperamos en el living. ¿Tienes hambre?

—No.

Entonces Sylvia, en vez de salir de la habitación, se acercó ondulante a su hijo para besarlo otra vez, suavemente, metiéndole sus largos dedos perfumados en la mata de pelo renegrido, y le rogó:

—Mauricio... no té encierres tanto. Quisiera que te sintieras libre en esta casa... conmigo...

—Sí...

—¿Por qué niegas hasta que tienes hambre, entonces? ¡Después de vagar toda una mañana por Vallvidrera! ¿Qué comiste?

—Un cucurucho de chufas.

Sylvia se rió al salir, diciéndole:

—Venga, guapo. Te esperamos en el living.

Un vaho de perfume se desprendió de su leve chilaba blanca. Violación. Eso era lo que su madre le hacía. La gente de la calle que no conocía, pero que a veces casi conocía, lo frustraban dejándolo convertido en un niño vulnerable, pero no lo violaban.

Como su madre. Como su padre. Como abuelis. Como sus compañeros de colegio y sus profesores, como todos los que tenían alguna relación con nombre, algún derecho sobre él, todos ésos lo violaban... y si salía a pasear era para tocar apenas la conciencia de la gente con la mirada, con un silbido. Para borrar la violación de su madre—y como quien corta de una película un trozo imperfecto y pega los otros dos trozos para que continúen—Mauricio siguió silbando exactamente donde lo había interrumpido la mirada procaz del hombre del traje marrón a la salida del túnel de árboles... quince... doce... diez compases, y el final: la cuerda tensa, ahora, con el peso del cadáver, la lengua colgando lacia como la mano del hombre del traje marrón. Se lavó las manos, se peinó, se refrescó la cara y fue al living con sus facciones de niño de buena familia. Sylvia lo llamó:

—Ven, Mauricio. Acércate.

Estaba sentada en su sitio de siempre en el enorme sofá escarlata que daba la espalda a la terraza florecida y arbolada detrás de la transparencia de la cortina blanca. Junto a ella lo observaba un personaje que Mauricio calificó de «criptoendomingado»... una camisa muy sencilla de cuadros sin pretensión, un pantalón corriente, mocasines sin medias, sentado no de frente, sino de lado, con la rodilla de abajo doblada sobre el sofá y con el pie colgándole, ahorcado, desnudo porque había dejado caer su mocasín sobre la moqueta. Su madre lo estaba presentando y diciéndole cosas agradables de él a Paolo y de Paolo a él que él no escuchaba porque todos estaban empeñados en violarse unos con otros, formulando cosas y explicaciones

225

que lo mataban todo antes de que pudiera establecerse una relación. Sylvia le preguntó:

—¿Quieres beber algo antes de comer?

—No, gracias.

—Siéntate aquí, entonces, mi grandullón.

Y palmoteó uno de los obesos cojines escarlata del enorme sofá, a su lado, de modo que ella quedó entre Paolo y su hijo. Abrazó a Mauricio juguetonamente, explicándole a Paolo cuánto lo quería y lo contenta que estaba de tenerlo con ella durante una temporada larga ahora que era todo un hombre. Está haciendo la comedia de la madre encantadora, se dijo Mauricio, y con ella lo cargaba de ropajes y caretas y máscaras y disfraces que él no quería. En fin, soportarlas: estas definiciones superficiales que venían desde afuera no tenían nada que ver con él y, si bien lo cargaban con disfraces, éstos también lo defendían. Era preferible sonreír su sonrisa arcaica, triangularmente pero fijamente: una expresión que no quería decir nada pero que la gente podía interpretar como necesitara interpretar. Paolo le estaba diciendo:

—Silbas extraordinariamente bien.

Mauricio tuvo que hacer un esfuerzo consciente —lo habían sorprendido silbando la parte final del ahorcado después que su madre salió de la habitación dejando la puerta abierta—para no ponerse colorado. Ésta era violación organizada, científica. Se encogió de hombros, acentuando su sonrisa triangular. Paolo continuó:

—Hay que tener el oído extraordinariamente fino y una sofisticación musical fuera de lo común para silbar como tú silbas a Ravel. ¿Sabías que Ravel, a veces, escribía esas armonías aparentemente tan simples en cinco pentagramas paralelos, y que es dificilísimo interpretarlas? No entiendo cómo puedes hacerlo... y con la perfección que lo haces...

Mauricio pronunció más su sonrisa enigmática hasta que se transformó en una mueca deslindando con el dolor. ¿Qué importaba todo lo que decía Paolo? Quedaba fuera de su círculo precisamente porque sabía todo lo que sabía. Él, Mauricio, era impenetrable a sus violaciones. Sí, y aunque a veces creyera lo contrario, también lo era a las de su madre, pero por la razón contraria, porque ella no sabía ni entendía nada y no era más que otra máscara de abuelis. Paolo le preguntó en forma directa:

—¿Silbabas Gaspard de la Nuit?

—Sí.

Intervino Sylvia:

—Pero ¿por qué Ravel, Mauricio?

Lo mejor era hacerse el idiota. Respondió:

—Se llamaba igual que yo.

Sylvia miró a Paolo con desolación antes de continuar:

—Yo no conozco a nadie que le interese Ravel. A los muchachos de tu edad generalmente les interesa el pop... el jazz. Y Ravel... bueno, claro, a todos nos interesa la buena música... los barrocos, los cuartetos de Beethoven... bueno, sabemos que todo eso es muy interesante, aunque la verdad es que yo casi no tengo tiempo ni tranquilidad para... ¿A ti te gustan los barrocos, no es cierto, Paolo?

Paolo sólo juntó los ojos.

—Mucho.

—¿Y Ravel?

—Bueno... no sé. Es un gran músico, claro. Pero uno ya casi no le pone atención. Se oye hablar poco de él ahora. ¿A ti te gusta, Mauricio?

—Sí.

—¿Por qué?

Era el interrogatorio, como los curas en el colegio, la violación sistematizada: el culpable antes de ser condenado a la horca, pero que no podía escaparla. En el fondo de su conciencia Mauricio oyó el lento tañir de la campana implacable y respondió:

—No sé... es tan elegante... tan fino...

Paolo y Sylvia sonrieron al mismo tiempo. Mauricio los miró con aire de pregunta. Pero no preguntó nada y ellos siguieron el interrogatorio previo a la condena. Sylvia comenzó y Paolo siguió, sin esperar respuesta:

—Pero, Mauricio, dime, ¿no hay en el mundo contemporáneo problemas tremendos, pasiones e injusticias terribles, que nos impiden quedarnos en lo elegante... en lo fino?

—Yo creía que esas palabras, elegante, fino, eran peor que obscenidades para los muchachos de tu generación, que buscan cosas tan distintas...

—Y nosotros también, Paolo. Eso tienes que reconocerlo: que la gente como nosotros no seguimos el camino trazado y que también estamos profundamente comprometidos con los problemas contemporáneos. No sólo los jóvenes...

—Sí, pero...

Y cambiando bruscamente el ritmo de la conversación, Paolo se dirigió a Mauricio:

228

—Es curioso que un muchacho como tú... Hay tantas cosas curiosas. Por ejemplo...

Y Paolo, a través de la mesa donde los tres ya habían comenzado a comer el cóctel de gambas, le dijo a Mauricio:

—No sé qué crítico dijo de Ravel que toda su vida había estado tratando de «domar la fiera salvaje del romanticismo». ¿Tú crees que la domó, Mauricio?

Mauricio se alzó de hombros y respondió indiferente:

—Yo no sé de esas cosas.

Desilusionado, Paolo se dirigió a Sylvia:

—¿Sabías tú que Ravel desaparecía por largas temporadas y nadie sabía dónde iba ni qué hacía? Toda la vida de Ravel es un poquito misteriosa. Quizás no haya logrado domar la fiera salvaje de su romanticismo. Curioso que este chiquillo me haya hecho pensar otra vez en Ravel, a quien ya casi tenía olvidado desde la última vez que oí a Cassadessus...

Mauricio sonrió una sonrisa un poco más abierta al decir:

—Cassadessus... sí. Lo toca muy bien. Eran amigos.

Sylvia miró extrañada a su hijo, sin comprender cómo podía haber dado a luz a un ser que hablaba de esas cosas:

—¿Cómo sabes?

—Me gusta como toca a Ravel.

El interrogatorio de su madre siguió:

—¿Cómo sabes tanta música?

Mauricio había dado un paso en falso y se replegó porque se sintió atrapado. Pero ellos sólo traficaban con los nombres de las cosas, y no importaba.

—No sé música. Tengo un poco de memoria...

Y Paolo agregó:

—Y es probable que oído absoluto. Este niño debe estudiar música, Sylvia. Que se dejen de tonterías de bachillerato y que exploten las cualidades excepcionales que tiene.

—Sí, podría hacer una carrera estupenda.

Y, después de pensarlo, Sylvia se dirigió a su hijo:

—¿Tu padre te compró un tocadiscos en Madrid?

—No.

—¡Típico! ¡Qué avaro! Se está poniendo peor con la edad.

—No era papá... era a abuelis que no le gustaba.

—¿Ibas a conciertos, entonces?

—A veces. Arriba. Cuando tenía dinero.

—¿No te daba tu padre?

—No... creo que a él tampoco le gustaba que me gustara...

—¿Te das cuenta, Paolo, el infierno de lo convencional que es la familia de mi marido? Mauricio, dime: ¿qué es lo que no le gustaba a tu padre que te gustara? ¿Ravel?

—No. La música. Toda. Voy a ser ingeniero, dice...

—¡Qué tontería! ¿Y qué hacías, entonces?

Mauricio se rió un poco, poniéndose colorado. No quería contestar, y en ese comedor completamente blanco de Saarinen, abierto a la luz igualmente blanca de la terraza, no había manera de disimular. Mejor era encarar las cosas de frente para así poder gobernarlas. Se aventuró a decir:

—Me da vergüenza...

—No tienes que tener vergüenza de nada delante

230

de mí. Soy tu madre, y aunque se han dicho cosas espantosa de mí nadie jamás ha dicho que no soy una mujer comprensiva.

Hubo un pequeño silencio, tras el cual Mauricio explicó:

—A veces iba a Galerías Preciados...

—¿A Galerías Preciados?

—Sí, y a otras tiendas que venden discos. Ahí simulaba que iba a comprar discos y sacaba los discos que me interesaban y los ponía en el tocadiscos y con los fonos o en las cabinas oía los discos que quería oír. Conozco todas las tiendas de discos de Madrid, y en algunas me conocen a mí y me dejan escuchar toda la música que quiera, siempre que no moleste a los clientes. En Galerías Preciados ya no está la señorita que me dejaba oír música. Se casó y se fue a vivir con su marido en Badajoz.

—¡Qué monada, esa señorita! ¿Te enamoraste de ella?

—No. Soy muy pequeño para enamorarme. Además, era fea.

—¿Cómo se llamaba?

—No sé.

—¿Cómo no vas a saber el nombre de esa amiga que fue tan buena contigo? ¿No llevaba el nombre escrito en el bolsillo?

—No me acuerdo.

—Es el colmo. ¿Le gustaba Ravel?

—No sé, pero no creo.

Paolo vio que Sylvia estaba a punto de ponerse furiosa con su hijo, y terció para aplacarla:

—Déjalo, Sylvia. Estás molestándolo.

Ella se dirigió a su hijo:

—Dime. ¿Estoy molestándote, Mauricio?

—No...

—Mira... yo tengo aquí en el piso un tocadiscos estupendo, estereofónico y todo, y jamás lo uso. La verdad es que la música me aburre bastante. No sé por qué. Debe ser porque me parece que las cosas son tan aburridas cuando la gente no habla. Y a Ramón tampoco le gusta de verdad. Te regalo el tocadiscos, Mauricio. Te lo llevarás a Madrid. Te compraré discos, todos los que quieras... para que vea abuelis qué clase de muchacho eres. Te compraré todo Ravel...

—No...

—¿Cómo se llamaba eso que silbabas?

—Gaspard de la Nuit.

—Mañana mismo te lo voy a comprar.

—No me compres Gaspard de la Nuit.

—Sí. Y todo lo demás.

—No.

Sylvia, de pronto, se puso muy colorada, y parándose de la mesa, comenzó a pasearse furiosa por el comedor:

—No, no, no... no sé... no sé... Es el colmo que un muchacho de tu edad no tenga más entusiasmos... Ravel: lo fino, lo elegante. Que no te interese nada raro, nada nuevo, nada atrevido. Hasta como te vistes. Mañana mismo vamos a salir a comprarte unas camisas raras y una moto... quiero verte metido en algo más alegre, más joven que Ravel, que en el fondo me parece un decadente y un reaccionario...

—Bueno. Cómprame lo que quieras...

232

—¿A ti no te interesa nada?

—No.

—¿Ni el tocadiscos?

—No.

—¿Ni los discos?

—No.

—¿Por qué?

Hubo un silencio. Los ojos de Sylvia y los ojos de Paolo estaban fijos en Mauricio. Éste, con la servilleta, bruscamente se hizo un nudo alrededor del cuello, y con un gesto macabro dejó caer la cabeza del ahorcado sobre su pecho, la lengua colgándole afuera. Sylvia corrió a abrazarlo por detrás de su silla y a desanudarle la servilleta mientras Mauricio volvía a sonreír su arcaica sonrisa vacía. Sylvia decía:

—Pobre hijo mío. Tienes que cambiar, hijo, sí, en la playa, cuando conozcas a muchachos y muchachas normales de tu edad...

No podía silbar para ahuyentar a su madre, y sus palabras atropelladas impedían que la música brotara. Pero, como en una máquina tragamonedas, una diapositiva con colores y luz de bosque excluyó a su madre y a Paolo, que discutían si sería propio presentarle a los hijos de... Preguntó:

—¿Cómo se va a Vallvidrera?

Le explicaron, Sarriá, funicular y lo demás. Nada de lo que decían lo había tocado. Sylvia, parada delante de él mientras terminaba su postre, se dio cuenta que nada de todo esto le interesaba a su hijo, que al terminar su postre preguntó:

—Ya me lo comí todo. ¿Puedo pararme?

A Sylvia se le cayeron los brazos y se le desanudaron

233

las tensiones, como si la hubieran desarmado. Cerró los ojos al contestar:

—Sí, Mauricio.

—¿Puedo salir?

—Sabes que sí. Cuando quieras.

Paolo se levantó y le dio la mano:

—Adiós, Mauricio.

—Adiós.

Y Paolo agregó:

—Y... te felicito...

Mauricio se fue. En el living, Sylvia interpeló severamente a Paolo. A ella nunca le explicaban nada. Todo este asuntito de Ravel... ¿creían que ella era una muñeca tonta porque era maniquí? ¿Por qué Ravel? Ella quería entender. ¿Y por qué las felicitaciones? Paolo respondió con un tono extrañamente apaciguado:

—¿No te das cuenta? Un muchacho de dieciséis años tiene que tener... que ser algo muy... especial para que entienda y le guste tanto Ravel...

—Es evasión.

—No.

—¿Tú también eres admirador de Ravel?

—No sé.

—¿No son los barrocos tu especialidad?

—No sé...

—Por favor, Paolo, no te pongas enigmático como Mauricio ahora y comiences a hablar con monosílabos, tú que eres una cotorra... Me muero si te pones enigmático. Francamente, me estoy aburriendo un poco con este regalito que me mandó mi marido. No se le antoja ir a la playa y por lo tanto voy a tener que quedarme en esta pestilente Ciudad Condal todos los fines de semana del verano, lo que me postra. Supongo que terminaré llevándolo a ver la Sagrada Familia en mis ratos de ocio.

—Que Ramón lo lleve: tiene tan mal gusto que creo que admira a esa tarta de novia hecha por un loco...

Sylvia se rió:

—¡Tú vienes de vuelta de todo, hasta de Gaudí, Paolo! Que Ramón no te oiga decir ese sacrilegio. ¿Quién me puede conseguir los discos de Ravel tocado por Cassadessus?

Paolo lo pensó:

—Raimunda Roig pasó por una fase Ravel. Ella los debe tener. Si quieres, le hablo por teléfono.

Y mientras Paolo hablaba con Raimunda, Sylvia se dio cuenta de que Mauricio le había preguntado cómo se va a Vallvidrera, siendo que poco antes le dijo que había pasado allí toda la mañana. Dio un pequeño grito de temor. Paolo le colgó el teléfono a Raimunda, diciéndole que Sylvia estaba con un ataque histérico y que después le contaría todo.

3

Mauricio pensó que quizá sería preferible ver Vallvidrera en la máquina tragamonedas de la entrada del Zoológico, ya que la abstracción de una diapositiva sería más tolerable que ver esos bosques invadidos por las hordas domingueras. Sin embargo, le divirtió la idea de subir en funicular. Y el pequeño carruaje sostenido por un cable remontó el cerro entre los bosques de pinos y las caídas de madreselvas y buganvilleas. En su compartimento iba un cura joven con diez niños bulliciosos, excitadísimos con la importancia de ostentar la insignia del Club Excursionista Patufet. A medida que el carruaje ascendía, fue quedando atrás la película pardusca que envolvía el plano de la ciudad y de la rada, hasta llegar donde la atmósfera era más limpia, y el horizonte y el mar claros y grandes. Al bajar en la estación superior del funicular, los miembros del Club Excursionista Patufet enredaron a Mauricio en su carrera, saliendo a la plaza como una bandada de pollos al campo.

Tenía algo de escenográfico esta plaza, pensó Mauricio: como si un director perfeccionista se hubiera empeñado en reunir en un espacio reducido todos los elementos necesarios para «ambientar» un domingo de suburbio: los niños columpiándose, las parejas paseándose y tomando Cocacola bajo el sol desprovisto de hostilidad, las agónicas fachadas modernistas resucitadas durante los meses del verano bajo las glicinas desfallecientes, perros de raza obedeciendo a sus amos, niños de raza obedeciendo a sus padres, grupos de adolescentes sentados en las escalinatas casi sin decir nada, tarareando retazos de melodías distintas a lo que Mauricio sabía silbar. Pero esto no era lo que más lo apartaba de ellos. Era que todos estaban tan ávidos por buscar algo que marcara ese día y lo detuviera en sus memorias para no perderlo... que no se les fuera a escurrir el día... ese terror dominguero de que el tiempo fuera tragado como gotas de agua por la tierra seca. Por eso tarareaban los muchachos. Por eso agitaban sus cabelleras lacias las muchachas. En busca de eso iba toda esta gente, los futbolistas de camiseta amarilla querían que el día de hoy marcara un triunfo en el partido contra los de la camiseta lila, las señoras con «peinados de peluquería» querían marcar esta tarde con el primer diente que se le cayó a Mariana, por ejemplo, aunque costara sangre y llanto, y guardarían el diente con mucho cuidado, igual que los demás que iban buscando cualquier cosa que guardar para que este domingo no se muriera sin la dignidad ritual de «haberse divertido».

Mauricio siguió de lejos a un grupo de muchachos y muchachas que—los oyó comentar—se dirigían al pantano: ellos lo guiarían, poniéndolo en el camino. Después él podía perderse si lo deseaba. El camino que salía del pueblo era polvoriento pero generoso en sombra, de vistas abiertas al Vallés cubierto por bosques: quizá la diapositiva no fuera mentirosa del todo. Pero Mauricio pronto se dio cuenta de que tan cerca de la ciudad en el primer día de sol verdaderamente veraniego todo estaría atestado de meriendas campestres, que dejarían lo que debía ser una aterciopelada espesura, sucia con papeles, bolsas de polietileno y botellas de plástico, tapas corona, servilletas, y hierba magullada por sus formas tendidas. Pero Mauricio ya había subido... ¿sugerencia o mandato de la máquina tragamonedas apostada a la entrada del Zoológico? No le gustaba lo que veía. Pero a esta gente y su basura podía anularla simplemente dejándose invadir por la música, suplantar el mundo fino y fresco del otro Mauricio por el mundo insufrible de este Mauricio, que

237

después de una mañana frustrante y de un fatigoso almuerzo con su madre, salía de paseo a conocer uno de los suburbios de la ciudad, llamado Vallvidrera. El mundo del otro Mauricio era mejor. Pero no importaba, era cuestión de sustituirlo, desligándose, caminando, silbando, mirando, y de esa manera deshacerse de todo lo que le impedía asumir el centro mismo de la música. Paolo, es verdad, había hablado demasiado, pero no dijo sólo tonterías: el autor del texto de Gaspard de la Nuit había cambiado su nombre de pila, Louis, y descartándolo había adoptado un nombre verdaderamente suyo, Aloysius. A él le faltaba tanto para compeltar la sustitución, que a veces le costaba trabajo inventar lo que el otro Mauricio había inventado... los trémolos que ahora silbaba.

—¿Qué silbas?

—Nada.

Después se dio cuenta que había contestado antes de estar seguro que la voz femenina se dirigía a él. Pero no se equivocó: en un grupo de muchachos y muchachas de su edad y vestidos con vaqueros, una chica de pelo claro, largo, pesado, partido al medio, señaló a Mauricio a los demás, que iban tirándose una pelota unos a otros y correteando. Mauricio le sonrió a la chica rubia, que le tiró la pelota y él la pescó, incorporándose al juego del grupo. Los del grupo lo miraron. Pero sólo aceptantes y divertidos, y no se trataba de eso. Aunque, ¿por qué no divertirse? Era todavía este Mauricio. Sonrió a la chica rubia, que le tiró la pelota otra vez, ahora lejos y muy alto, y este Mauricio tuvo que dar un brinco para atraparla. Todos gritaron:

—¡Bieeeeeen...!

Y Mauricio volvió a tirar la pelota, a cualquiera. Pero ninguno del grupo la atrapó, sino que un muchacho que iba paseando y que después de devolver la pelota al grupo se adelantó, de modo que Mauricio no pudo verle el rostro, sólo la espalda, y desapareció.

—¿Cómo te llamas?

—Rosa Mary.

Con ellos resultaba fácil ser Louis en lugar de Aloysius: este Mauricio al que no le costaba nada ir con ellos adonde fueran, jugando y riendo y pasando un domingo bajo los árboles. No eran muchachos ni rudos ni vulgares. Nada los marcaba, ni rudeza ni falta de rudeza, eran genéricos, no individuados, todos intentando modestamente pasarlo bien. Mauricio preguntó al grupo:

—¿Adónde vais?

—A ver el fútbol.

—¿Dónde?

—Hay una cancha un poco más abajo.

—Siempre hay partidos los domingos.

—¿Quién juega hoy?

—No sabemos.

No sabían nada, como él. Quizá también como él y cada uno a su manera, anduvieran buscando a alguien o a algo en quien descargarse. La muchacha rubia se emparejó con Mauricio sin que a nadie le pareciera mal. Una sola pareja constituida iba en el grupo: entrelazada, sin hablar entre ellos ni con los demás, besándose de vez en cuando, ella con un sombrerote de paja, él cargado con el capazo, y si alguien les tiraba la pelota, sólo protestaban brevemente y volvían a meter sus narices uno en el cuello del otro. Pasaban otros grupos, gente mayor o muchachos en dirección a la cancha, espaldas entre las que se había perdido la del muchacho que atrapó la pelota lanzada por Mauricio. Ahora la pelota rodó barranco abajo entre las pervincas y las aliagas que crecían en torno a los troncos de los viejos pinos. A nadie pareció importarle más que muy brevemente la pérdida de la pelota, y siguieron camino. Rosa Mary le preguntó a Mauricio:

—¿Cuántos años tienes?

—Dieciséis. ¿Y tú?

—Quince. ¿De dónde eres?

—De Madrid.

—Por eso hablas raro.

—Tú también.

Rosa Mary rió:

—Yo no hablo raro. Tú hablas raro. Yo soy catalana.

Un círculo cerrado pero no profundo de espectadores se apiñaba alrededor del campo de fútbol. Gente de domingo que había encontrado esta modesta diversión organizada para distraerlos y que se perdía gustosa en ese tiempo resuelto de antemano para ellos en el espacio limitado por el ritual del juego. Los del grupo en que iban Rosa Mary y Mauricio se introdujeron hasta la primera fila. Uno de los muchachos, Esteban, le dio una manzana colorada a Rosa Mary y le ofreció otra a Mauricio, que dijo no, gracias, y entonces Esteban se la dio a Carlos. Pero quizá no todas las miradas, pensó Mauricio, permanecían en la superficie anecdótica de la tarde. ¿Por qué, si no, la sugerencia de la máquina que lo había mirado a la entrada del Zoológico para incitarlo a que mirara dentro de ella? ¿Por qué, entonces, la impertinencia de Jordi, que le tiró del pantalón para que bajara y no saciara su curiosidad por Vallvidrera, de modo que se vio obligado a venir ahora a encontrar lo sugerido? Si Jordi no lo hubiera obligado a bajar, no estaría aquí intentando completar lo que no le dio la diapositiva. Rosa Mary no sabía mirar más que como miraba, casi no con los ojos, sino a través de su piel transparente, un poco pecosa alrededor de la nariz. Junto a Mauricio, apretados por la multitud vociferante, tocaban su calor mutuo, pero Rosa Mary parecía no darse cuenta de que se estaban tocando. Quizás ése fuera su idioma recóndito, como Mauricio tenía otro, cuyo interlocutor, mirándolo sin mirar, igual que él, se le había quizá cruzado en la plaza de Vallvidrera, o no se reconocieron cuando bajaban a la cancha de fútbol con el grupo de amigos, porque pronto se confundió entre las espaldas que se perdieron entre los árboles y él ya no sabía cómo era esa espalda, y ni siquiera si era una espalda lo que buscaba... o no buscaba. El contacto con el cuerpo de Rosa Mary repentinamente apasionada partidaria de los desconocidos jugadores de camiseta lila era agradable. Podía decirle ven y llevársela a la espesura. Pero Rosa Mary ni siquiera se daba cuenta que lo estaba tocando entero. Lo que le importaba era el partido, el juego, el domingo, la diversión, no un idioma, cualquiera que fuera aunque sólo fuera el del contacto, ya que no el de la mirada que no miraba, como la mirada que podía estar mirándolo sin

241

mirarlo desde el otro lado de la cancha, confundida entre la multitud de rostros, hombros, espaldas, brazos, sombreros, cuellos, pelos, manos reunidos alrededor de la pequeña mancha parda abierta entre los pinos, donde veintidós hombres divididos en dos bandos intentaban humillar a los otros según reglas preestablecidas que perderían su vigencia cuando terminara el tiempo acordado. Nada, pensó Mauricio: quizá si yo insinuara, si hiciera algo... Mauricio de Madrid o Jaime de Tarrasa eran lo mismo para Rosa Mary... sería demasiado fácil obtener de Rosa Mary todo lo que una muchachita de esa edad podía dar, al comienzo desenfadada y risueña, después defensiva y llorosa hasta llegar al no y ponerse de pie. Nada. La conciencia de que era y continuaría siendo nada pesó en Mauricio con el agobio de las violaciones de su madre... Era necesario deshacerse de este pequeño dolor—que podía aumentar—junto con los otros que también lo deformaban. Mejor escabullirse y regresar a la plaza. Pero no lo hizo.

Se preguntó por qué no lo hizo, mientras la discusión sobre el penal siguió y él permaneció en la orilla. Los trémolos del escarabajo, allá en el fondo, comenzaron a organizarse mientras su mirada, presa de la vociferante y polvorienta anécdota futbolística, aceptaba otra mirada que no miraba en alguna parte. Rosa Mary le hablaba acaloradamente sobre el penal y él discutía con igual calor, imponiendo sus puntos de vista al empujar para acercarse al centro de la discusión del grupo. Los trémolos del escarabajo trepaban desde el fondo de la oscura tierra, el bicho negro, acharolado aún, imposible distinguir esas notas que se escabullían entre tanto terrón y guijarro, aún sin luz, ahogado por la discusión en que los puntos de vista de Mauricio prevalecieron aunque él, atento a las notas insinuadas, no sabía de qué los estaba convenciendo. Rosa Mary se acercó y esta vez sí, se reclinó sobre él mientras terminaba la discusión y el nudo entre las cejas de Mauricio se hacía más enmarañado y más negro, ocultando su mirada de escarabajo. Pero no fue el cuerpo de Rosa Mary lo que le impidió irse cuando poco antes sintió el impulso de hacerlo. El escarabajo iba a asomarse al sol. Con la vista escudriñó a los espectadores que se habían vuelto a ordenar alrededor de la cancha para continuar el partido una vez establecida la cuestión de la culpabilidad que se suscitó alrededor del penal: muchachos, muchachas, gente divirtiéndose en un domingo de sol, y esos ojos inidentificables mirándolo... fue esa mirada que él jamás había visto lo que le impidió irse cuando sintió el impulso de partir y no se fue, y se quedó para que por lo menos lo mirara esa mirada oculta e intencionada, y así la caparazón del escarabajo aparentemente oscura saliera por fin rutilante de reflejos a plena luz y el escarabajo formulara su idioma cromático.

—¿Qué silbas?

—Nada.

Era la segunda vez que se lo preguntaba Rosa Mary. Pero no se daba cuenta que era la segunda vez porque su atención se dirigía a otro nivel que el de la señora de gafas a lo Jackie Kennedy y la del pobre condenado del traje marrón que encontró esa mañana. Las notas eran esplendorosas en todo el teclado porque la mirada que lo impidió irse lo estaba mirando igual como él solía mirar en las calles y en los parques a los rostros de los desconocidos. ¿Cómo atraparla—sin aferrarse a ella y sin romperla, cuidando infinitamente esa punta del hilo de la enmarañada madeja—, esa mirada que se insinuó un instante entre la multitud absorbidos por el fútbol?

El partido terminó. Presos de entusiasmos inexplicablemente ardientes por la brevedad del compromiso con uno y otro bando, los espectadores vitoreaban, discutían, se felicitaban, reían. Los del grupo de Rosa Mary eran los más exagerados, pasándose una bota de vino de mano en mano para celebrar, ofreciéndola a Mauricio que también bebió, mientras los ojos de Rosa Mary, fijos en él, exploraban una dimensión de Mauricio que la mirada inidentificable que se encendió en la multitud deshizo. Mauricio miró su reloj. Dijo:

—Me tengo que ir.

Rosa Mary se enfurruñó:

—¿Por qué?

—Es tarde.

—Las seis apenas.

—Me tengo que ir.

—Déjalo.

—Déjalo, Rosa Mary...

—¿Vamos, Rosa Mary?

—¿No ves que somos poca cosa para el madrileño?

—Adiós...

—Adiós...

Mauricio ya se había alejado porque las palabras del grupo no lo tocaban. A medida que se alejaba esa posibilidad que lo mantuvo cerca de Rosa Mary, convertida en una breve nostalgia por un trozo de piel tocando su piel, pero sin otra salida que ese contacto. Adiós. Caminaba a lentas zancadas, con las manos en los bolsillos, silbando, las cejas negras nítidamente dibujadas sobre su frente como las alas de una golondrina volando. Ahora que el grupo ya iba lejos, el escarabajo de patas cortas volvió a trepar hacia la luz bajo los amplios paraguas de los pinos, el silbido surgía desde el fondo mismo de lo que Mauricio era... pero ahora le costaba formular las notas, el aliento rozándole apenas los labios con sus modulaciones hasta llegar, por fin, al silbido capaz de desenmarañarlo todo para conducirlo hasta esa mirada que entrevió en el gentío.

Se internó un poco por el bosque. Hoy no bajaría al pantano. Se hacía tarde. La gente comenzaba a partir, levantando los floreados utensilios comprados para el esparcimiento, recogían al abuelo nonagenario que en camiseta habían depositado como un trapo al sol y ahora se había quemado demasiado; lo metían al seiscientos con otros objetos plegables, sillas, canastos, niños, y partían dejando una mancha en la hierba que, aplastada, lucía de otro verde, rodeado de botes y papeles y huesos de pollo. ¿Cómo iba a emprender el vuelo el escarabajo? Cuando por unos instantes no veía a nadie, el escarabajo lograba escabullirse a toda carrera y los trémolos sonaban bajo los árboles de los que colgaba la yedra en el verde subacuático del atardecer que comenzaba. La gente se iba porque no quería luz apaciguada. Quería sol, sol, sol crudo y amarillo como en los anuncios de gafas oscuras, no estos cortinajes de medialuz que avanzaban para que el escarabajo abandonara su morada oscura en el centro de la tierra y emprendiera el vuelo nacarado.

Mejor partir. Volvió a la plaza de Vallvidrera. Ya no podía encontrar la mirada revitalizadora entre la gente que se aglomeraba para subir al funicular. Decidió bajar por la escala, cientos, miles de peldaños, sus largas piernas saltando escalones de dos en dos, más rápido que la bajada del funicular, pero no, el funicular lo dejó atrás y en ese funicular iba Rosa Mary y su grupo cantando y le hicieron señas sin rencor, y lo perdieron, mientras él vertiginosamente aceleraba su carrera cerro abajo hasta llegar rendido al llano.

Por las calles regresó a su casa silbando con la sencillez y la lentitud con que Rosa Mary silbaría una canción de Massiel. Al subir en el ascensor al piso de su madre se sintió contento, como si lo hubieran acompañado hasta la puerta. Uno podía volver a Vallvidrera cuando se le antojara, un día de semana, cuando no hubiera tanta gente. Entró sonriendo al living donde su madre charlaba con Ramón, y Mauricio saludó. Luego alzó el velo blanco de la cortina para salir a la terraza: el aire no era transparente como allá arriba, aquí entre estas plantas. Avanzó hasta la balaustrada y miró hacia abajo, ocho pisos. ¿Acompañado? ¿Seguido? ¿Cuál era la diferencia? En la calle un policía dirigía el tráfico. Pasaba gente, la de siempre o no la de siempre, lo mismo daba... una pareja, otra... alguien detenía un taxi, un ciclista, la espalda de un muchacho reclinado contra un poste de alumbrado hojeaba lo que probablemente era un tebeo, la parte de abajo de la pierna cruzada sobre la otra y la punta del pie descansando en el suelo, algunos niños como él regresaban un poco tarde a sus casas. El escarabajo se encendió rutilante en su cueva subterránea, pero inmóvil: alguien desde la calle lo estaba mirando y sabía que él miraba y el escarabajo iba a trepar hasta la claridad y desplegar sus alas. La luz roja detuvo al ciclista. Los niños entraron en un edificio de pisos. El muchacho que leía el tebeo cruzó la calle cuando se encendió la luz verde y se perdió.

Oyó música que anuló la suya: los arpegios de Cassadessus desgarradoramente emitidos no desde su interior, sino por el tocadiscos de su madre. Se dio vuelta, apoyando su espalda en la balaustrada: la silueta de Sylvia, conjugando velos y transparencias como cualquiera ondina de buena marca, dejó a Ramón sentado en el sofá escarlata, y cruzando las sombras de la terraza se acercó a Mauricio, que la vio aproximarse no como a la ondina de la música sino como a un pez voraz que agitara su cola transparente y sus aletas antes de devorar. Murmuró:

—Mauricio...

Para que no se acercara a violarlo definitivamente, él le dijo:

—Quita esa música.

Sylvia, sorprendida, se detuvo a medio camino:

—Creí que te gustaba...

—No quiero...

—Pero, Mauricio...

Evitando los brazos estirados de su madre, Mauricio entró al living, y sin oír lo que Ramón le decía pasó a su cuarto y se encerró con llave. Sylvia iba a correr detrás de él, pero Ramón la detuvo:

247

—Ven.

Sylvia se dejó caer junto a Ramón en el sofá y se quedó escuchando la música durante un minuto. Luego se lanzó a sus brazos, sollozando. Las lágrimas descompusieron su maquillaje, borrándole los ojos. Él le dijo:

—Lo que tenemos que hacer es irnos los dos solos unos días a la urbanización, y allí yo te haría descansar...

—¿Cómo nos vamos a ir?

—¿Por qué?

—¿Y Mauricio?

—Lo llevamos.

—No le gusta el campo.

—No importa. Tu autoridad...

—No sería descanso.

—No le gusta nada.

—Ni Ravel, parece...

—Es un niño difícil.

—Su padre no me lo advirtió.

Y Sylvia comenzó a sollozar de nuevo, exclamando:

—¡Qué lata! Estoy hecha un estropajo. ¡Con lo bien que me haría descansar una semana sin arreglarme ni pintarme...!

Ramón intentó consolarla:

—Quizás exageremos y no sea tan difícil...

—¿Qué?

—Mauricio.

Sylvia se incorporó, secándose las lágrimas:

—Eres igual a todos los hombres, que nos dejan a nosotras encarar los aburridos problemas familiares, que para eso estamos las mujeres-objeto...

—¡A mí me encantaría que me propusieras ser tu hombre-objeto! La de sobresaltos que me ahorraría...

—No me tomas en serio.

—Que tu marido tome la responsabilidad de Mauricio. Y déjate de llorar, que Mauricio ya debe haber olvidado toda la escenita y debe estar con hambre.

Sylvia estaba marcando el número de teléfono de su marido en Madrid, y cuando contestaron, sin preámbulos, se metió en una discusión con él a propósito de por qué le había enviado a Mauricio si ella no se lo había pedido, cuando para empezar él se lo había quitado por «abandono de hogar»...

—...lo quiero como todas las madres, o quizá más, porque mi posición frente a él es tan difícil. Sí. Lo adoro. Pero eso no significa que debo *sacrificarme* ni dejar de hacer por él nada de lo que quiero hacer: eso va contra mis principios porque terminaría odiándolo. ¿Cómo no va a ser difícil Mauricio? ¿Me vas a decir que...? ¿...completamente corriente y normal? ¿Y Gaspard de la Nuit? Ravel... piano... ¿Jamás lo has oído silbándolo? Imposible. Estás loco. Este niño debía ver a un psicoanalista. ¿Tú, como tu madre, crees que nosotros los intelectuales somos demasiado escrupulosos? ¿Y que nos alteramos demasiado con cosas que no tienen importancia? ¿Como Gaspard de la Nuit? Quizá....no entiendo... nada... ni Ramón tampoco... te manda saludos...

La conferencia entre Sylvia y su marido se prolongó hasta que terminó la música, sin que ella ni Ramón—que se paseaba por la terraza con las manos en los bolsillos y el ceño fruncido—la escucharan. Ramón veía a Sylvia gesticulando con el auricular en la mano, hasta que la vio alterarse tanto que entró, le quitó el auricular y colgó. Sylvia se refugió en el abrazo de Ramón, llorando, repitiendo que debía aprender a tener relaciones normales con su hijo... no alterarse... no preocuparse... tratar a Mauricio como el niño común y corriente que era...

—Es tarde. ¿Quieres comer algo, Ramón?

—Sí. Bueno.

—Es domingo. Esa bruja de la señora Presen vino sólo un rato esta mañana.

—Cenemos en la calle, entonces.

—¿Con Mauricio?

—¿Por qué no?

—Me da terror invitarlo.

—Lo invitaré yo.

—¿Le gustará el cine?

Cuando Ramón invitó a Mauricio al cine y a cenar afuera, el muchacho aceptó sin problemas. Como la película que eligieron—Sylvia se congratuló pensando que la juventud tenía los mismos gustos que gente como ellos, ya que Mauricio eligió la película que ella habría elegido—comenzaba temprano, Sylvia les dio algo de comer rápidamente, fueron al cine, estuvieron de acuerdo al salir que Lelouch era un romanticón con bonitas fotos, y después fueron a comer algo en la Tortillería. Mauricio se veía contento, por lo menos normal. Sylvia sintió orgullo al presentárselo a dos o tres amigas que se acercaron a su mesa: no sólo guapo, sino distinguidísimo, fino, discreto, bien educado...

Era tarde al salir de la Tortillería. Pero la noche estaba tan agradable que prefirieron tomar por Travesera para volver a Ganduxer a pie. Mauricio se dio cuenta de que alguien lo... ¿acompañaba?, ¿seguía? No, no, «alguien», porque inmediatamente identificó la mirada que sentía en la nuca como la misma que había sentido todo el día de hoy... sentida por primera vez en el fondo de la diapositiva de Vallvidrera, que le mostró la máquina. Mirar atrás ahora, claro, sería romperlo todo, ponerle facciones a una sensación que escarbaba y escarbaba profundamente en lo que estaba sintiendo, como abriendo un agujero hasta el centro mismo de la tierra para que el bicho dormido saliera a la luz, despierto, reluciente. Durante su regreso a casa, hablando como hablaba de la película con su madre y con Ramón, se dio cuenta que el escarabajo obedecía a esa mirada que lo iba siguiendo, y obedeciéndole corría trémulo con sus patas cortas, perdía su blindaje oscuro, y por fin desplegó durante todo el trayecto de regreso al piso la irisación deslumbrante de las notas que herían su caparazón riquísima: los arpegios, los acordes, los trémolos se sucedían brillantes y plenos. Y seguirían sucediéndose, se advirtió a sí mismo Mauricio, si al entrar al edificio lograba no mirar hacia atrás. Más aún: Sylvia y Ramón hablaban ahora cosas de ellos, dejándolo tranquilo, y la melodía ya no ocurría en el fondo de la mente de Mauricio, sino que emitió los acordes triunfantes de luz, y un silbido que era como la sombra incierta del suyo y que no ocurría dentro de su mente, sino afuera, iba ensayando SCARBÓ: los difíciles trémolos embrionarios, las armonías imprecisas que debían ser enunciadas con la mayor precisión... y Mauricio, porque el otro silbido lo requería, iba corrigiéndolo para enseñarle esa precisión.

251

Mauricio no quiso saber quién lo seguía por la calle con el eco de su silbido, hombre o mujer, niño o viejo, rico o pobre, porque todas esas cosas no eran más que un anecdotario prescindible, que ahogaban como el propio lo ahogaba a él. Al entrar a casa de su madre Mauricio no miró hacia atrás.

A la mañana siguiente despertó silbando con la sencillez que un adolescente silba cualquier cosa mientras se ducha. La luz de las notas cayendo entre las ramas eran espaciadas y lentas: la diapositiva vista en la máquina del parque era abstracta y pura como la música, no violada como ayer. El escarabajo llamándolo desde Vallvidrera: se fijó, sin embargo, que esta mañana silbaba con los errores del silbido que era como el eco del suyo siguiéndolo desde la Tortillería por Travesera, hasta Ganduxer y su casa.

Se vistió temprano y subió a Vallvidrera en el funicular completamente vacío. El encargado, vasco, flaco y flexible como un cuchillo, lo saludó como si lo conociera. Desde la plaza desierta Mauricio bajó las gradas, camino del pantano. Nadie. Todos en el pueblo trabajando, o abajo, en la ciudad. Como su madre y como Ramón cumpliendo con sus obligaciones, confundiendo sus fisonomías con las actividades que les habían borrado las facciones. Él, en cambio, tenía el privilegio infantil de no hacer nada, caminando con las manos en los bolsillos, pateando un guijarro, por el bosque de Vallvidrera. Llegó hasta la cancha de fútbol ahora desierta. Bajó, después, hasta el pantano. Evitó el merendero y entre los árboles se abrió camino hasta la orilla opuesta para observar entre los troncos ese ojo de agua opaca que lo miraba.

Remontó un poco la ladera entre los pinos y se tumbó a la sombra, mirando el agua desde arriba. Nadie. Árboles. Cielo claro. Y la música generándose sola y repitiéndose hasta limpiar todo de su interior. Nadie. Era el silencio privilegiado de las mañanas en que los adolescentes no van al colegio. Los árboles, las cosas, las piedras, los rumores tenían sólo estructuras naturales que no dependían de ninguna inteligencia formalizadora. Cerró los ojos. También carecían de un orden las manchas que flotaban detrás de sus párpados apretados y el rumor insoportable de su torrente sanguíneo... pero no: escuchando atentamente, de ese torrente natural se desprendió durante unos segundos un silbido que estaba ordenando los rumores. Mauricio abrió los ojos. Débilmente, de atrás de un macizo de aliagas, un poco lejos hacia la izquierda, un hilo de humo también incierto revelaba la existencia de alguien también oculto en la espesura. El silbido que emergía junto al humo se acentuó también, defectuoso aún, pero entre grietas era posible reconocer a Ravel. Mauricio se incorporó. Sentándose en la ladera herrumbrosa de agujas secas de pino, silbó más agudo, más fuerte, corrigiendo. El silbido defectuoso repitió, aceptando la corrección, y comenzó de nuevo. Pero se detuvo como desalentado en medio de unos compases muy defectuosos: él corrigió, y el otro silbido continuó más cerca de la perfección, pero sin dar todavía en el blanco de la maravillosa imprecisión de cada nota. Era difícil. Mauricio lo sabía. A él mismo le costó una larga temporada de aprendizaje. La muchacha de Galerías Preciados cuyo nombre ignoraba se reía al verlo llegar temprano por la mañana en cuanto abrían los almacenes. En vez de ir al colegio, le decía bromeando. Y le entregaba GASPARD DE LA NUIT para que lo escuchara encerrado en la cabina. Jamás le preguntaba por qué quería siempre lo mismo... era mejor que su madre porque entendía sin explicaciones. Mauricio ponía el disco, lo detenía, y frunciendo los labios entonaba. Más tarde acudía más gente a Galerías Preciados y, como a veces esperaban que se desocuparan las cabinas, él no se quitaba los fonos y escondía la cara para que nadie se diera cuenta de lo que hacía. Hasta que lo aprendió. Pero lo más importante de su aprendizaje no fue memorizar las notas en las cabinas de las tiendas de discos, sino más bien, una vez que la esencia de la música lo empapó, salir solo a pasear por los parques, por El Retiro, por junto al río, y mientras daba largos paseos entre los árboles, silbando con las manos en los bolsillos, se fue adueñando de la música: la concentración que le exigían las dificultades expulsaba todo lo demás de su mente, y así, aunque caminara por las calles atestadas o por los parques desiertos, permanecía como una página en blanco, listo para recibir algo desconocido que de alguna parte tenía que venir. Y en estos paseos, sus ojos, sin buscarla, buscaban una relación que no fuera relación, un indicio en alguien, en alguna mirada... pero los señores que leían los periódicos en los bancos de las plazas eran siempre miopes, los vagabundos zarrapastrosos que con tanta emocionada frecuencia solía seguir se daban cuenta que él los estaba siguiendo y huían o preparaban un enfrentamiento que él eludía, las señoras nunca comprendían nada porque pensaban en su lista de compras, las mu-

254

chachas lo comprendían todo en forma equivocada...
Mauricio permaneció solo, encerrado en sus empecinadas camisas celestes y sus pantalones de dril, prisionero de su nombre, de su dirección, de su padre, de abuelis, y de una madre lejana y divertida que vivía en otra ciudad pero que aun así le imponía la necesidad de «ser alguien»... sólo lograba borrar todo esto momentáneamente cuando silbaba y como un animal acosado se iba a refugiar en el fondo de esa madriguera donde, encogido e intocado, podía esperar.

Mauricio se tendió de nuevo sobre la hojarasca. Era preferible ni siquiera ver la columnita de humo. El silbido que iba saliendo de detrás de las aliagas había aprendido las correcciones de Mauricio. Tan bien, y tan fácilmente, que Mauricio tuvo la curiosa sensación de estar grabando sobre un disco virgen, y que el otro silbido, ávido de todo lo que él tenía, iba absorbiendo todo lo suyo... era alguien. Pero cuidado. Nada más. No saber nada más para que las cosas no se estropearan.

Sin embargo, rodeado de la música que silbaba, y tendido de nuevo, tuvo la sensación de haberse quedado dormido: una presencia se acercó a él —sintió en su sueño—y se quedó contemplándolo, como si lo estudiara para absorberlo. Cuando abrió los ojos ya no había nadie, pero era como si hubiera visto su propio rostro inclinándose sobre él mismo en el sueño. Comenzó ONDINE desde el comienzo, como un llamado, una incitación... luego escuchó: nada. Pero ahora silbaba ONDINE muy imperfectamente, lo que le produjo un extraño placer, como si lo estuvieran despojando. Escuchó de nuevo. La pulida luz del bosque, los romeros y las aliagas, todo estaba quieto y mudo y así tenía que ser. Se puso de pie, se sacudió la ropa, regresó a la plaza de Vallvidrera y bajó en el funicular charlando con el vasco.

4

Su madre no estaba. No había nadie en casa. Sólo un papelito advirtiéndole: «No cenaré aquí. La señora Presen te dejó algo preparado en la nevera. Pero no volveré tarde. Un beso, mamá.»

Mauricio tenía todo lo que quedaba de la tarde y parte de la noche para estar solo en el piso. Nadie iba a entrar. Descolgó el teléfono. Se desvistió porque hacía calor. Dejando la ropa en un montón en el suelo, transitando desnudo por el piso, se dio cuenta que quitándose la ropa se quitaba mucho de lo que le pesaba. De nuevo tuvo la sensación de espacio, como en Vallvidrera, y la música, precisa y perfecta otra vez, brotó como un manantial que humedece la tierra.

Se tendió desnudo en el sofá escarlata, repitiendo y repitiendo la música tan sabia, concentrándose para que fuera precisa y uniéndose con su centro mismo de modo que todo él quedó anulado... ocho... diez horas tendido en el sofá repitiendo las oraciones musicales que lo suspendían, sin ver ni oír, fuera del tiempo. Tendido con las manos cruzadas detrás de la cabeza, existía sólo como una tenue película de música que separaba la nada de la nada. No vio a Sylvia hasta que ella se le acercó y comenzó a sacudirlo con violencia:

—Mauricio...

Al comienzo no pudo reaccionar. Entonces Sylvia gritó:

—¡Mauricio...!

Él se restregó los ojos. Sylvia se dio cuenta que tardaba unos instantes en identificarla como Sylvia Corday, su madre.

—Mauricio.

—Buenos días.

—¿Qué te pasa?

—Nada. Estaba durmiendo. ¿Qué hora es?

—No sé. Las once de la noche. No mientas, Mauricio, no estabas durmiendo, estabas silbando y con los ojos abiertos de par en par.

Sylvia se sentó al borde del sofá, junto al cuerpo desnudo, apoyándose con una mano en los cojines del respaldo, escudriñando a su hijo con un temor y un afecto que él rechazaba.

—¿Qué te pasa, hijo?

—Nada.

—¿Estuviste fumando marihuana?

—No.

—¿Ni LSD? Hay que tener más cuidado con eso.

—No.

—Estabas...

—...descansando...

—¿Por qué estás tan cansado?

—Caminé...

—¿Haciendo qué?

—Paseando.

—¿Dónde paseaste?

—Un poco por todas partes.

Sylvia cerró los ojos.

—No entiendo nada.

—No trates de entender.

—Si hubiera sido marihuana... comprendería, por lo menos tendría referencias. Pero... esto...

Y Sylvia se desató en sollozos. Mauricio se incorporó:

—No llores.

Ella se dejó caer sobre su pecho, abrazándolo:

—¿Estás enfermo? ¿Qué te pasa, hijo? Daría cualquier cosa por entenderte... tienes que tener alguna enfermedad rara si estabas silbando y con los ojos abiertos y creías que estabas durmiendo...

—No estaba durmiendo.

—Explícame, entonces.

—¿Qué te puedo explicar?

Sylvia lo pensó:

—Nada.

Se puso de pie bruscamente, paseándose desdeñosa por el living, y continuó:

—Nada. No eres nada. Es como si fueras transparente, resbaladizo. No tienes personalidad, eso es lo que pasa. Como una hostia sin consagrar...

Cuando Mauricio sonrió, ante lo que Sylvia le decía, ella lo encaró:

—¿Lo encuentras muy divertido? En el mundo contemporáneo no se puede ser así, Mauricio, hay que tener fuerza para luchar, tener ambiciones, no sé, ángulos. Tú eres un poco *fin de race*... hasta de aspecto: mira tu flacura... y esa música tan espantosamente decadente, sí, sí sé que Ravel fue un gran músico, pero a pesar de todo es decadente... y es como si fuera tu esencia, el único rasgo que muestras...

—No es mi esencia, no...

—¿Qué es, entonces?

—No sé, un camino...

Sylvia volvió a sentarse a su lado:

—¿Camino hacia qué?

—No sé. Si lo supiera no silbaría.

Sylvia se puso tiesa otra vez:

—¿Te das cuenta cómo me rechazas? Un segundo pareces abrirte, pero no dura más que un segundo, y después te cierras otra vez.

—No puedo explicarte.

—Yo estoy dispuesta a dártelo todo. He trabajado mucho y he luchado contra prejuicios y contra maneras de vivir que me parece que encadenan a las personas... pero a ti no te entiendo. Si vivieras conmigo en vez de con el reaccionario de tu padre, te llevaría a consultar con un psicoanalista: debe ser alguno de esos trastornos de la adolescencia. Pero hay que luchar contra los problemas, Mauricio, no dejarse devorar por ellos...

—No...

—Te ofrezco lo que quieras, un veraneo en la playa más divertida de Europa, una moto, ropa, paseos, dinero, todo, y tú lo rechazas. Todo en ti es negativo, hostil...

—No...

—Peor que hostil: indiferente.

Mauricio se había levantado. Mientras su madre le hablaba se iba poniendo otra vez su ropa: su camisa celeste, sus pantalones claros, sus mocasines de cuero café. Ella tenía el codo apoyado en la rodilla, la mano

259

sosteniéndole el mentón. Se puso de pie, la cara seca y los ojos serios, mirándolo ponerse el segundo mocasín:

—¿Quieres algo, Mauricio?

—No, nada, gracias.

—Buenas noches, entonces. He estado trabajando hasta esta hora y estoy agotada. Buenas noches.

Él la miró hacia arriba desde donde estaba sentado: era muy alta, muy angosta, muy delgada, y se paraba de una manera que él le había heredado: cruzando las largas piernas como garza más abajo de la rodilla, afirmando la punta de ese pie en el suelo. Mauricio, repentinamente, recordó la silueta del muchacho que, allá abajo, apoyado contra el poste de la luz, leía un tebeo parado en esa posición exacta... sí, el domingo, antes de cruzar la calzada con la luz verde y perderse. Al recordar esa silueta, Mauricio se dio cuenta que desde entonces él no se había vuelto a parar así. Se puso de pie para intentarlo. Pero al hacerlo no le resultó ni cómodo ni bien. Dijo:

—Buenas noches.

Y luego, con un último gran esfuerzo, agregó:

—Que descanses bien.

Sylvia se detuvo en la puerta. Dándose vuelta para mirarlo, se rió antes de desaparecer.

Al día siguiente Mauricio regresó a Vallvidrera. El vasco del funicular, puro hueso y actividad y sonrisa, lo saludó amistosamente: estaba adquiriendo una identidad para el vasco, pensó Mauricio, de modo que sería conveniente subir de otra manera la próxima vez para que esto no ocurriera. Y entrando en el bosque sintió que ya ni siquiera sería necesario silbar porque todo, árboles, aire, luz, encarnaba la música.

Se detuvo: entre la música generalizada se perfiló un silbido. Escuchó: imperfecto. Era el silbido de ayer que hoy lo esperaba para terminar el aprendizaje. Los espacios equivocados. Siguió caminando con las manos en los bolsillos, muy lento. El cromatismo de los arpegios demasiado exagerado. Caminando por el bosque el silbido iba siempre delante de él, escondido, o detrás, solapado entre los matorrales, aproximándose, desvaneciéndose, pero todo el tiempo pidiéndole que le enseñara y lo corrigiera. Por fin, después de mucho caminar y mucho silbar, Mauricio bajó hasta la orilla del pantano y, agazapándose entre las cañas, escuchó: por fin todo el silbido de principio a fin correcto, y exclamó:

—¡Bien!

Pero cuando él intentó silbar GASPARD DE LA NUIT al remontar la ladera, no pudo hacerlo: la precisión se evadía del aire emitido por sus labios. Por lo menos, entonces, escucharlo enunciado dentro de él, o marcado por sus pasos o por el viento... pero no: nada, era como si la tierra seca que pisaba se hubiera tragado hasta la última gota de música y no pudiera ya devolverla. Entonces, Mauricio sonrió su sonrisa triangular, arcaica, más pronunciada ahora que jamás antes.

Se sentó en la ladera para mirar el pantano entre los troncos de los pinos, desde arriba. Pero ahora no era más que eso: un pantano visto entre los troncos de los pinos, ramas, aliagas, romeros, hinojos, las agujas herrumbrosas, más abajo, algo alejado y cerca del pantano, un muchacho se acurrucaba junto a un pequeño fuego donde estaba cocinando su comida, ramas secas caídas, una gran piedra arisca. Llegó hasta sus narices el olor de comida calentándose y Mauricio se dijo:

—Garbanzos.

Miró de nuevo al muchacho. Junto a él, sobre una hoja de diario, había esparcido algunas tajadas de mortadela y un pedazo de pan abierto en dos para hacerse un bocadillo. Eran más datos con que Mauricio, en este nuevo silencio dentro del cual no había de qué aferrarse, estaba identificando el mundo externo: un muchacho de pelo negro, y, calculó por su figura cuando se puso de pie y a pesar de no verle la cara, más o menos de su edad. El muchacho tomó un tebeo, reclinó su hombro contra el tronco más cercano, y mientras esperaba que se calentaran los garbanzos cruzó una de sus largas piernas sobre la otra, más abajo de la rodilla en una actitud que a Mauricio le pareció extraña pero no reconoció. Trató de imitarla, afirmando también su hombro en un tronco y la punta del zapato en el suelo, como el muchacho que hojeaba el tebeo. Claro que en el caso del muchacho no era la punta del zapato, sino de lo que a esta distancia parecían unas bambas descoloridas lo que apoyaba en el suelo, porque el muchacho era un mendigo. Sólo los mendigos comen garbanzos a las once de la mañana y rigen su hambre por horarios distintos y personales. Lo vio observar el bote humeante, tirar la revista al suelo, sentarse y comer los garbanzos pausadamente, dándole vuelta la espalda todo el tiempo a Mauricio. Después de terminar su comida se tendió boca arriba sobre el colchón de agujas de pino, con las manos cruzadas detrás de la cabeza, y se quedó dormido. Mauricio esperó un rato. Luego, subrepticiamente, como si fuera a robarle algo, se aproximó escondiéndose de matorral en matorral y de tronco en tronco, sin hacer ruido, hasta el sitio mismo donde el muchacho dormía. Su respiración era profunda y regular. No se movía. Mauricio se acercó más.

Sí. Lo que había podido suponer. Un mendigo. Los pantalones rajados, las bambas rotas, la camisa raída y sucia alrededor del cuello, el bote donde había calentado los garbanzos, el tebeo sin tapas. Luego Mauricio se inclinó sobre el muchacho para examinar su rostro: igual al suyo. Mauricio no experimentó ningún sobresalto porque era como si lo hubiera estado esperando: la golondrina en vuelo de sus espesas cejas negras unidas sobre la nariz, la sonrisa arcaica y triangular al dormir, la dulzura del óvalo todavía infantil... y el cuerpo, las piernas largas, el pecho débil, la arquitectura delicada de los hombros... Todo eso había sido suyo. ¿Tendría también, como él, los ojos verde-marrón oscuros, y a veces, cuando fruncía el entrecejo feroz, muy oscuros, casi negros? Tal vez. Pero ¿qué importancia tenía eso? Lo importante era que por fin era él y ya no tendría que seguir inventando sombras para ahuyentar a los que lo violaban. Se acercó más aún. El cuerpo del muchacho olía a sucio. Pero no desagradable: sería fácil y no desagradable adquirir ese olor. Y el pelo quizás un poquito demasiado largo, tal como su madre quería que fuese el suyo.

Inclinado sobre él, Mauricio, como quien echa una larga mirada hacia atrás recorriendo toda su vida, se preguntó qué era lo que quería de ese ser que había

263

buscado tanto por las calles y los parques y que ahora tenía tendido en su poder, dormido a sus pies entre los matorrales. ¿Hablarle, abrazarlo, hacerse amigos, besarlo, preguntarle cosas, que le contara cómo y cuándo y para qué, silbar juntos, matarlo? Mauricio temblaba un poco porque no sabía qué iba a hacer. ¿Despertarlo para preguntárselo? No, eso era lo que más lo repugnaba, no debía ser como su madre, que a costa de formularlo todo lo mataba todo. Mauricio se inclinó más aún sobre ese cuerpo misterioso que contenía el suyo: sentía su respiración cargada de olor a garbanzos y embutidos baratos. Tocarlo: y con el dorso de la mano tocó la parte más suave del cuello del muchacho dormido, justo debajo del mentón: un segundo, nada más, irresistiblemente dejó su mano allí, y en ese instante de contacto físico descargó en el otro todo lo que lo había estado agobiando. Retiró la mano como quemada y se enderezó. El muchacho dormido se movió un poco con la descarga recibida. Su respiración se hizo más acompasada. Mauricio retrocedió un paso, otro, temeroso de que el muchacho despertara y se cruzaran sus miradas ahora, antes de que todo se consumara como debía consumarse. Se escondió detrás de unas zarzamoras mientras se iba alejando más y más: vio que el muchacho despertaba dulcemente, se desperezaba, y al incorporarse miraba alrededor suyo como si hubiera visto un rostro inclinado sobre el suyo en el sueño. Pero no vio a nadie. Sus cejas espesas ocultaban sus ojos. Mauricio volvió a perderse en el bosque alrededor del pantano y pronto dejó de ver no sólo al muchacho, sino el sitio donde el muchacho había estado durmiendo.

En la orilla opuesta, donde daba de lleno el sol, se instaló un instante a descansar. Hacía mucho calor. Se quitó la camisa. Luego sintió un inmenso deseo de meterse al agua, sí, al agua sucia del pantano, y despojándose de toda su ropa así lo hizo. Chapoteó un poco en el agua espesa, se refrescó, y luego salió a tenderse no al sol sino cerca de los arbustos para secarse. Y con las manos detrás de la cabeza no tardó en quedarse dormido.

De entre la espesura surgió instantáneamente la figura del otro muchacho, como si lo hubiera seguido y supiera dónde encontrar a Mauricio. También subrepticiamente se acercó a él y se estuvo un buen rato observando el cuerpo preciso del adolescente, la piel en tensión sobre las costillas arqueadas, todo huesos y piel suave como su propio cuerpo, durmiendo sobre la hierba mientras el calor secaba el agua dejando una película de suciedad del pantano sobre esa piel, y una costra de barro entre los dedos de los pies.

El sueño de Mauricio no era tranquilo. Se agitaba, suspiraba, murmuraba cosas, frases, palabras, y el muchacho, atento a todo, iba aprendiendo cómo decirlas. Mientras observaba al yacente, silbaba impecablemente, pero sin darse cuenta que lo hacía. Colocó un instante su mano abierta sobre el pecho de Mauricio y luego se fue a esconder detrás de una roca cercana. Allí se desnudó. Y dejando su ropa en un pequeño montón junto a su tebeo, se escurrió hasta el agua. No chapoteó como Mauricio. Solapado entre las cañas de la orilla, buscó una de las tantas caídas de agua clara y allí se lavó con cuidado, quedando limpio y sin olor, como Mauricio. Cuando salió del agua se tendió detrás de la roca para secarse y cerró los ojos, durmiendo o no durmiendo. En cuanto los hubo cerrado, Mauricio se aproximó, se puso su camiseta, sus bambas gastadas y polvorientas, sus viejos pantalones, recorriendo los escasos bolsillos para ver si encontraba algo. Nada: un pañuelo inmundo, siete pesetas y ni siquiera una carta de identificación, un nombre... nada. Al darse cuenta de esto Mauricio, se echó a correr como si estuviera robándose algo preciosísimo y huyó hasta perderse en el bosque.

En cuanto Mauricio desapareció, el muchacho yacente abrió los ojos. Allá, diez pasos más abajo, estaba el montón de ropa de Mauricio. Se acercó a ella: su camisa limpia, celeste, sus mocasines de buen cuero café, sus pantalones claros de Galerías Preciados... a él, una vez, lo habían echado de Preciados por sospechoso. Se vistió cuidadosa y naturalmente. A pesar de que ya no era temprano, prolongó el paseo de Mauricio por el bosque, silbando, y después subió hasta la plaza de Vallvidrera para tomar el funicular. El vasco le preguntó por qué se había entretenido tanto hoy, creía que habría bajado a pie, quizá por Las Planas, o que alguien lo había llevado en coche. El funicular bajaba casi vacío. El corazón del muchacho que bajaba en él a la ciudad saltaba de emoción. Al salir no quiso responder al vasco más que con monosílabos, por temor a que se diera cuenta que había una diferencia en su manera de hablar. Tomó un taxi y dio la dirección de Ganduxer. Pagó, y al subir al piso de Sylvia se dijo que lo mejor sería hablar lo menos posible hasta estar seguro.

—¿Mauricio?

Era la voz de la madre inconfundible.

—Sí.

Ya estaban en el comedor. ¿Explicar? Mejor esperar que le preguntaran por qué había llegado tan tarde... o no le preguntaran nada. El otro era Ramón, cuyo nombre Mauricio había murmurado entre sueños.

—Buenas noches.

Y se quedó esperando en la puerta del comedor. Ramón y Sylvia contestaron sonrientes al ver a Mauricio dándoles las buenas noches y que además hoy lo hacía con una sonrisa que jamás habían visto. Entonces, el muchacho se acercó a Sylvia y le dio un beso en la frente. Y como Ramón se quedara mirándolo estupefacto, también lo besó en la frente a él. Pero ni Sylvia ni Ramón dijeron nada porque conocían a Mauricio y sabían que cualquier observación podía enfurruñarlo.

—¿Quieres cenar, Mauricio?

—Sí.

—No tendrás hambre.

—Sí, sí tengo.

Ramón y Sylvia volvieron a mirarse extrañados y ella dijo:

—Trajimos unas pizzas, que como eres tan poco comedor, creímos que bastaban... Pero si tienes hambre, no me cuesta nada prepararte un pedazo de solomillo y una ensalada.

—Sí, ensalada.

Repetía las palabras como aprendiendo a pronunciarlas como las pronunciaban ellos. Sylvia se fue a la cocina. Mientras tanto, Ramón se quedó hablando con el muchacho, contándole de una nueva casa que estaba construyendo para clientes muy ricos en Cadaqués, sobre un peñón. Le gustaría que tanto él como Sylvia lo acompañaran un día a verla. Mauricio dijo:

—Bueno.

Sylvia puso delante de él la pizza caliente:

—¿Dices que nos acompañarás a la playa, Mauricio?

—Sí.

Sylvia se quedó en silencio porque no sabía muy bien qué decir. Ramón preguntó:

—¿Podríamos ir mañana por la mañana?

Sylvia lo meditó un segundo y contestó:

—Este niño no tiene ropa. Por suerte que parece que el pelo le hubiera crecido bastante: te queda bien así, Mauricio.

Ramón intervino:

—Salgan a comprar ropa en la mañana y nos vamos en la tarde. ¿Les parece bien?

Sylvia se dirigió a su hijo:

—Te voy a comprar unas camisas *hippy*, Mauricio.

—Bueno, mamá.

Hubo un momento de silencio completo, en que el muchacho temió que lo hubieran descubierto por una frase mal dicha o un paso en falso cualquiera, pero vio que Ramón miraba los ojos de Sylvia, llenos de lágrimas. Ramón cubrió con su mano la mano de Sylvia sobre la mesa. Ella salió de nuevo hacia la cocina. Ramón dijo:

—Mauricio...

—¿Qué?

—¿Sabes que desde que estás aquí ésta es la primera vez que le dices «mamá»?

Ramón se quedó mirando al muchacho. Éste, porque tuvo que obedecer el impulso de hacerlo, siguió a Sylvia, que había puesto un trozo de solomillo en la plancha. Había cortado ensalada en una fuente de madera y vertía un hilillo dorado de aceite sobre ella, hilo que tembló cuando Sylvia oyó entrar a su hijo. Pero no se dio vuelta, porque no quería que viera los lagrimones. Él se acercó, la abrazó por detrás y la besó en la mejilla. Era un poco más alto que ella, no mucho. Y ella, entonces, dejó caer por fin el peso de su cuerpo sobre el pecho del muchacho, que con su pañuelo limpio secó las lágrimas de su madre. Luego volvió a la mesa.

Más tarde, al despedirse de su madre y darle las buenas noches antes de entrar en la habitación, la besó de nuevo y esta vez ella le cubrió la cara de besos y le metió sus dedos perfumados en la mata de pelo negro. Al despedirse le dijo que mañana se vistiera temprano para salir juntos a comprar ropa. Iban a divertirse.

—Mauricio.

Él se dio vuelta en la puerta:

—¿Sí?

—¿Hay algo más que te haga ilusión tener y que el avaro de tu padre no te ha comprado?

Mauricio no titubeó. Sus ojos relumbraron al responder al instante:

—Sí.

—¿Qué?

—Una moto.

—Pero si el otro día te ofrecí una y me dijiste que no.

—Ahora sí quiero. Color butano.

Sylvia se rió:

—¡Qué mal gusto, Mauricio! ¡Y qué poco propio de ti! Pero me alegro... es divertido. Mañana en la mañana podemos comprarla. Buenas noches, hijo.

—Buenas noches, mamá.

Y esa noche Sylvia escuchó mientras su hijo se desvestía en la habitación vecina, que silbaba GASPARD DE LA NUIT en forma perfecta, y por primera vez lo encontró bello, no terrible.

5

Mauricio, en cambio, en el bosque, no pudo silbar en toda la noche. Intentó hacerlo, pero no le salía, y se rió: no importaba. La ropa del muchacho le había quedado perfecta, y hasta los olores de la ropa se incorporaron en forma placentera a sus propios olores. No podía creer en su suerte: una y otra vez recorrió los bolsillos de su indumentaria en busca de alguna identificación, o de cualquier cosa cuya presencia en su vestimenta lo definiera de algún modo. Nada. Ni identificación, ni nombre, ni nada que delatara un hábito o una preferencia: era la hoja en blanco, el pentagrama vacío en que podía inscribirse. Un duro, dos rubias, unas servilletas ordinarias de papel... no era nadie.

Caminando sin silbar y pisando la hierba del bosque levemente con la goma de sus bambas, como un animal en su senda, avanzó entre los árboles por la noche, sin silbar ahora, y sin que ninguna nota perturbara la tranquilidad de su mente. Cada movimiento suyo era perfecto ahora: al saltar una zanja, al bajar por un barranco, preciso como antes habían sido las notas que no lo hacían avanzar con la seguridad de estas viejas bambas. Desde la arbolada ladera miró a lo lejos el Vallés en la noche: San Cugat, Tarrasa, y más allá otras luces enhebradas por el camino que partía a pocos metros de sus pies... y más allá Vich... y más allá el Pirineo, y al otro lado Francia y Alemania... y cruzándolas, las estepas de Rusia y de Asia donde el viento arrastraba hielo y arena y caravanas y razas desconocidas... todo partiendo desde los pies mismos del muchacho que él era ahora.

Pero tenía que esperar un poco. Acurrucándose bajo un arbusto, pronto se quedó dormido. No podía partir sin ver a Mauricio una vez más. Le había dado tanto, y a cambio de tan poco, que era necesario por lo menos esperarlo para comprobar que todo andaba bien en la empresa que ambos habían emprendido y que el nuevo Mauricio ya no lo necesitaba. Además, ¿de qué color tenía los ojos este nuevo Mauricio? Jamás habían cruzado una mirada, como lo había hecho con tantas personas que cuando él era Mauricio, siguiéndolas por las calles, silbando unas frases musicales que ahora era incapaz de entonar, de un autor cuyo nombre ya no recordaba. Antes de desprenderse definitivamente, quería cruzar una mirada con Mauricio y sentir lo que los transeúntes sentían cuando un muchacho de pantalón claro y camisa celeste los seguía, y los miraba, silbando.

Vagó por Vallvidrera toda la mañana. Se acercó a la estación del funicular para ver si el vasco lo reconocía, pero el vasco, que bromeaba con todo el mundo, desdeñó su mirada, que ya no era la del muchacho distinguido. Volvió a bajar a los bosques y a perderse en ellos, rumbo al pantano. Se bañó de nuevo, se secó un rato al sol, y después se tendió a dormir.

Lo despertó el ruido de un motor en el camino. Vio aparecer la vespina color butano que su madre le había ofrecido y él rechazado con todo lo demás. Montado en ella venía un muchacho que lucía una bonita camisa amarilla. El muchacho se cruzó con él sin mirarlo. Ese muchacho era Mauricio y él era ese muchacho que no lo miró y cuyo rostro era radiante, muy altos los arcos de las alas de golondrina de sus cejas negras, el pelo limpio al viento, la sonrisa arcaica una defensa ahora no contra las cosas terribles que no quería que se impusieran sobre él, sino una defensa contra el polvo y el viento producido por la velocidad. El muchacho zarrapastroso se encaramó a una ladera que tenía una amplia vista sobre el camino: desde allí dominaba todas las vueltas serpenteantes entre las colinas y los bosques... y vio cómo Mauricio, con su camisa amarilla y sobre una moto color butano, se lanzaba por el camino, tomaba las curvas a toda velocidad, volvía, hacía ronronear el motor para probar su eficacia en una bajada, los cambios, probando el vehículo entre los matorrales y riscos, acelerando, frenando porque sí, lanzándose a toda velocidad camino abajo hasta perderse detrás de las colinas, y volviendo, después, para subir más lentamente hasta cerca de donde estaban esos ojos que lo observaban. Detuvo la moto. La limpió con un trapo. Se encuclilló para examinar su motorcito y mirar los detalles de las ruedas, probando la flexibilidad del manubrio y ajustando el asiento... atentamente... atentamente... como si fuera una joya. Y mientras lo hacía silbaba unas frases musicales que el muchacho que lo miraba desde la ladera no reconoció.

El muchacho zarrapastroso bajó la ladera. Tomó el camino, pasando muy cerca de Mauricio. Al pasar, Mauricio levantó la vista y las miradas de los dos se cruzaron. El muchacho vio un miedo que no le gustó en la mirada de Mauricio. Sus propios ojos estaban limpios.

Mauricio terminó de manipulear la moto. Tenía dieciséis años. Su madre, al comprarle esta moto, le había prometido que en cuanto cumpliera los dieciocho y pudiera sacar permiso de conducir, le regalaría un coche: un seiscientos al comienzo... y después un mini, si se quedaba con ella para demostrarle a la familia de su marido que hasta un niño de la edad de Mauricio se ahogaba en el ambiente de carcas en que lo obligaban a vivir. Él le dijo:

—Bueno, mamá.

—No sé cómo podías soportar la vida antes, allá...

—Yo tampoco, mamá.

Mauricio aumentó la velocidad al pasar junto a un muchacho zarrapastroso que bajaba por el camino. Éste oyó que el de la moto iba silbando la música de siempre, que él ya no necesitaba ni silbar ni oír más. Ahora, no podía limitarse: era preferible salir

273

de Vallvidrera, donde, si permanecía, poco a poco iba a tener que ir adquiriendo una identidad en las miradas de los que frecuentaban esos bosque. Bajaría, en cambio, hacia el otro lado, hacia el Vallés, que él no conocía y donde no lo conocían a él y seguiría caminando más allá, hacia otras cosas.

Calaceite septiembre-octubre 1972

ÍNDICE

Impreso en el mes
de agosto de 1981
en Gráficas Diamante,
Zamora, 83
Barcelona - 18

Impreso en el
la Imprenta de l'...
en San...no Dámaso...
Cuesta, 82...
Barcelona-13...